JOCKEL TSCHIERSCH

Rita und die Zärtlichkeit der Planierraupe

GOLDMANN
Lesen erleben

Buch

Wie jedes Jahr gewinnt Ewald Fricker auch beim diesjährigen Sommerfest der Allgäuer Kiesgrube, in der er arbeitet, den Pokal im Wettplanieren. Obwohl Ewald Raupe fahren und Akkordeon spielen kann wie kein anderer, tut er sich mit dem Lesen schwer, und man hält ihn in Ratzisried für einen Deppen. Ewalds großer Traum ist es, in diesem Jahr an der Deutschen Meisterschaft im Präzisions-Planieren an der Ostsee teilzunehmen. Ausgerechnet jetzt aber macht Kiesgrubenchef Karl Zwerger pleite: nur seiner Disponentin und Geliebten Rita Zieschke gesteht er, dass der Konkurs getürkt ist. Zwerger hat das Geld beiseite geschafft, um mit Rita irgendwo ein neues Leben zu beginnen. Weil er den Tieflader nicht bekommt, fährt Ewald kurzerhand mitten in der Nacht heimlich mit der Raupe vom Hof, schnurstracks in Richtung Norden. Am nächsten Morgen fehlt Ewalds Planierraupe, und Zwerger schickt Rita mit seinem Porsche los, um ihn und vor allem die Raupe so schnell wie möglich wieder herbeizuschaffen. Bald stößt Rita auf Ewalds Spur, doch es gelingt ihm immer wieder, Rita auszubüchsen, physisch und mental – und bald befinden sich die beiden mit der alten Raupe auf einer Reise, die sie nicht nur einmal quer durch Deutschland führt, sondern auch mitten ins Herz ihrer Sehnsüchte und Träume …

Autor

Jockel Tschiersch wurde 1957 in Weiler im Allgäu geboren und begann seine Karriere vor über 25 Jahren auf Münchner Kabarett-Bühnen. Dort nahm er auch Schauspielunterricht und arbeitet seit dieser Zeit hauptsächlich als Schauspieler bei Film und Fernsehen sowie in Gastrollen auch im Theater. Auf der Bühne steht er zur Zeit mit dem Soloprogramm »Pubertät mit 50«. Jockel Tschiersch lebt in Berlin.

Jockel Tschiersch

Rita und die Zärtlichkeit der Planierraupe

Roman

GOLDMANN

Dieses Buch ist auch als E-Book erhältlich.

MIX
Papier aus verantwortungsvollen Quellen
FSC® C014496

Verlagsgruppe Random House FSC® N001967
Das FSC®-zertifizierte Papier *Holmen Book Cream* für dieses Buch
liefert Holmen Paper, Hallstavik, Schweden.

2. Auflage
Taschenbuchausgabe März 2014

Umschlaggestaltung: UNO Werbeagentur München
Umschlagmotiv: © FinePic®, München
AG · Herstellung: Str.
Druck und Bindung: GGP Media GmbH, Pößneck
Printed in Germany
ISBN 978-3-442-48018-0
www.goldmann-verlag.de

Für Iris

1

Es war der pure Kitsch wie auf den analogen Postkarten oder im neuen Hochglanz-Internet-Auftritt der Gemeinde Ratzisried im westlichen Allgäu: Die Mittagssonne ließ den Hochgrat-Gipfel vor dem unverschämt saumäßig blauen Himmel glühen, an dem sich schon ein paar verfrühte Kumuluswolken aufgeplustert hatten. Davor lagen die sanften Moränenhügel, der kleine Elenschwander See ruhte eingebettet in grüne saftige Wiesen, auf denen mutmaßlich glückliche Allgäuer Braunvieh-Kühe standen und stoisch mit ihren Glocken herumbimmelten, passgenau zur Voralpenidylle, in der wochenweise einfallende Kurgäste aus Norddeutschland mittlerweile horrende Nächtigungspreise abdrückten.

Ewald Fricker hatte keinen Blick für die Kulisse, er war hier aufgewachsen und schrieb sowieso keine Postkarten. Er stand in seinem Zimmer und zog sich seine blaue Montierkombi an. Das Zimmer war klein und spärlich eingerichtet: ein altes Holzbett mit weißer Bettwäsche, ein kleiner Tisch und ein einfacher Schrank aus Kiefernholz, wie Städter ihn sich gern mal in ihre Neubauwohnungen stellten. Ewald hatte den Schrank aber nicht vom Antiquitätenhändler gekauft, sondern von seinem Großvater geerbt, als der gestorben war, kurz nach Ewalds zehntem Geburtstag. Fünf blaue

Overalls hingen in dem Schrank, die alle schon recht ausgewaschen waren und völlig identisch zu sein schienen. Daneben baumelte auf einem Holzbügel Ewalds Sonntagsanzug, der im selben Blau gehalten war wie die Montieranzüge.

Über dem Bett glotzte ein röhrender Hirsch in Öl aus einem Holzrahmen, sonst gab es keine Bilder an den weißen Wänden, die längst einen neuen Anstrich nötig gehabt hätten. Auch Bücher hätte man vergeblich gesucht. Einzig über dem Tisch, neben dem Fenster, war mit Reißzwecken ein vergilbtes Schwarzweißfoto angeheftet. Es zeigte Ewald Fricker als jungen Kerl auf einer gelben Planierraupe. Durch das kleine Fenster konnte man, wenn man sich bückte, am oberen Rand einen schmalen Streifen der Allgäuer Berge sehen, denn das alte Bauernhaus lag in einem Tal, in das die Sonne auch im Sommer nur stundenweise hineinschien.

Ewald zog den Reißverschluss der blauen Kombi nach oben, als seine Mutter hereinkam, wie immer ohne anzuklopfen. Ewalds Mutter war klein und von einem schwer schätzbaren Alter, ihr gebückter Gang ließ sie manchmal gar wie eine Greisin aussehen. Sie hatte ihr Kopftuch um die strähnigen Haare gebunden und trug die alte Kittelschürze, mit der sie sowohl in der Küche als auch im Stall herumwerkelte. Zum Glück besaß sie zwei dieser Schürzen, die beide in grünlich blauen Tönen gehalten waren. Ewald sah, dass die Mutter heute am Sonntag wenigstens die Gummistiefel, die sie im Stall trug, gegen die alten Filzpantoffeln eingetauscht hatte.

Misstrauisch beäugte sie Ewald.

»Warum ziehst du Seckel nicht den Sonntagsanzug an?«

Ewald zuckte mit den Schultern.

»Der ist doch bloß für was Besond’res!«

»Den hast du noch kein einzig's Mal angehabt! Der hat ein unverschämt's Geld 'kostet!«

»Ja mei, es war halt nie was Besond'res.«

Ewalds Mutter dachte gar nicht daran, auf diese Argumentation einzugehen. Überhaupt war sie schwer zu bremsen, wenn sie einmal mit ihrer Litanei des Schimpfens angefangen hatte.

Aber so war sie halt, es hätte Ewald eher gewundert, wenn die Mutter gar nichts gesagt hätte, was manchmal sogar noch schlimmer sein konnte als das verbale Dauernörgelfeuer. Sie riss Ewalds Geldbeutel auf, der auf dem Tisch lag.

»Da hast wieder einen Fuch'ziger drin, Sakrament nochmal! Da kriegst dann wieder bloß die Hälfte z'ruck, die bescheißen dich doch, wo's geht!«

Mit dem Geld war's sowieso ein rechtes Geschiss. Die Mutter regte sich immer auf, dass Ewald große Scheine dabeihatte, wo er doch mit dem Geld nicht umgehen konnte.

»Aber wenn wir mein' ganzen Lohn auf dem Konto droben lassen, dann platzt's vielleicht irgendwann, das Konto ...«

»Du bist doch ein Depp!«

Die Mutter ließ ihm einen Zehner im Geldbeutel, aber der war auch rot. Ewald wusste, dass die Zehner etwas kleiner waren als die Fünfziger und das Rot ein bissle anders war, aber er fand es schon blöd, dass der Staat ein Geld druckte, das man kaum voneinander wegkannte, wenn man die Zahlen nicht lesen konnte.

Er überhörte, dass er nichts saufen und nicht mitten in der Nacht nach Hause kommen sollte, schließlich stand er jeden Morgen um halb fünf Uhr auf und molk die Kühe, bevor er zur Arbeit ging. Ewald nahm den schwarzen Koffer, der neben dem Bett stand.

»Ja, nimm's nur mit, des blöde Trum! Und mach mir bloß koi Schand!«

Ewald wusste, dass er seiner Mutter heute bestimmt keine Schande machen würde, als er die schmale Holztreppe hinunterging und sein Fahrrad aus der Scheune holte.

Er radelte den staubigen Feldweg entlang, der vom Grenis-Hügel in Richtung Dorf führte. Sein Staiger-Damenrad hatte mindestens schon so viele Jahre auf dem Buckel wie er selbst. Wobei Ewalds Alter wie das seiner Mutter auch schwer zu schätzen war: Es konnte irgendwo zwischen dreißig und fünfzig liegen. Sein Haar war kurz geschnitten, sein Gesicht hatte die gesunde Röte eines Landbewohners, der viel Zeit an der frischen Luft verbringt. Wie ein Intellektueller sah er nicht aus, aber seine Augen waren blau wie der Elenschwander See, und aus ihnen konnte schon mal der Schalk blitzen wie ein Springteufelchen auf der Durchreise. Sein Körper war kräftig, ein wenig gedrungen, auf dem breiten Rücken hatte er, wie einen Rucksack, seinen schwarzen abgeschundenen Akkordeon-Koffer festgeschnallt. Mit wohldosierter Energie trat er in die Pedale wie ein sturer Allgäuer Bock eben, der weiß, wo er hinwill.

Ewald hatte die Motorhaube hochgeklappt, kniete neben der Maschine und hörte genau auf den Klang der einzelnen Zylinder. Die Ventile machten keine übermäßigen Geräusche, allein die Leerlaufdrehzahl war ein wenig hoch.

»So schnell brauchst du gar nicht laufen, gell.«

Manchmal sprach Ewald ein paar Worte zu seinem Dieselmotor, aber er konnte ihm auch stundenlang zuhören, es lag etwas Beruhigendes und Friedliches im Klang des Aggregats, er mochte den Geruch des heißen Öls. Das schmeckte nach Leben und Maschine, fast ein bissel wie der Schweiß bei einem, der richtig viel geschafft hat. Ewalds Fiat-Allis FL 10 C mit der 3,4-Liter-Vierzylinder-Dieselmaschine mit 125 PS war noch eine alte Planierraupe ohne technischen Schnickschnack, ohne Kunststoffverkleidungen, ohne Display-Anzeigen und ohne das nervtötende Gepiepse beim Rückwärtsfahren. Und vor allem hatte die FL 10 C keinen dieser neumodischen Joysticks, sie war noch mit zwei Hebeln zu steuern wie früher. Da musste man schon mal ordentlich zulangen, aber Ewald mochte die haptische Ehrlichkeit des Gerätes viel lieber als diese modernen Sesselfurzer-Raupen, die auch seine Mutter hätte fahren können, wenn sie nur einer auf den Fahrersitz gehoben hätte.

So ein Schmarren wie »haptische Ehrlichkeit« wäre dem Ewald natürlich nie und nimmer in den Sinn gekommen, überhaupt war er nicht gerade ein Verschwender der Worte, er überlegte schon oft dreimal, bevor er etwas sagte. Oder lieber doch nichts sagte, statt einen Mist daherzureden, nur damit etwas gesagt wäre.

Bei ihm daheim hatte man nicht viel geredet, sein Vater war schon weg gewesen, bevor der Ewald irgendetwas hätte sagen können. Und genau dazu hatte Ewalds Mutter auch nichts gesagt, ihr Leben lang. Sie hatte genug zu tun, die kleine Landwirtschaft zu betreiben, die ihre Eltern ihr überlassen hatten, und nach dem Tod von Ewalds Großeltern war es noch schwieriger geworden. Ewald hatte schon früh auf dem Hof helfen müssen, und statt im Kindergarten »Fangis« zu spielen wie die anderen, hatte er daheim auf dem Hof mit der Heugabel herumgetobt. Vier Stück Milchvieh waren nicht viel, aber sie wollten versorgt sein. Dazu kam ein wenig Obstbau. Und weil der mütterliche Einsiedler-Hof höllisch weit draußen lag, hinter dem Hügel von Grenis, im Tal beim Weissach-Bächlein, hatte Ewald kaum Spielkameraden. In der Schule hatten die anderen bald gemerkt, dass der Ewald ein bissle anders war, und wer im Allgäu ein bissle anders war, der wurde gehänselt.

»Aus'm Wald, da kommt ein Dicker,
das ist der blöde Ewald Fricker,
der sei' Milch im Saustall trinkt,
und allerweil nach Kuhstall stinkt!«

Irgendjemanden brauchte man zum Hänseln, Ausländer gab es damals noch nicht, zumindest nicht in der Dorfschule in Ratzisried. Den Ewald hatten die Hänseleien nicht gestört, er hatte die Trietzereien an sich abprallen lassen, denn um halb eins am Mittag musste er sich ohnehin wieder auf den halbstündigen Fußmarsch zum mütterlichen Grenis-Hof machen. Bis dorthin hatten sich die Schulkameraden selten getraut, die Eltern hatten ihnen eingebleut, da gehe man nicht hin, was ja eigentlich ein Grund gewesen wäre, erst recht hinzugehen. Ein bisschen Angst vor Ewalds Mutter hatten sie auch gehabt, weil die immer mit Kopftuch, Kittelschürze, grantigem Gesicht und einer für ihre Größe unverhältnismäßig wuchtigen Mistgabel in Erscheinung trat.

Mit sechs konnte Ewald den Traktor fahren, den alten luftgekühlten Eicher-Diesel mit 18 PS, den der Großvater zurückgelassen hatte. Und an seinem siebten Geburtstag schaffte er eine Acht rückwärts, mitsamt dem kleinen Mistanhänger hintendran, wenn es sein musste, auch dreimal hintereinander. Auf die Frage von Frau Brillisauer jedoch, seiner Lehrerin, wie viel drei mal acht waren, sagte der Ewald dann lieber wieder gar nichts. Heute wäre der Ewald zweifellos das umsorgte Opfer mannigfaltiger Betreuungsmaßnahmen für Kinder mit signifikanter Lernbenachteiligung oder Verhaltensauffälligkeit, aber in Ratzisried hatte es damals noch nicht mal so etwas wie eine Hilfsschule gegeben. Also zog man den Ewald durch bis zur achten Klasse, ob er nun redete, rechnete oder schrieb oder eben all dies nicht tat. Dafür befuhr er mit dem alten Eicher Diesel das unwegsame Gelände hinter dem Hof, auch dort, wo andere schon lange nicht mehr fuhren. Er durchquerte die Weissach bei Hochwasser und wusste instinktiv, dass man da viel Schwung brauchte, um nicht stecken zu bleiben. Einmal jagte er den alten Eicher sogar die steile Flanke des Grenis-Hügels hinauf, wofür er von seiner Mutter heftigst ausgeschimpft wurde.

»Hast jetzt du Hallodri nix anderes zum tun, als wie mit dem alten Glump den Grenis-Hügel 'naufzufahrn!«

Seiner Freude, diesen Steilhang bezwungen zu haben, hatte das allerdings keinen Abbruch getan.

Und wenn es abends dunkel wurde auf dem Grenis-Hof, die Sonne verschwand auch im Sommer schon nachmittags hinter den Hügeln, holte Ewald das alte Weltmeister-Akkordeon des Großvaters heraus, das er auf dem staubigen Dachboden entdeckt hatte. Niemand hatte ihm gezeigt, wie man damit spielt. Und was eine Tonleiter oder gar ein Akkord waren, wusste er natürlich auch nicht. Aber Ewald hatte Ohren, um zu hören, und nach und nach hatten seine Finger auf den Tasten immer sicherer die Töne gefunden, die er im Ohr hatte. Zuerst war es Volksmusik gewesen, die er in dem alten Saba-Radio gehört hatte, wo immer der Bayern 1 eingestellt war, weil seine Mutter nicht wusste, wie man einen anderen Sender suchte. Wenn Ewald am Sonntag nach der

Kirche nach Hause kam, ging er in seine Kammer und versuchte auf dem Akkordeon herauszufingern, was Frau Brillisauer beim Gottesdienst auf der Kirchenorgel gespielt hatte. Ewalds Mutter allerdings mochte sein Spiel nicht.

»Jetzt ist aber mal Schluss mit dem Gedudel! Da wird man ja narrisch davon!«

Trotzdem hatte Ewald große Freude am Spielen, aber diese Freude behielt er für sich und schloss auch das Akkordeon immer in seinem Schrank weg, wenn er zur Schule ging. Als die gleichaltrigen Jungs aus seiner Klasse begannen, den Mädchen nachzustellen, hatte Ewald schnell merken müssen, dass es tausendmal leichter war, ein Lied auf dem Akkordeon nachzuspielen, als mit einem Mädchen ins Gespräch zu kommen. Eigentlich hätte er den Mädchen auch gerne mal etwas vorgespielt, aber von denen wusste ja keine, dass er ein Akkordeon hatte.

Als der Ewald mit 16 seiner Schulpflicht Genüge getan hatte, hatte ihn die Mutter kurzerhand zur Kiesgrube vom alten Erwin Poschedsrieder gebracht, die am anderen Ende des Dorfs in einer Waldlichtung lag.

»Pass auf, Poschedsrieder: Schaffen kann der Bub und Bulldog fahren auch. Der braucht eine Arbeit, der frisst mir noch die Haar' vom Kopf!«

Poschedsrieder hatte Ewald fast gnädigerweise zur Probe auf eine uralte Fiat-Allis-Planierraupe gesetzt. Ewald hatte sich einen Tag lang mit der Allis in die hinterste Ecke der Kiesgrube verzogen, dort, wo schon lange nichts mehr abgebaut worden war, die Kiesflächen überwuchert waren und am Wochenende die Motocross-Jungs vom neu gegründeten MSC Ratzisried mit ihren alten Maicos und Jawas trainierten. Am nächsten Tag war Ewald mit der Raupe vors Büro gefahren und hatte dem Erwin Poschedsrieder gezeigt, was man mit einer Fiat-Allis alles machen konnte. Erwin Poschedsrieder hatte mit einem Blick gesehen, dass da ein Talent auf dem Gerät saß und Ewald eingestellt, ungeachtet dessen, was er sonst an Qualifikation mitbrachte. Das war jetzt fast schon 25 Jahre her, aber seit dieser Zeit musste immer Ewald ran, wenn es beim Poschedsrieder etwas Schwieriges zu planieren gab.

Ewald fühlte mit dem Handrücken vorsichtig die Motortemperatur, zog einen Schlitzschraubenzieher aus der Tasche seiner Kombi und drehte die Leerlaufverstellung ein wenig nach unten: Den Leerlauf konnte man nur bei warmem Motor optimal einstellen.

»Heut versägen's dich, Fricker.«

Ewald brauchte sich nicht umzudrehen, um zu wissen, wer da hinter ihm stand. Bene Kempter war sein Arbeitskollege und eigentlich auch sein Freund. Bene war noch keine dreißig, groß, sah granatenmäßig gut aus und hatte das, was man im Allgäu einen definitiven »Stich bei den Mädels« nannte.

»Hast immer noch kein Mädle, oder?«

Ewald ließ ihn reden, es gehörte einfach dazu, dass Bene Sprüchle machen musste, gerade über die Mädels. Dabei, das hatte Ewald hintenherum mitbekommen, sollte der schöne Bene angeblich selber ziemlich abgeblitzt sein bei Frau Zieschke, der neuen Disponentin der Kiesgrube.

Es war eh nichts mehr so wie früher in der Kiesgrube, Ewald war mittlerweile bald einer der Letzten, die noch beim alten Poschedsrieder angefangen hatten. Seit zehn Jahren gehörte die Grube dem Herrn Zwerger, der eines Tages in Ratzisried aufgetaucht war, in seinem Honda Prelude de luxe, goldmetallic. Karl Zwerger war mit vierzig noch ein wilder Hund gewesen, hatte als Vertreter für Honda-Automobile in Kempten gearbeitet und sich, wie man im Dorf sagte, »geschwind« die Karin Poschedsrieder geschnappt, die damals auch schon Ende dreißig und noch zu haben war. Im Goldmetallic-Prelude hatte er die blasse Karin ausgiebig durchs Allgäu kutschiert, ihr die Wellness-Oasen des Voralpenraums gezeigt und sie ein halbes Jahr später geheiratet, samt dem Grundstück und der Kiesgrube vom alten Poschedsrieder. Es hatte keine drei Monate gedauert, dass Schwiegervater Erwin dank seines Bluthochdrucks in die ewigen Kiesgründe eingegangen war und Karl Zwerger die Kiesgrube übernommen hatte. Karl Zwerger hatte ein gutes Händchen, der Kiesbetrieb florierte und expandierte, und bald bekam Karin ihr Mercedes-Cabrio, zog sich aus der Firma zurück und engagierte sich für soziale Belange als First Lady von Ratzisried.

Durch die Krise war Karl Zwerger ganz gut durchgeschlittert, im Allgäu wurde eben immer noch mehr gebaut als sonst wo im Land. Vor einem halben Jahr hatte er sogar eine neue Disponentin eingestellt, die ihm nach kurzer Zeit den Laden schmiss. Diese Rita Zieschke war nicht nur fleißig und kompetent, sondern sah auch sehr gut aus mit ihren 32 Jahren. Man wusste ja im Dorf nichts über diese Frau, sie war nicht in Ratzisried aufgewachsen, sie stammte nicht mal aus dem Allgäu, sondern aus dem Osten, und das hörte man auch noch ein wenig. Sofort hatten die Gerüchteschnellkochtöpfe unter Volldampf gestanden, und es wurde eifrig gemutmaßt, was Rita Zieschke ins Allgäu verschlagen hatte. Manche witterten eine enttäuschte Liebe, andere ein in Sachsen in die Pleite gegangenes Kies-Unternehmen, und der alte Sepp Darchinger wollte sogar erfahren haben, dass die Rita mit einem Franchise-Unternehmen für Fertighäuser in Mecklenburg gescheitert war. Mit Räuberpistolen über ihren Lebenslauf wurde nicht gespart, angeblich war ihr Vater ein von der Staatssicherheit geschasster Chemie-Ingenieur, und womöglich sei sie auch Leistungssportlerin in der DDR gewesen, zumindest ließ ihre Figur darauf Rückschlüsse zu: Turnerin vielleicht oder Schwimmerin. Rita Zieschke äußerte sich zu all dem Unfug nicht, lächelte mit ihren schönen braunen Augen und tat ihre Arbeit als Disponentin der Kiesgrube, und zwar sehr gut und vor allem mit viel Spaß. So mancher Allgäuer Kerl hatte da gleich mal versucht, sich mehr als ein Lächeln einzufangen, aber Rita gab klar zu verstehen, dass da nichts lief, immer nett und liebenswert im Ton, aber klar und reserviert zur Sache.

Keiner wusste freilich, dass sie wirklich eine große Enttäuschung hinter sich und von dem Spiel, das man Liebe nennt, erst einmal genug hatte. Sie bevorzugte eher kleine unverbindliche Affären zur Besänftigung der alltäglichen Lustaufwallungen, bei denen allerdings sie die Spielregeln bestimmte. Rita Zieschke hatte alles andere als eine langfristige Bindung auf ihrem Wunschzettel stehen, hatte aber feststellen müssen, dass ihr, seit sie im Westen war, die Männer mit verblüffender Regelmäßigkeit Anträge fürs Leben machten, und es waren nicht nur Verlierer und Idioten, die das taten. Und als der schöne Bene Kempter sich ihr als permanenter Liebhaber anerboten hatte, musste sie dessen Ansinnen wohl auch relativ knapp vom Tisch gelächelt haben, soweit dem Ewald das richtig zugetragen worden war.

Bene stand immer noch hinter ihm, und Ewald drehte mit dem Schraubenzieher die Leerlaufdüse der Dieselpumpe ein wenig nach links, die Drehzahl sank und musste jetzt etwa bei 600 Umdrehungen pro Minute liegen, und das passte dann schon.

»Ewald, wie du stundenlang an der Raupe herumpfitzelst, da kann man gar nicht hinschaun… des tät' mich narrisch machen, wenn einer immer so langsam…«

Ewald stellte die Drehzahl noch einen Hauch niedriger ein. »Weißt, Bene, bei denen, wo's immer ganz schnell geht, bei denen dauert's hinterher dann eh bloß länger.«

Bene lachte kurz auf, obwohl er das nicht so recht verstanden hatte.

»Ja, das kannst du nächste Woche denen da oben bei der Deutschen Meisterschaft erzählen… das wird eine saubere Hatz da oben, das sag ich dir! Das sind Profis, die haben auch alle ein viel besseres Material als dein altes Glump.«

»Schau, Bene, wenn man vorher immer schon alles weiß, dann weiß man hinterher eben überhaupt nix mehr.«

»Manchmal redest du schon einen ganz schönen Schmarrn daher, Ewald!«

Das Lächeln, das dem Ewald auskam, sah Bene nicht. Bis der Startschuss fiel, hatte Ewald noch etwa drei Stunden Zeit.

Die Vorhänge in Zwergers Büro waren zugezogen. Karl Zwerger schwitzte, der Schweiß lief ihm in Bächen von der Stirn. Wie ein Bulldozer arbeitete sein kompakter Körper, mit aller ihm gegebenen Kraft versuchte er, seine Disponentin Rita Zieschke auf das Hochplateau der Lust hinaufzuschieben, und das gelang ihm offenbar auch im nächsten

Moment. Rita stöhnte kurz auf, wenn auch mit verhaltener Lautstärke, schließlich wollte sie kein Aufsehen erregen.

Karl Zwerger schnaufte, versuchte seinen Atem wieder auf eine alltagstaugliche Frequenz herunterzubringen. Er trank schnell einen Schluck Wasser aus der Flasche, die auf seinem Schreibtisch stand, dort, wo das kurze Intermezzo gerade stattgefunden hatte.

»Mein Gott, Rita, was du mit mir machst … das war so schön, mei oh mei, war das schön!«

Rita lächelte leise und winkte ab: Das fehlte noch, dass der Zwerger jetzt hinterher noch alles zusammenschrie, wo's doch schon gegessen war.

»Für dich auch schön, Rita? Warst oben? Ich meine: Warst ganz oben, Rita?«

»Ja, ich war oben, Karl! Aber frag bitte nicht jedes Mal, ich kann doch hier nicht rumschreien wie eine Verrückte.«

Zwerger wischte sich den Schweiß mit einem Kleenex ab, zog die Hosen hoch und nahm Rita von hinten zart in den Arm.

»Ein Leben lang habe ich gewartet … auf eine Frau wie dich, Rita! Du mein kleiner Schmetterling!«

Rita gab Zwerger ein fast schon formales Küsschen und löste sich sanft aus seiner Umarmung.

»Mach's bitte jetzt nicht kompliziert, Karl. Es ist, wie's ist, und das ist schön und basta.«

Zwerger nickte, rückte sich die Krawatte zurecht, ging zum Fenster und zog die Vorhänge auf.

»Schau dir das an da draußen, Rita: Kies, Kies, immer bloß Kies. Ich kann bald keinen Kies mehr sehen! Hätte beste Lust, einfach alles hinzuschmeißen. Abzuhauen … irgendwo nochmal neu anfangen … Kies ist doch kein Leben …«

Rita Zieschke nickte: Sie hatte das alles schon öfters gehört, sinngemäß, und nicht nur von Karl Zwerger.

»Lass uns noch mal paar schöne Geschäftsreisen machen, Karl. Amsterdam, da war's doch nett.«

Karl Zwerger schüttelte den Kopf.

»Nochmal Amsterdam geht nicht, mein Schmetterling, das merkt sie, die ist ja nicht blöd. Und immer nur Amsterdam oder Lissabon ... das ist doch auf die Dauer auch keine Lösung.«

»Und du hättest gern eine Lösung, oder wie soll ich das verstehen?«

»Irgendeine Lösung ist doch auch keine Lösung, Schatz. Eigentlich sollten wir zwei ...«

»Was?«

»Das sag ich dir dann, wenn's so weit ist, mein Schmetterling.«

Rita strich sich den Rock gerade, ging zum Spiegel über dem kleinen Waschbecken und fuhr sich mit den Fingern durch ihr Haar.

»Hoffentlich merkt keiner was ...«

»Ach was, da draußen stinkt's nach Diesel und Bratwürsten, da riecht keiner was!«

Als Pragmatiker gefiel Rita ihr Chef weitaus besser denn als Romantiker, vielleicht war das, was immer sie mit ihm hatte, doch mehr eine Pragmanze als eine Romanze. Das störte Rita aber nicht, im Gegenteil. Zu viel Nähe entfernte die Menschen nur, dachte sie und lächelte zufrieden in sich hinein: Ihr Liebhaber und Chef der Planierraupen hatte sie wirklich bis ganz nach oben geschoben, sein Betteln um Bestätigung jedoch ging ihr auf die Nerven, ein wenig zumindest. Aber so waren sie eben, die Westler.

Die Sonne stand schon hoch über dem Hochgrat, es war ein wundervoller Samstagnachmittag, der Nachmittag hielt alles an Allgäuer Postkartenkitsch, was der Morgen versprochen hatte. Das weiße Mercedes-Cabrio vom Typ SLC mit Kompressor kam langsam auf das Areal gefahren, vorsichtig geradezu, kaum Staub aufwirbelnd, gesteuert wie auf rohen Eiern, auf die Vermeidung von Steinschlag bedacht, und rollte langsam auf dem Rollsplitt aus, direkt neben dem Podium, das Zimmerleute aus Kanthölzern und Bohlen zusammengenagelt hatten. Karin Zwerger stieg aus, mit einem Hauch von Mühsamkeit. Sie hatte ein dunkelrotes Kleid an, das ihren weiblichen Körper freundlich umschmeichelte, dazu trug sie hochhackige schwarze Schuhe, die ihren Gang auf dem Kies ein wenig unsicher wirken ließen. Ihr Haar hatte sie hochgesteckt, um die Schultern eine schwarze Stola gelegt. Karins Rückzug aus der ehemals väterlichen Firma und ihr zunehmendes Engagement für wohltätige Zwecke hatten sie ein wenig voller werden lassen, was man auch im Gesicht sah. Karin lächelte den Menschen zu, die sich in der Kiesgrube versammelt hatten, sie kannte ja fast jeden, als Tochter vom alten Poschedsrieder. Halb Ratzisried war hergekommen, das Sommerfest war ein fester Bestandteil im gesellschaftlichen Leben der Gemeinde. Karins Vater hatte es vor zwanzig Jahren ins Leben gerufen, wenn auch kleiner, mit drei Bierbänken und einem Fass Freibier, und damals hatte Karin immer an einem kleinen Tisch gestanden und Leberkäs-Semmeln verteilt.

Die »Weissachtaler Buben«, die führende und einzige Blaskapelle aus Ratzisried, spielten bereits, der Metzger Holdenried hantierte mit drei üppigen Fleischerei-Fachverkäuferinnen in seinem Imbisswagen, und es roch schon nach

Bratwürsten und gegrillten Schweinesteaks. Karin schüttelte Hände, begrüßte alte Bekannte, ehemalige Schulfreunde, den Bürgermeister, und gefiel sich in ihrer Rolle als Gastgeberin.

Karin freute sich auch, Rita Zieschke unter den Gästen zu entdecken: Ihr Mann Karl hatte eine gute Entscheidung getroffen, sie einzustellen. Frau Zieschke machte gute Arbeit als Disponentin, der frische Wind im Büro tat ihrem Mann gut. Diese Rita ließ ihrem Karl einfach die Schlampereien nicht durchgehen, die sich im Laufe der Jahre eingeschlichen hatten. Eine bessere Ausnutzung des Maschinenparks und die Optimierung des logistischen Ablaufs hatten sich bereits sichtbar in der ersten Quartalsbilanz nach Frau Zieschkes Eintritt in die Firma gezeigt. Die hatte wahrscheinlich im Osten noch gelernt, wie man das Optimale aus Material und Menschen herausholte, weil man da ja nichts hatte. Und Karl war kein promovierter Betriebswirt, sondern ein schlitzohriger Autoverkäufer mit Organisationstalent, aber so etwas hatte auch seine Grenzen. Im Betrieb mochte man die Zieschke, obwohl viele am Anfang die Nase gerümpft hatten ob Karls Zwergers Entscheidung, als Disponenten eine Frau einzustellen, noch dazu eine aus dem Osten, die Land und Leute nicht kannte. Aber die »Ossi-Rita«, wie manche sie scherzhaft nannten, hatte sich ganz gut akklimatisiert. Karin wunderte, dass Frau Zieschke keinen Mann hatte, aber wahrscheinlich war sie wählerisch, und das gefiel Karin. Für eine Frau wie diese Rita war es natürlich nicht einfach, unter den Ratzisrieder Holzköpfen etwas Passendes zu finden.

»Das Fest wird Ihnen gefallen, Frau Zieschke, wir machen das jedes Jahr. Die Männer haben so einen Spaß mit den

Raupen.« Rita war für einen Moment irritiert, sie hatte Karin Zwerger gar nicht kommen hören.

»Klar, Frau Zwerger. Hauptsache, die Kerle können sich kloppen, und wenn sie's mit Planierraupen machen.«

Karin Zwerger lachte.

»Das haben Sie schön gesagt, Rita. Es sind halt doch rechte Kindsköpfe, die Männer, aber das wissen wir ja.«

Rita lächelte, so gut ihr das gelang.

»Und wie soll das nun ablaufen?«

Karin Zwerger zeigte auf die Kiesfläche vor dem hölzernen Podium, wo mit rot-weißen Bändern der Parcours abgesteckt war. In einer Reihe waren nebeneinander fünf identische Kieshügel aufgeschüttet, von vielleicht einem Meter Höhe, in einem Abstand von jeweils fünf Metern. Jeder Hügel hatte ein Volumen von exakt zehn Kubikmetern. Rote Absperrbänder führten von der Startlinie, die mit gelbem Kreidepulver in den Kies gemalt worden war, zu den einzelnen Kieshaufen. Hinter der Startlinie standen die Maschinen: zwei Caterpillar vom Typ C 47, eine Komatsu D75S, eine kleine 35er Liebherr, und ganz rechts außen stand Ewald Fricker mit seiner alten Fiat-Allis FL 10. Noch liefen die Motoren nicht, aber es herrschte aufgeregtes Gewusel rund um die Maschinen. Allein Ewald saß auf der Motorhaube seiner Fiat-Allis und spielte Akkordeon, und zwar ausgerechnet »La Paloma«. Sein Freund Schorsch, der an seiner Komatsu die Spannung der Raupenkette kontrollierte, konnte sich eine Bemerkung nicht verkneifen:

»Was spielst' denn da wieder, Ewald? Seemannslieder! Eine Raupe ist doch kein Schiff!«

»›La Paloma‹ heißt auch nicht Schiff, sondern Taube. Und das klingt fast ein bissel wie Raupe.«

»Du bist doch ein spinnerter Hund, Ewald.«

»Schon. Aber wenn man das weiß, dann ist das gar nicht so schlimm. Schlimm wär's bloß, wenn man's nicht merken tät.«

Die anderen Männer, die sich um ihre Raupen kümmerten, lachten: der Franz Holdenrieder, der Sohn vom Metzger auf seiner Caterpillar, und der junge Kevin Maierhöfer, der es dieses Jahr mit der Liebherr versuchen wollte.

Karin Zwerger schenkte Rita noch einen Blick von Frau zu Frau, dann ging sie weiter, durchs Gewühl auf das Podium zu. Rita dachte sich, dass die Männer mit ihren Raupen genau die gleichen Knallköpfe waren wie in ihrer mecklenburgischen Heimat, aus der sie geflohen war. Und sie kam sich ein bisschen schäbig vor ob der Freundlichkeit, die Frau Zwerger ihr entgegenbrachte: Offenbar hatte die Frau wirklich nicht den geringsten Verdacht, dass Rita mit ihrem Mann Karl auch etwas anderes optimierte als Rollsplitt- und Kies-Logistik.

Rita beobachtete, wie Karin über die kleine Treppe hinaufschwebte auf das Podest, wo Karl Zwerger schon stand und den Weissachtaler Buben ein unmissverständliches Zeichen gab, ihre Instrumente abzusetzen. Karin bemerkte natürlich den heimlichen Blick nicht, den Rita sich von Karl Zwerger einfing. Karl griff sich ein Mikrofon und sagte schnell ein paar Worte, die Rita nicht genau verstand, aber als deren Folge die fünf Männer auf ihre Planierraupen kletterten und die Maschinen anließen. Die Raupenfahrer spielten mit den Gaspedalen und ließen die Motoren aufheulen, wie man das von Formel-I-Rennen aus dem Fernsehen kannte. Allein Ewald Fricker saß wie der kleine Bruder vom großen Buddha im Fahrersitz seiner Fiat-Allis und horchte auf den

Klang seiner Maschine, die brav im Leerlauf vor sich hin tuckerte. Sein Akkordeon war wieder im Kasten verstaut, den er auf die Motorhaube geschnallt hatte. Ewald Fricker schien ganz im Hier und Jetzt zu ruhen, und irgendwie wurde Rita aus diesem Mitarbeiter, den sie ja nun auch schon ein halbes Jahr flüchtig kannte, nicht schlau.

Überhaupt waren Bierfeste nicht Ritas Ding. Sie sah, dass sich die Festgäste entlang der Absperrungsbänder aufstellten, und musste ein Kichern unterdrücken ob des Brimboriums, das da vor ihren Augen seinen Lauf nahm. Später würde sie sich vielleicht auch noch ein oder zwei Gläser Bier genehmigen und sich dann zuhause bei Kerzenlicht vielleicht eine CD anhören, aber bestimmt keine Blasmusik. Sie würde nicht allzu spät gehen, ihr stand der Sinn nach einem kleinen häuslichen Chill-out vom Allgäuer Kiesgruben-Sommerfest mit Bratwurst und Volksmusik.

Rita sah noch einmal hinüber zum Podium. Karl Zwerger wirkte angespannt, aber seine Frau Karin schien alle Zeit der Welt zu haben. Sie winkte vom Podium aus den Festgästen zu, mit einer Verve, Ernsthaftigkeit und Hingabe, als sei Podiumwinkerin ein ausgestorbener Lehrberuf. Rita konnte natürlich nicht hören, was Karl Zwerger seiner Frau ins Ohr zischte:

»Wo kommst du denn jetzt her? Warst du wieder beim Shoppen in Kempten?«

Karin Zwerger lächelte milde und blickte auf die Menschen in der Kiesgrube.

»Ach, Karl, das macht den Leuten jedes Jahr eine solche Freude…«

»Schön, wenn's ihnen Freude macht... kostet ja auch genug.«

»Wenn du nur rummeckern kannst. Vielleicht freust du dich auch ein bisschen.«

Karl Zwerger grummelte etwas vor sich hin, holte aus seinem Aktenkoffer eine kleine Signalpistole und eine schwarzweißkarierte Flagge. Er gab Karin die Pistole und die Flagge und griff sich nochmals das Mikrofon. Schlagartig schien seine Anspannung von ihm abzufallen, und er sprach mit dem Ton des professionellen Autoverkäufers.

»Also, meine lieben Gäste, meine lieben Freunde, liebe Mitarbeiter und meine starken Männer auf den Planierraupen, der Herrgott hat's mal wieder gut gemeint mit uns, wir haben Bier, Musik, Bratwürst' und Sonnenschein, und jetzt frage ich euch: Seid ihr so weit?«

Lautes Johlen und Klatschen waren die Antwort, die starken Männer auf den Raupen gaben so etwas wie Kampfgeheul von sich und spielten wieder mit den Gaspedalen. Nur Ewald Fricker saß seelenruhig auf seiner Raupe, nickte kurz und winkte mit der Hand einmal ins Publikum.

»Dann gehen wir's an, Buben und Madeln. Ich eröffne hiermit das mittlerweile 15. Betriebs-Wettplanieren um den Wanderpokal der Firma Zwerger. Meine liebe Frau Karin wird jetzt gleich den Startschuss geben, und ich ruf euch zu, Buben: Lasst es krachen, und haut ihn weg, den Kies! Auf dass der Beste gewinnen möge!«

Karl Zwerger nickte seiner Frau zu, Karin hob die Hand. Augenblicklich verstummte das Gejohle, und nur das Tuckern der Dieselmotoren war zu hören. Karin streckte den Arm mit der Pistole nach oben, langsam und gesetzt, als wäre das alles ein großes Ritual, blickte noch einmal zu den Menschen, die da vor ihr standen, krümmte den Finger am Abzug und ließ den Startschuss über das Kiesgrubengelände knallen, der sich an den gegenüberliegenden Kieswänden brach und als dreifaches Echo zurückkam.

Das Toben des Publikums übertönte den Lärm der Dieselmotoren, mit durchdrehenden Ketten setzten sich die Raupen in Bewegung. Als Erster war der junge Kevin Maierhöfer losgekommen, er fuhrwerkte auf der Raupe herum wie ein Berserker. Staub wurde aufgewirbelt und vermischte sich mit den Wolken von Dieselqualm, der aus den Auspüffen der Raupen kam. Ewald Fricker schien seine Raupe wie in Trance zu steuern, mit ruhigen Bewegungen, und in seinem Gesicht lag ein fast schon geheimnisvolles Lächeln, eine Synthese aus höchster Konzentration und kindlicher Freude. Während die anderen mit ihren Hebeln schufteten wie Schwerstarbeiter, die Ketten ihrer Raupen durchdrehen ließen, die Gänge reinprügelten, als seien die Schalthebel zu klein geratene Mistgabeln, war Ewalds Steuern der Raupe fast wie ein Flirt mit dem Kies. Er schien ein physischer Bestandteil seiner Fiat-Allis geworden zu sein, ein Maschinenmensch. Einer, der mit dem Kies tanzte. Und wo sich das Planieren bei Schorsch und Kevin zu einem Schauspiel schierer Raupenkraft auswuchs, glitt Ewalds Fiat-Allis durch den Kies wie ein Schaumlöffel, der Eischnee unter eine unendlich leichte Masse hebt. Behende wie ein Eichkätzchen schien seine Raupe über den Kies zu gleiten, drehte sich über die linke oder die rechte Kette, als seien Vorwärtsbewegung, Rückwärtsfahrt und Richtungswechsel nur eine jeweils andere Schattierung einer großen Gesamtbewegung, in der Frickers Maschine wie eine hungrige Raupe dem Kieshügel zu Leibe rückte.

Rita stand an der Absperrung. An sich fand sie solche Männerspielchen albern, musste sich aber eingestehen, dass sie dieses absurde Planierraupen-Ballett doch ein wenig amüsierte. Die Männer gebärdeten sich wie wilde Staubritter auf neumodischen Rössern, die gegen wehrlose Kieshaufen zu Felde zogen, damit mal wieder einer der Sieger sein durfte: Es ging Rita manchmal auf die Nerven, in einem Land zu leben, das ständig von allem und jedem die oder den Besten suchte, um letztlich nach dem Event doch wieder nur Idioten gefunden zu haben. Nur dieser eigentümliche Herr Fricker schien sich samt seiner Raupe irgendwo außerhalb dieses ganzen Rummels zu bewegen.

Mitten in diesem Plätschern der Gedanken spürte Rita hinter sich eine Berührung, die mehr war als ein harmloses Gestreiftwerden im Gedränge. Und sie hörte ein Flüstern, das von einem Hauch alkoholgeschwängerten Atems begleitet wurde.

»Jaja, der Fricker … das ist auch alles bloß Show bei dem.«

Rita brauchte sich nicht umzudrehen, um zu wissen, dass Bene Kempter seinen Körper an sie herangeschoben hatte, wie immer viel zu dicht.

»Was du brauchst, das wär ein richtiger Kerl!«

Rita wendete den Kopf und fing sich Benes Grinsen ein, das der offenbar für unwiderstehlich hielt. Rita grinste zurück.

»Einen wie dich, oder?«

Benes ungebrochenes Grinsen ließ keinen Zweifel daran, dass Ironie ihm fremd war.

»Tu mir einen Gefallen, Bene, und lass mich in Ruhe zugucken.«

»Magst was trinken?«

»Danke. Aber ich bin alt genug, ich kann mir schon selber was holen. Und jetzt sei so nett, und lass mich zugucken.«

»Du könntest so süß sein, wenn du bloß nicht immer so kratzbürstig wärst…«

»Keine Sorge, ich bin nicht zu jedem kratzbürstig, Bene.«

Das hatte zumindest die erhoffte Wirkung: Bene trollte sich. Rita wusste, dass er nicht lockerlassen würde, aber mittlerweile hatte sie Erfahrung im Umgang mit Kerlen, die ihr am Hacken hingen und das Wort »nein« nicht zu kennen schienen.

Rita sah wieder zu Fricker hin: Mit einer verblüffenden Eleganz saß der auf seiner Fiat-Allis, schob den Kies mit höchster Effizienz umher und sang dabei vor sich hin, der bis dahin ungeschlacht geglaubte Hammel. Nie hätte Rita ausgerechnet diesem Herrn Fricker eine solche Leichtigkeit des Planierens zugetraut, sein Lachen steckte geradezu an, und als Rita bei einer eleganten Kehrtwende der Raupe genau in die beiden kleinen Lampen blickte, schien auch die Fiat-Allis aus vollem Herzen zu lachen.

Was aber höchst verblüffend war: Ewalds Kieshügel schrumpfte am schnellsten von allen, die zehn Kubikmeter schienen sich auf wundersame Weise verflüchtigt zu haben, und nach ein paar Minuten schon drehte Ewald die Raupe souverän übers Heck und fuhr, wieder La Paloma singend, zurück in Richtung Start&Ziel, während die anderen immer noch mit ihren widerspenstigen Kieshügeln kämpften. Karin Zwerger hob die schwarzweiß karierte Flagge und winkte ab, als das Heck der Fiat-Allis die Ziellinie passierte. Ein Freudengeschrei brach los, das Fricker lächelnd entgegennahm wie einer, der es gewohnt war, bejubelt zu werden. Rita erwischte sich dabei, wie sie auch applaudierte.

Den Blechblastönen der Weissachtaler Buben war ein gewisser Alkoholgehalt bereits anzuhören. In der Halle, in der sonst der Maschinenpark untergebracht war, standen jetzt Bierbänke, und Rita hatte sich etwa drei Reihen vom Podium entfernt hingesetzt, schön an den Rand, um jederzeit ohne allzu großes Aufsehen verschwinden zu können.

Ein Blick von Karl Zwerger zu den Weissachtaler Buben reichte, dass die ihre Instrumente absetzten. Nur Hansi Eberle, der Trompeter, war schon so benebelt, dass er ein paar Takte lang noch alleine weiterspielte, was seine falschen Töne umso gnadenloser hörbar machte und zu großem Gelächter in der vollen Maschinenhalle führte. Karin Zwerger, die neben ihrem Mann oben auf dem Podium stand, legte ihr gütiges Charity-Lächeln auf, und Ewald Fricker wirkte etwas verloren zwischen den beiden, wie zum Schutz hatte er sein Akkordeon umgehängt. Rita fing sich noch ein kurzes konspiratives Lächeln von Zwerger ein, und ihr war klar, dass ihm seine Karin wieder gehörig auf die Nerven ging mit ihrem betulichen und wohltätigen Gehabe. Zwerger holte einen Pokal, dessen Deckel eine stilisierte Planierraupe mit Eichenlaub aus Messing zierte, aus einem Pappkarton, etwa so liebevoll, wie man einen bei einem Preisausschreiben gewonnenen Eimer Industrie-Senf auspacken würde, und drückte ihn seiner Frau in die Hand, zusammen mit dem Mikrofon. Karin Zwerger drehte sich zum Publikum und räusperte sich kurz.

»Meine lieben Gäste, nun habe ich wie jedes Jahr die wunderschöne Aufgabe, die Siegerehrung vorzunehmen. The winner is, zum dreizehnten Mal hintereinander, wieder unser Ewald Fricker!«

Die Leute in der Halle klatschten, die Weissachtaler Buben versuchten sich an einem Tusch, und Karl Zwerger lächelte ein wenig angestrengt. Karin hielt Fricker den Pokal hin.

»Das haben Sie wieder fein gemacht, Ewald. Ich gratuliere Ihnen von ganzem Herzen, auch im Namen der Geschäftsleitung. Ja ... wie fühlt man sich denn als der ungeschlagene Planierraupen-Champion von Ratzisried?«

Rita war gespannt, was der Herr Fricker darauf sagen würde, aber der sagte wieder mal gar nichts, steckte den Pokal in die Tasche seiner Montierkombi, griff in die Tasten seines Akkordeons und fing an zu spielen, die Einleitungstakte von »In the Mood« von Glenn Miller. Rumpelnd wie eine entgleisende Bigband fielen die Weissachtaler Buben ein, und es klang eher nach Polka als nach Swing. Zwerger griff sich das Mikrofon, er riss es seiner Frau geradezu aus der Hand

»Meinen Glückwunsch, Ewald, gut gemacht! Und auch wenn uns in der Kiesbranche das Wasser bis zum Hals steht, gibt's jetzt Freibier, und zwar für alle!!!«

Jetzt tobten die Leute: So spendabel kannten sie ihren Chef Zwerger wirklich nicht. Rita hatte das Gefühl, dass irgendetwas aus dem Ruder lief. Karl Zwerger war bekannt für seinen angeborenen Geiz, aber jetzt winkte er lachend ins Publikum, zwinkerte Rita einmal heimlich zu. Sie hatte fast ein wenig Mühe, sich vorzustellen, dass das der Mann war, mit dem sie sich vor drei Stunden auf dem Bürotisch im Rahmen des Möglichen vergnügt hatte. Sie gestand sich ein, dass es eine praktische Affäre war, und schwor sich, sich nicht zu tief einzulassen auf die Gefühle. Auf zu große Nähe hatte sie keine Lust, ein wenig Sex und nette Geschäftsreisen waren jedoch im Bereich des Erträglichen und zeitweise auch Angenehmen. Verheiratete Männer konnte man ganz gut am Zügel halten, wenn man selbst nicht mehr wollte als ein wenig Spaß und Abwechslung. Das mit der großen Liebe hatte Zeit. Karl Zwerger konnte ein ganz charmanter Kerl sein, meistens dann, wenn er weg war von zuhause und seiner Kiesgrube.

Die Leute strömten zum Bierausschank, und die Weissachtaler Buben legten noch eine Kohle drauf, lautstärkemäßig.

Rita beschloss, noch ein Bier zu trinken und sich dann nach Hause zu verkrümeln. Sie verspürte Lust auf eine Zigarette und ging nach draußen, wo sich der Hochgrat, jetzt vom Vollmond angestrahlt, vor sternenblauem Himmel abhob: Es sah aus wie der pure Kitsch, und Rita fand es in diesem Moment einfach schön, hier zu leben und nicht in dem mecklenburgischen Kaff, wo sie aufgewachsen war.

Hinter der Maschinenhalle stand Frickers gelbe Fiat-Allis, direkt neben der kleinen Diesel-Zapfsäule, aus der die firmeneigenen Fahrzeuge betankt wurden. In der Halle hörte man die Weissachtaler Buben spielen, Fricker trieb sie mit seinem Akkordeon musikalisch vor sich her.

Bene schleppte aus seinem mit Spoilern und Auspuffblenden verzierten Honda prelude einen Umzugskarton heran, Schorsch rückte dem Dreck auf Frickers Raupe mit einem Knäuel Putzwolle zu Leibe. Bene nahm einen großen Schluck aus einer Obstlerflasche und warf sie Schorsch zu.

Er packte zehn rote Farbsprühdosen und ein paar Schablonen aus dem Karton und stellte sie auf die Motorhaube. Schorsch nippte nur einmal kurz an der Flasche.

»Meinst, das gibt keinen Ärger?«

Bene lachte.

»Du bist doch ein ewiger Hosenscheißer, Schorsch!«

»Wenn der Zwerger das sieht, dann schmeißt er dich raus.«

»Und dich gleich noch dazu! Dann stehst sauber da mit'm Kredit für dein Häusle! Dann musst dein Mädle zum Schaffen schicken, haha!«

»Die geht sowieso schon putzen ...«

»Das wird dann nimmer reichen ... dann musst sie halt zum Anschaffen schicken, rauf nach Kempten!«

Schorsch fand diesen Scherz nicht besonders komisch.

Bene hielt eine Schablone mit einer großen 1 an die Motorhaube und sprühte satt rote Farbe darüber.

»Das sieht doch saugut aus, oder?!«

Schorsch lächelte.

»Das können wir gleich dranlassen für nächste Woche. Deutsche Meisterschaft im Präzisionsplanieren ... meinst du, der Fricker hat da eine Chance, gegen all die Profis da droben?«

Bene winkte ab.

»Isch doch scheißegal! Das wird ein sakrischer Fez! Ich war noch nie an dieser komischen Ostsee.«

»Wo ist das eigentlich?«

»Keine Ahnung. Im Osten wahrscheinlich, sonst tät's ja nicht Ostsee heißen, oder?«

Bene nahm noch einen Schluck aus der Obstlerflasche.

»Das wird ein Huraments-Spaß da oben, des sag ich dir! Weil die Weiber droben an der Küste, die sind scharf wie drei Sack voll Ratten, wegen dem Salz und dem Wind, verstehst? Die vögeln alles, was ihne über'n Weg lauft…«

Schorsch wusste nicht recht, was er davon halten sollte. Manchmal war es nicht so ganz klar, ob der Bene etwas ernst meinte oder nur irgendeinen Mist daherredete, um die anderen zu verarschen. Außerdem machte Bene sich immer über den Ewald lustig, vor allem darüber, dass der kein Mädchen hatte. Schorsch erinnerte sich allerdings nicht ganz so gern an den »Marktplatz-Fez« vor ein paar Jahren, als sie alle dem Ewald einen ziemlichen Scherz gespielt hatten. Der hatte nämlich beim Wettplanieren in der Kiesgrube ein Mädchen kennen gelernt und sich mit ihr, weil er wegen der Mutter nicht nach Hause gehen konnte, in den alten Bauwagen hinter der Maschinenhalle verzogen. Der Bene hatte das mitgekriegt und sofort einen Plan gehabt. Weit nach Mitternacht hatten sie alle den Bauwagen mit Dachlatten zugenagelt, ihn mit dem alten 408er Mercedes mitten auf den Marktplatz von Ratzisried geschleppt und dann noch ein handgemaltes Schild dran genagelt:

»Bite nicht stöhren / duh not dischtörb – Ewalt Friggr!«

Jeder, der den Ewald kannte, wusste natürlich, dass der das Schild nicht selbst geschrieben und schon gar nicht von außen drangenagelt haben konnte, weil er selber ja mit der Wembacher-Maria in dem Bauwagen gehockt hatte. Der alte Wembacher hatte den Wagen dann morgens um halb neun mit einem Kuhfuß aufgebrochen, die Maria herausgeholt und dem Ewald eine gescheuert. Seitdem war der »Marktplatz-Fez« quasi in die Dorfchronik von Ratzisried eingegangen.

Heute würde der Schorsch bei so etwas nicht mehr mitmachen, und jetzt hatte der Bene dem Ewald offenbar diesen Schmarrn mit den scharfen Weibern an der Küste eingeredet.

»Ein bissle gemein ist das schon, Bene... immer auf den Fricker.«

Bene schlug dem Schorsch scherzhaft mit der flachen Hand auf den Rücken.

»Scheiß doch drauf. Ein bissle Spaß muss sein. Da fahren wir alle z'samm hoch mit dem Tieflader und lassen's krachen. Am End' hat's ja wirklich a paar saubere Weiber da oben ...«

Schorsch bezweifelte das, und im Grunde war es ihm auch egal, weil er ja hier sein Mädchen hatte, und mit der war er eigentlich recht glücklich. Aber der Bene redete halt den ganzen Tag von nichts anderem als von »Weibern« und grinste ihn an.

»Oder ich nehm die Rita mit, die kommt auch von da droben, glaub ich ...«

»Die hättst du gern, die Rita, gell?«

Mit einem Schlag verfinsterte sich Benes Miene. Wie bei vielen Kerlen, die immer behaupteten, sie hätten einen unbändigen Humor, hörte das Verständnis für Späße genau dann auf, wenn sie selbst Gegenstand dieser Scherze wurden.

»Halt deine dumme Gosch' und mach vorwärts! Und überhaupt muss da noch viel mehr Rot drauf!«

Bene griff sich die Sprühdose und fing an, wie ein Wilder rote Farbe auf Frickers Raupe zu sprühen. Schorsch zögerte noch einen Moment, packte sich dann aber auch eine der Dosen und machte einfach mit.

Rita bekam von alldem nichts mit, sie saß auf dem kleinen Holzbänkchen vor dem Büro, rauchte eine Zigarette und sah hinauf in den Sternenhimmel und ließ den Gedanken über ihr Leben, die Liebe, freien Lauf. Und Karl Zwerger spielte in diesem Gedanken keine Hauptrolle. Rita wusste, dass sie hier nicht ewig bleiben würde. Fürs Erste passte es einmal, das Geld und die Arbeit stimmten, aber sie war sich sicher, dass da noch etwas kommen musste in ihrem Leben, was mehr war als Disponentin und heimliche Geliebte eines Allgäuer Kiesgrubenchefs zu sein.

»Hätten Sie vielleicht eine Zigarette für mich, Frau Zieschke? Ich hab's mir abgewöhnt.«

Rita erschrak, ausgerechnet Karin Zwerger stand neben ihr. Rita rang sich ein Lächeln ab und kramte ihr F6-Zigarettenpäckchen hervor.

Karin Zwerger setzte sich neben sie, ließ sich Feuer geben und rauchte wie jemand, der das nur einmal im Jahr tat. Dabei bebten ihre großen Brüste unter der schwarzen Stola. Rita konnte gar nicht hinsehen.

»Ach ja ... die Leute lieben unser Sommerfest ... auch wenn der Herr Fricker immer gewinnt ...«

»Was ist eigentlich mit dem? Der ist doch irgendwie ...«

»Im Grunde ist das ein lieber Kerl. Harmlos. Wissen Sie, Rita, manchmal denke ich, es gibt zwei Arten von Männern: die Macher und die, die es mit sich machen lassen ...«

»Die gibt's bei Frauen auch.«

Dabei vermied Rita es wieder, Karin Zwerger anzusehen. Offenbar hatte die Gute keine Ahnung, was ihr lieber Karl für eine Art Mann war.

»Bei uns in so einem Dorf, wenn einer da ein bisschen eigen ist, dann heißt's ganz schnell, das ist ein Depp.«

»Na, da kenne ich andere Deppen ... hab schon genügend erlebt. Hier und auch sonst wo ...«

Karin Zwerger schenkte Rita ein schon fast schwesterliches Lächeln.

»Sie haben sich wirklich sehr gut eingelebt hier als Zugereiste. Ich bin so froh: Sie schmeißen meinem Mann ja quasi den Laden. Der Karl braucht jemanden, der ihn bei der Hand nimmt und ihm zeigt, wo es langgeht. Disposition und Buchhaltung waren nie seine Stärken.«

Rita brachte gerade mal ein Nicken zustande. Sie wusste ja, dass Karl Zwergers Stärken ganz woanders liegen konnten.

Aus der Halle drang wieder die Musik: Fricker spielte gerade ein Akkordeon-Solo, einen Ländler. Rita war dankbar um jede Vorlage für einen Themenwechsel.

»Schifferklavier spielen kann er auch, dieser Herr Fricker.«

»Schon als Kind, ja. Aber er hat sich halt immer ein bissle schwergetan … grade mit den Mädchen. Da war mal so eine Sache auf dem Marktplatz … hier auf dem Dorf, da läuft alles ein bisschen anders, das können Sie ja nicht wissen.«

Rita wusste das wohl, wie es auf dem Dorf lief, aber sie hatte nicht die geringste Lust, das weiter zu vertiefen. Doch Karin Zwerger gab keine Ruhe und plapperte munter weiter.

»Als Frau hat man's auf dem Dorf nicht immer leicht. Die Besten hauen irgendwann alle ab, der Rest heiratet. Und für die Deppen bleibt nicht mehr viel übrig. Trotzdem könnte ich nicht in der Stadt leben, Frau Zieschke. Oder oben im Norden …«

»Na ja, gibt Schlimmeres, Frau Zwerger.«

»Das werden Sie auch noch merken, wenn Sie mal in meinem Alter sind … wie wichtig das ist, Heimat.«

»Klar.«

Rita wusste, dass es unhöflich gewesen wäre, einfach aufzustehen und wegzugehen. Also steckte sie sich auch eine Zigarette an und plauderte noch ein bisschen mit Frau Zwerger.

Es war schon kurz vor Mitternacht, als Rita und Karin Zwerger wieder in die Halle kamen. Karin hatte Rita da draußen im Mondlicht gnadenlos in Beschlag genommen, ihr ihr halbes Leben erzählt und die letzten Zigaretten weggeraucht. Rita war sich vorgekommen wie ein Seemann, der mit maroder Maschine einen Sturm abwettert und nur irgendwie versucht, in den nächsten Hafen zu kommen: Der konnte auch nicht einfach von Bord springen. Zeitweise hatte Rita befürchtet, Frau Zwerger könnte Verdacht geschöpft haben, aber nach und nach war ihr klar geworden, dass die liebe Frau Gattin einfach nur jemanden zum Reden gebraucht hatte. Heimat schützte eben nicht vor Einsamkeit.

Rita wollte nur schnell noch ihre Handtasche holen, die sie in der Halle liegen gelassen hatte, als sie sah, wie Karl Zwerger auf das Podium ging und das Mikrofon vom Ständer riss. In seinen Bewegungen lagen etwas ungekannt Energisches und zugleich ein Hauch von Wahnsinn, den sie so noch nicht bei ihm erlebt hatte. Rita fragte sich, ob er sich vielleicht selbst etwas zu viel von seinem Freibier genehmigt gehabt haben könnte. Zwerger plärrte förmlich ins Mikrofon und forderte inquisitorisch Ruhe ein. Die Weissachtaler Buben verstummten abrupt, nicht einmal der Trompeter Eberle trötete nach. Es herrschte eine geradezu gespenstische Stille in der Halle. Zwerger glotzte in die Menge, nahm das Mikrofon ganz dicht an den Mund und flüsterte hinein.

»Leute, ich muss euch was sagen: Ich hab gestern Mittag den Konkurs angemeldet. Die Kosten fressen alles auf, die Bank hat mir den Hahn zugedreht. Tut mir wahnsinnig leid für euch. Ich wollt halt, dass wir dieses Fest noch miteinander feiern.«

Die Stille hielt an, war zum Schneiden dick, und Ritas Hoffnung, es könnte sich um einen ganz schlechten Scherz handeln, schwand mit dem blitzschnellen Blick, den Zwerger ihr quer durch die Halle zuwarf.

Karin Zwerger stand das Entsetzen ins Gesicht geschrieben. »Was redest du denn da, Karl?!«, rief sie mit hoher Stimme durch die Halle.

Zwerger zeigte keine Reaktion, und Karin ging auf Rita zu, sie schien förmlich zu beben.

»Was redet mein Mann da, Frau Zieschke? Konkurs, das ist doch völlig unmöglich!«

Rita zuckte hilflos mit den Schultern.

»Ich weiß auch von nichts, Frau Zwerger.«

»Das kann doch gar nicht sein, die Bilanzen sind gut gewesen in letzter Zeit, und das Grundstück ist ja auch noch da, da kann die Bank doch nicht einfach den Kredit sperren! Das gibt es doch gar nicht!«

Rita wusste nichts darauf zu sagen, sie spürte nur, dass hier irgendetwas ganz und gar aus dem Ruder lief. Sie sah hinauf zu Zwerger, der mit einem fast irren Lächeln um den Mund auf der Bühne stand wie ein kleiner Junge, der soeben den größten Knallfrosch seines Lebens losgelassen hat.

Mitten in die absurde Stille hinein fing Ewald Fricker an, mit seinem Akkordeon das c-Moll-Präludium von Johann Sebastian Bach zu spielen, ganz leise, und rief dabei lachend ins Publikum:

»Wenn ich nächste Woch' die Deutsche Meisterschaft gewonnen hab, dann schwätzt sowieso keiner mehr vom Konkurs!«

Dann haute er seinem Akkordeon die Sporen in die Tasten und setzte sich fett und dick drauf auf die Synkopen, ohne natürlich zu wissen, was eine Synkope war. Zwerger sah ihn an wie einen armen Irren.

In diesem Moment kamen Schorsch und Bene mit der Fiat-Allis in die Halle gefahren und blieben am Eingang stehen. Alle Blicke wandten sich zu der Raupe um. Sie sah aus wie ein notdürftig zurechtgemachter Formel-1-Ferrari, das Chassis und die Karosserie waren dilettantisch rot besprüht, und flächendeckend waren unzählige Aufkleber wie »Liquy Moly« oder »Parmalat« draufgepappt, als wäre die Raupe von der halben Motorsport-Zubehörindustrie gesponsert. Unter der roten 1 stand, auch mit einer Schablone aufgesprüht, der Name EWALD FRICKER in Großbuchstaben. Einige der Gäste fingen an zu lachen, ein paar klatschten, irgendwie musste man sich Luft verschaffen nach dem, was Zwerger da eben verkündet hatte. Manche mussten auch spontan an den »Marktplatz-Fez« vor einigen Jahren denken.

Bene und Schorsch merkten natürlich, dass etwas nicht stimmte, und Schorsch hatte wieder Schiss.

»Ich hab's doch gesagt: Das gibt Ärger mit dem Zwerger!«

»Hör doch mal auf mit der Heulerei: Die geschissene Raupe ist dem doch so was von egal!«

Aber trotzdem hatte Schorsch ein untrügliches Gefühl, dass es in der Halle nach Stunk schmeckte.

Ewald Fricker, oben auf der Bühne, ging ganz nah an Zwerger heran, ohne freilich sein Präludium zu unterbrechen.

»Herr Zwerger, wie machen wir das mit dem Tieflader?«

»Was!?«

»Den Tieflader, für die Raupe, nächste Woch'! Für die Meisterschaft, da droben an der Ostsee!«

Zwerger sah Fricker einen Moment lang konsterniert an, dann polterte er los:

»Leck mich doch DU am Arsch mit deinem bescheuerten Tieflader! Ich bin pleite!«

»Aber Sie haben's versprochen!«

»Ich hab einen ausgewachsenen Konkurs am Hals! Aber so was kapierst du ja nicht, du Depp, du damischer!«

Wütend stapfte Zwerger von der Bühne und ging mitten durch die Halle, ohne irgendjemanden noch eines Blickes zu würdigen, zuallerletzt seine Frau Karin. Rita wich seinem Blick aus, sie hatte keine Lust auf öffentliche Debatten, und Zwerger guckte die besprühte Fiat-Allis nicht mal mit dem Arsch an. Kaum hatte er die Halle verlassen, fingen die Leute leise an zu murren, ein verstimmtes Säuseln war das, ein Raunen wie aus schallgedämpften Vuvuzuelas: Schließlich würden die meisten der Männer jetzt ihre Arbeit verlieren, und so rosig sah es nicht aus mit Arbeitsplätzen in Ratzisried. Bene und Schorsch auf der Raupe kapierten gar nichts.

Fricker ließ sein Akkordeon sinken und sagte leise, fast wie zu sich selbst:

»Ich bin kein Depp!«

Dann hängte er sein Akkordeon auf den Rücken, steckte seinen Pokal ein, ging quer durch die Halle auf seine Raupe zu, stieg auf und fuhr damit durchs Tor hinaus. Bene und Schorsch sahen ihm hinterher wie zwei Deppen.

Eine halbe Stunde später waren alle Festgäste verschwunden, vom fulminanten Sommerfest der Firma Zwerger zeugte nur noch der Müll im Mondlicht, das trotz des offenbarten Konkurses weiter auf die Kiesgrube schien. Fricker saß traurig auf der Haube der Fiat-Allis, die er wieder hinter die Halle zur Dieselsäule gefahren hatte. Vor ihm stand sein Pokal, und er spielte Molltonleitern hinauf und hinunter, immer jeweils einen Halbton höher. Schorsch hockte auf der linken Raupenkette und stierte schwermütig auf den Boden. An der Dieselsäule lehnte Bene, hielt die Obstlerflasche in der Hand, um ihn herum lagen die roten Farbspraydosen. Immer wieder setzte er die Flasche an, soff den Obstler geradezu mit der Regelmäßigkeit einer Infusionsbehandlung in sich hinein und stieß dabei wütende Flüche aus.

Schorsch dagegen jammerte ohne Alkoholmedikation im Leerlauf vor sich hin.

»Ich hab doch die Hälfte schwarz gemacht beim Zwerger und auf die Nacht immer am Häusle geschafft! Wie soll denn das gehen jetzt?! Das darf ich meinem Mädle gar nicht sagen!«

Bene grunzte verächtlich.

»Die schnallt das dann schon, wenn sich die Raiffeisenkasse euer Häusle holt! Eh nicht schad' um diesen Rigips-Hasenstall! Ihr wärt nicht die Ersten, die mit'm nackten Arsch im Dreck hocken, weil irgend so a paar feine Herren wieder mal einen Konkurs fabriziert haben!«

Schorsch sank noch mehr in sich zusammen. Vor drei Jahren hatte er sich zusammen mit seiner Freundin und einem Hauch von Eigenkapital ein Einfamilien-Fertighaus an den Hals gebunden, weitestgehend in Eigenleistung, draußen am Ortsrand, in einer der scheußlichen Neubau-Siedlungen, mit denen semidubiose Fertighausfirmen seit einiger Zeit der Allgäuer Idylle erfolgreich zu Leibe rückten.

Ewald versuchte, Schorsch zu beruhigen.

»Dann müssen wir halt alle zusammenhelfen mit deinem Häusle. Weil allein ist man nämlich ganz von allein!«

Dafür fing er sich gleich von Bene einen Anraunzer ein.

»Wenn du bloß schlau daherreden kannst! Und hör endlich auf mit dem depressiven Gedudel! Da wird man ja erst recht verrückt davon!«

Ewald Fricker spielte weiter, ohne auf die Gemeinheiten näher einzugehen. Das brachte den schönen Bene aber nur noch mehr in Rage.

»Stinkt doch sowieso alles zum Himmel wie eine Kuh aus dem Arschloch: der Zwerger und Konkurs! Der bescheißt das Finanzamt seit zehn Jahren, der muss doch ersaufen in seinem Geld! Der kann überhaupt nicht pleite sein, das blöde Arschloch von einem dahergelaufenen Kemptner Auto-Verkäuferle! Das täte mich mal interessieren, was der da wieder gedreht hat! Und die feine Frau Zieschke hat ihm wahrscheinlich noch geholfen dabei!«

»Du bist immer noch sauer wegen der Rita, oder?«

»Schwätz keinen Scheiß daher, Fricker! Die ist mir doch so was von scheißegal, diese Frau Zieschke! Die soll doch rummachen, mit wem sie will, die Krampfhenne, die blöde! Die kann gleich wieder zurückgehen in die Ostzone, wo sie herkommt! Die hat doch irgendeinen, so was riech ich drei Kilometer gegen den Wind! Ich kenn die Weiber, das sag ich dir! Das ist eine, die wo's braucht, aber g'scheit und dreimal am Tag! Die zieh ich schon irgendwann noch einmal hinters Gebüsch, des versprech ich dir!«

Bene musste kurz Luft holen und füllte noch etwas Obstler nach.

»Und das mit dem Konkurs, das kann der Zwerger erzählen, wem er will, aber nicht mir! Aber das verstehst du ja nicht,

Fricker! Du bist und bleibst halt ein Depp! Der größte Depp von ganz Ratzisried!«

Ewald schüttelte den Kopf.

»Wenn einer halt nicht so eine laute Gosch' hat wie du, dann ist der bloß deswegen noch lang kein Depp.«

»Weißt du was: Hock dich doch auf deiner Fiat-Allis aufn Marktplatz und wart, dass die Weiber vorbeikommen! Oder leg dich gleich untern Zug, mitsamt deiner Ziehharmonika und deiner g'störten Mutter! Bist und bleibst ein Depp.«

Mit einem gezielten Wurf schleuderte Bene die leere Obstlerflasche an die Dieselsäule, wo sie scheppernd in tausend Scherben zerbrach. Dann wankte er fluchend zu seinem verspoilerten Honda prelude, ließ den Motor aufheulen und raste mit durchdrehenden Reifen über den Kies davon.

»Ich bin kein Depp«, sagte Ewald leise zu Schorsch, als der Bene mit seinem Honda hinter der Kurve verschwunden war. Schorsch nickte nur stumm und kam sich selber vor wie der größte Depp beim Gedanken daran, wie er seinem Mädle beibringen sollte, dass er gerade seinen Job verloren hatte.

Ewald Fricker quälte im Moment jedoch eine ganz andere Sorge.

»Wie kommen wir da jetzt rauf zu der Meisterschaft, wenn wir den Tieflader vom Zwerger nicht kriegen?«

Schorsch zuckte nur mit den Schultern. Er brachte es einfach nicht übers Herz, dem Ewald jetzt auch noch zu sagen, dass das ganze Gerede von der Meisterschaft nur ein Hirngespinst war, um sich wieder mal auf Ewalds Kosten lustig zu machen.

»Wie machen wir denn das jetzt, Schorsch?«

Schorsch druckste kleinlaut herum.

»Mei, Ewald, die Meisterschaft… ich glaub, die können wir eh vergessen…«

»Das ist richtig weit da ’nauf, oder?«

»Ja, schon.«

»Richtig weit oder saumäßig weit?«

»Saumäßig weit, Ewald. Aber…«

»Saumäßig weit droben, oder?«

»Genau. Saumäßig weit droben. Vergiss es einfach. Und ich muss jetzt heim.«

Mühsam stand Schorsch auf, klopfte dem Ewald noch einmal zum Abschied auf die Schulter und schlich gesenkten Hauptes davon in die Nacht, quer durch den Wald hinüber in das Neubaugebiet von Ratzisried, wo seine Freundin im halbfertigen Einfamilien-Fertighaus auf ihn wartete.

Ewald blieb auf der Raupe sitzen und spielte noch ein paar Tonleitern. Dann nahm er das Akkordeon ab und verstaute es im Koffer. »Saumäßig weit droben«, sagte er ein paarmal leise vor sich hin, stieg von der Raupe und hängte die Zapfpistole in den Tankstutzen. Er ging hinüber zum Werkzeugschuppen und holte die Gummiketten für die Fiat-Allis, denn die brauchte man, wenn man auf der Straße fahren wollte. Den Tank machte er randvoll, bis zum letzten Tropfen, und füllte auch noch vier 20-l-Blechkanister mit Diesel. Er hoffte, das würde reichen, aber Rechnen war nie seine Stärke gewesen.

Zwerger bemerkte davon nichts, in seinem Büro brannte nur die batteriebetriebene Werkstattlampe als intime Notbeleuchtung, die Vorhänge waren zugezogen. Rita saß auf dem Besucherstuhl und stützte sich mit den Händen auf den Knien auf. Zwerger hatte sich mit dem Hintern breit auf seinen Schreibtisch gehockt, rauchte eine Zigarre und wirkte glücklich wie ein Vertreter, der soeben drei Haftpflichtversicherungen verkauft hatte. Alle Anspannung schien von ihm abgefallen zu sein. Rita schüttelte immer wieder den Kopf.

»Ich glaub das alles nicht, Karl …«

»Schon gut, Rita. Ich hab's für uns getan, mein kleiner Schmetterling. Wir wickeln geschwind den Konkurs ab und dann nichts wie weg. Die Scheidung ist schon beim Anwalt, da kann die Karin dann schauen, wie sie hier die First Lady spielt! Das ist alles schon so gut wie in trockenen Tüchern.«

Zwerger stand auf, um Rita in den Arm zu nehmen. Rita schob ihn sanft von sich.

»Das ist Beschiss, Karl! Und sag bitte nicht immer Schmetterling zu mir.«

Zwerger nickte.

»Rita, klar, mein Schatz. Aber was ist schon ein klitzekleiner Beschiss gegen die Liebe?! Wir zwei müssen nur zusammenhalten. Dann kann gar nichts passieren.«

Rita schüttelte den Kopf.

»Du kannst doch gar nicht pleite sein!«

Zwerger lachte, nahm einen tiefen Zug aus der Zigarre und holte ein paar Aktenordner aus dem Schrank.

»Schau her: Das Grundstück ist längst weg, mir gehört da nichts mehr offiziell. Nur Bargeld, auf einem sicheren Konto. Genug für einen neuen Anfang.«

»Anfang … Anfang von was?«

»Ein Anfang für uns! Irgendwo. Mallorca, tät ich sagen … ich hab da schon was in Aussicht … Baubranche, da unten boomt es. Und endlich Schluss mit der Heimlichtuerei! Ein

Leben in der Sonne statt im Kies, ohne die Lügerei und das ewige Versteckspiel. Den Porsche nehmen wir mit. Rita, seien wir doch ehrlich: Da ist einfach mehr zwischen uns als nur ein bisschen Spaß im Büro und in Hotels auf Geschäftsreisen. Unsere Liebe hat einen neuen Anfang verdient.«

»Einen Anfang mit einem getürkten Konkurs.«

»Das ist genau das, was ich an dir so mag: deine Ehrlichkeit. Du bist so gnadenlos, dich kann man nur lieben, mein Schmetterling!«

Zwerger nahm eine Flasche Dom Perignon aus dem Kühlschrank, ließ den Korken an die Decke des Büros knallen, von wo er abprallte und im Fach für »offene Rechnungen« landete. Zwerger goss zwei Gläser ein, stieß mit Rita an und nahm sie in den Arm. Das hatte fast schon wieder Stil, und Rita ließ es geschehen. Es war ja fast rührend, dachte sie, was er da alles angezettelt hatte für seinen neuen Anfang. Aus der Umarmung wurde Innigkeit, und schließlich tobte die Lust wieder durch das Büro wie zwei wild gewordene Champagnerkorken. Und zwar so ungestüm, dass keiner von den beiden hörte, wie Fricker mit der Fiat-Allis losfuhr, hintenraus durch das Nebentor, über den Feldweg beim Elenschwander See an Ratzisried vorbei, auf die Landstraße, genau in Richtung Norden.

2

Ewald hatte die Lampen seiner Fiat-Allis erst eingeschaltet, als er ganz vom Hof war, hinter dem Tor zum Kiesgrubengelände. Im Büro hatte nämlich kein Licht gebrannt, und das war schon ein halbwegs sicheres Zeichen gewesen, dass der Zwerger im Büro sein musste. Normalerweise machte der immer nachts das Licht an, damit alle dachten, da würde noch einer schaffen. Aber wenn es dunkel war im Büro, sollte halt keiner mitkriegen, dass der Zwerger im Büro noch an seinem Konkurs herumbastelte und vielleicht auch gar nicht alleinigs war.

Es machte Ewald manchmal einen heimlichen Spaß, wenn die anderen dachten, er würde nichts mitbekommen. Zum Glück stand nicht alles, was wichtig war im Leben, in den Büchern, und man konnte eine Menge schnallen, wenn man einfach nur zuhörte und sich die Leute beim Reden genau anschaute. Da merkte man oft, dass sie ganz was anderes meinten als das, was sie sagten. Manchmal schaute der Ewald auch nur auf die Hände und wusste schon, was los war. Der Zwerger hatte vorhin bei seinem Konkurs auch ganz schön herumgefuchtelt.

Eigentlich hätte Ewald die Lampen gar nicht gebraucht, die Straße sah er im Mondlicht gut genug. Es musste die richtige Straße sein, denn diese Ostsee, so viel hatte der

Ewald schon mitbekommen, lag genau gegenüber von den Bergen. Also genau da, wo die Berge nicht waren. Er musste eigentlich immer bloß von den Bergen wegfahren, zumindest so lange, wie man die Berge noch sehen konnte. Danach würde er halt jemanden fragen.

Der Diesel lief schön ruhig, und mit den Gummiketten machte die Raupe auch keinen großen Radau auf dem Asphalt, die Ketten vibrierten angenehm. Das Öl roch genau richtig, die Maschine lief nicht zu heiß. Wenn was nicht stimmte, merkte man das sofort am stinkenden Öl, das war genau so, wie wenn man zuhause was kochte. Auf den Wiesen roch es nach frischem Heu, und als Ewald in einer lang gezogenen Kurve die Augen für einen Moment lang zumachte, hatte er das Gefühl, er schwebte mit der Fiat-Allis mitten durchs frische Heu wie ein Zeppelin durch die Wolken. Bloß dass es eben viel besser roch.

Überhaupt fand es Ewald schön, wie sich die kleine Straße im Mondlicht ihren Weg durch die grünen Wiesen fraß, und eigentlich gefiel ihm der Anblick in dieser Nacht nach dem Konkurs noch besser als eine nackte Wiese ohne eine Straße. Vielleicht würde er, wenn er wieder zurück war von der Meisterschaft, gerne mal den westlichen Allgäuwiesen mit seiner Raupe ein bissle eine Struktur verpassen, sozusagen mit Ketten und Schaufel ein bissle ein Muster in die Landschaft malen. Die Fahrt machte ihm jetzt schon Spaß, die konnte von ihm aus eine halbe Ewigkeit dauern, und das würde sie auch, das wusste er. Ewald fing an zu singen, La Paloma, immer noch mitten in der lang gezogenen Kurve, denn lang gezogene Kurven in Allgäuer Mondnächten dauerten auf Planierraupen auch eine kleine Ewigkeit. Ewald überlegte, das Akkordeon auszupacken und beim Fahren zu spielen, aber das konnte er ja immer noch machen, das lief ihm nicht davon. Ewald freute sich sakrisch drauf, dass er jetzt einfach so lange mit der Fiat-Allis fahren konnte wie er Lust hatte. Und vielleicht sogar noch länger. Einfach nur fahren, keinen Kies herumschieben und sich ein paar Tage lang kein blödes Geschwätz vom Bene anhören. Ewald war noch nie richtig verreist oder gar in Urlaub gefahren, auch wenn sie's in Ratzisried alle immer ganz wichtig hatten mit ihren Urlauben und ihren Planungen, wie sie für möglichst wenig Geld möglichst lang und möglichst weit wegkommen konnten, möglichst weit nah am Wasser dran.

Jetzt hat er sich einfach ergeben, mein erster Urlaub, durch den komischen Konkurs vom Zwerger, dachte Ewald.

Und auch wenn er erst ein paar Minuten unterwegs war, wusste er, dass das eine richtig gute Idee gewesen war, einfach loszufahren, mit hundert Litern Diesel auf der Raupe, im Mondlicht durch das duftende Heu auf den Wiesen, über die kleine Straße, immer schön die Berge im Rücken. Auch wenn sein Ziel saumäßig weit droben war oder vielleicht sogar gerade deswegen.

Am Ausgang der Kurve kam ihm der grünweiße Polizeiwagen entgegen. Die Polizeiautos waren im Allgäu noch grün und weiß und nicht weiß und blau, obwohl das Allgäu hier bayrisch und weiß und blau die bayerischen Farben waren. Logisch war das nicht, aber die Polizei brauchte keine Logik, weil sie ja selber die Polizei war.

Nachdem der Wagen an ihm vorbeigefahren war, bremste Ewald und hörte, wie die Polizisten den Rückwärtsgang einlegten und gleich darauf neben ihm herfuhren, Ewald im Vorwärtsgang, die Polizisten rückwärts. Ewald drosselte das

Tempo ein wenig. Obwohl er keinen Führerschein hatte, wusste er, dass man gern ein Schwätzchen mit ihm halten wollte. Warum auch nicht, Ewald kannte die beiden Polizisten, schließlich waren die beiden auch aus Ratzisried. Der Kreitmeir Sepp, der ältere von den beiden, der am Steuer saß, war überhaupt nur bei der Polizei, weil er ein passionierter Skilangläufer war und als Polizist immer trainieren konnte. Wahrscheinlich brauchte man Polizisten, die Ganoven verfolgen konnten, wenn die sich im Schnee aus dem Staub machen wollten: Vom Feneberg-Supermarkt waren es nur ein paar Schritte zur Schüttentobel-Loipe, im Winter ein optimaler Fluchtweg für Ladendiebe. Vor zwölf Jahren war Sepp Kreitmeir sogar einmal deutscher Vizemeister auf der 20-Kilometer-Strecke gewesen, allerdings im klassischen Stil. Heute lief er nur noch aus Spaß und trainierte die Jugendmannschaft, wenn er nicht nachts mit dem grünweißen Auto durch lang gezogene Kurven fuhr. Sein Kollege war der junge Pedro Garcia, dessen Opa Manuel Garcia vor dreißig Jahren nach Ratzisried gekommen war, ein Schreiner aus Katalanien. Pedro sprach akzentfreien Allgäuer Dialekt, konnte aber auch Spanisch, weswegen ihn die Kollegen von der Grenzpolizei in Pfronten oft mal als Dolmetscher anforderten, wenn sie irgendeinen verdächtigen spanischen Lastwagen aufgebracht hatten.

Der Kreitmeir Sepp hatte das Fenster des grünweißen Audis ganz heruntergelassen, sein durchtrainierter linker Oberarm im kurzen Uniformhemd lag auf dem offenen Fensterstock, während er mit der rechten Hand den Audi im Rückwärtsgang präzise parallel zu Frickers Raupe über die Landstraße steuerte.

Ewald nahm ein wenig Gas heraus, um es dem Sepp nicht

zu schwer zu machen. Stehen blieb er natürlich nicht, er wollte ja weiter.

»Und? Hast wieder gewonnen, Ewald?«

Kreitmeir lachte mit seinem wettergegerbten Langläufergesicht, das immer braun gebrannt war, weil er im Sommer auch gern mal hochalpine Skitouren machte. Fricker nickte stumm, dazu gab es nichts weiter groß zu sagen.

Pedro Garcia beugte sich zum linken Fenster herüber.

»Und jetzt fährst du noch eine Ehrenrunde oder was?«

Ewald schüttelte den Kopf.

»Ich fahr geschwind rauf an die Ostsee.«

Sepp Kreitmeir lachte wieder. Seine weißen Zähne bildeten selbst im Mondlicht einen erstaunlichen Kontrast zu seiner gesunden Bräune. Der Sepp war schon ein Allgäuer Prachtkerl von einem Polizisten.

»An die Ostsee. Soso, Ewald. Deswegen auch die Kanister.«

»Eben. Das ist nämlich saumäßig weit droben.«

Als Polizist hatte Sepp die fünf Kanister auf der Raupe natürlich sofort entdeckt. Vielleicht hätte er doch zur Kriminalpolizei gehen sollen, aber da wäre er nicht so viel an der frischen Luft gewesen. Die Polizisten wechselten einen schnellen Blick, Pedro beugte sich noch ein Stück weiter aus dem Fenster und lag jetzt direkt über seinem Kollegen Kreitmeir.

»Bueno, Ewald: Dann fährst jetzt noch ein kleines Stück, und hinterher bringst das Ding wieder heim, gell?«

Ewald nickte. Wenigstens kamen sie nicht auf die Idee, nach irgendwelchen Papieren zu fragen, wie Polizisten das gern machten, denn mit Papieren hatte es Ewald gar nicht.

»Logisch, ich stell dem Zwerger die Raupe wieder auf den Hof, auf'm Rückweg dann, schon klar.«

»Aber nicht wieder auf'n Marktplatz fahren, gell!«

Der Kreitmeir Sepp lachte und trat auf die Bremse, wodurch der Streifenaudi stehen blieb und die Raupe sich vom Polizeiwagen entfernte, genau von den Bergen weg, auf die der Sepp und der Pedro jetzt zufuhren, wieder im Vorwärtsgang. Und Ewald war froh, dass er auch wieder alleine auf der Straße war.

Wenn da jetzt ein Wagen entgegengekommen wäre, hätte es ganz schön gekracht, dachte er und gab wieder Gas, er hatte noch eine ziemliche Strecke vor sich. Da konnten der Kreitmeir und der Pedro denken von ihm, was sie wollten, Ewald hörte es sowieso nicht.

»Ostsee … Dem fällt auch immer ein Zeug ein …«

»Hat der überhaupts einen Führerschein?«

»Ist doch grad egal. Lass ihm doch die Freud, dass er die Polizei verarscht hat.«

»Hat der eigentlich keine Freundin?«

»Fahr zurück und frag ihn.«

Sepp und Pedro lachten. Sollte Fricker doch mit seinem Ungetüm noch ein bissel herumfahren, die Beleuchtung war vorschriftsmäßig. Die beiden waren froh, dass sie sich in dieser Mondnacht um keine ernsthaften Straftaten kümmern mussten.

Die leere Dom-Perignon-Flasche stand auf dem Schreibtisch neben dem Fach für offene Rechnungen, die Werkstattlampe flackerte. Rita zog sich das Kleid wieder glatt, so gut es ging über dem schwarzen Bodystocking von Wolford, der so geschnitten war, dass er die Hinterbacken komplett frei ließ. Zwerger hatte den Dessous-Strampelanzug aus der Schreibtischschublade gezogen, sogar hübsch verpackt, sein

Geschenk zur Feier des Konkurses sozusagen. Das Ding war aus echter Seide und musste eine Menge Geld gekostet haben, aber so wie Rita ihren Karl kannte, hatte er es beim Fabrikverkauf der Firma Wolford im vorarlbergischen Lustenau besorgt. Der Stoff fühlte sich gut an, immerhin, und wahrscheinlich sah ihr Hintern da drin schön sündig aus, aber die Paketschnur im Hintern nervte sie. Rita hatte noch nie verstanden, was man im Westen so aufregend an nuttiger Wäsche fand, und im Osten mittlerweile auch. Zuhause würde sie das Ding ausziehen, es in den Wäschekorb werfen und erst mal dort vergessen. Den halben Schrank hatte sie voll mit solchen Geschenken: Ihre Liebhaber deckten sie in rührender Regelmäßigkeit mit Dessous ein.

Aber abgesehen von seinem Standardpräsent war Karl Zwerger heute Abend geradezu über sich hinausgewachsen. Sein getürkter Konkurs schien seiner Libido einen Nachbrenner verpasst zu haben, er hatte sich in dem verdunkelten Büro quasi in Ekstase gevögelt, und als bei dem Getümmel die Werkstattlampe zu Boden gegangen und ein Leitzordner aus dem Schrank gefallen war, hatte ihn das nur noch wilder gemacht.

Auch Rita war die Lustaufwallung im Büro gerade recht gekommen, auch sie war von Höhepunkt zu Höhepunkt getaumelt. Und hatte nicht dran denken müssen, was Zwergers plötzliche Insolvenz konkret für sie bedeuten würde. Manchmal war es einfach besser, den Körper das abfeiern zu lassen, was das Hirn abzuarbeiten einfach keine Lust hatte.

Es ging auf drei Uhr morgens zu, und Zwerger, mittlerweile zumindest wieder im offenen Hemd und seiner Anzughose, wirkte wie ein Schwergewichtler nach seinem letzten erfolgreichen Titelkampf: nassgeschwitzt, erschöpft, aber glückselig.

»Rita, das mit uns beiden, das wird das Paradies auf Erden! Das werden die besten zwanzig Jahre in meinem ganzen Leben!«

Rita nickte. Sie wollte nach Hause, auch wenn sie fürchtete, dass ihr da die Gedanken darüber erst recht um die Ohren fliegen würden, ob und wie sie sich die angedrohten zwanzig Jahre Paradies auf Erden mit ihrem Geliebten vorstellen konnte.

»Ich geh dann mal, Karl.«

»Soll ich mitgehn, mein Schmetterling?«

Rita war sich ziemlich sicher, dass sie jetzt allein sein wollte.

»Lass mal. Was hast du eigentlich deiner Frau erzählt?«

»Dass ich noch ins Büro muss wegen dem Konkurs. Und den Rest erfährt sie morgen beim Frühstück.«

»Das mit uns?«

»Das muss die noch gar nicht wissen. Das reicht, dass die Kiesgrube weg ist und dass ich die Scheidung eingereicht hab.«

»Das weiß sie auch noch nicht?«

»Doch nicht vor dem Konkurs, mein Schatz. Den Brief vom Anwalt leg ich ihr morgen auf den Tisch. Ich hab alles genau getimt. Ach, das wird so schön mit uns beiden, Rita.«

Rita nickte. Ein Hauch von Realitätsmief mischte sich in den sexgeschwängerten Liebesdunst des verdunkelten Chefbüros.

»Und wie soll das jetzt vom Procedere her weitergehen, Herr Direktor Zwerger?«

Zwerger stand auf, nahm sie in den Arm. Sein Lächeln

traf sie mitten in ihren Augen, seine kräftigen Hände legten sich auf ihren Hintern.

»Morgen früh, liebe Frau Zieschke, da kommen Sie ganz normal ins Geschäft, und dann helfen Sie dem armen Herrn Zwerger, seinen scheußlichen Konkurs abzuwickeln, so gut das eben geht.«

Dabei lächelte Karl, seine Hände auf Ritas Hintern packten noch einen Hauch fester zu. Er war schon ein sinnliches Schlitzohr, der ehemalige Autoverkäufer aus Kempten, der nur schnell noch die Kiesgrube abwickeln und dann mit ihr ein neues Paradies aufmachen wollte. Vielleicht war es wirklich keine so schlechte Idee, mit ihm irgendwohin zu gehen. Zu verlieren hatte Rita nicht viel. Aber das sagte sie Karl natürlich nicht, als sie sich losmachte, ihm noch ein Küsschen gab und mit ihrem Twingo durch die Nacht nach Hause fuhr.

Rita hatte eine Zweizimmer-Neubau-Wohnung mitten in Ratzisried, die Zwerger ihr günstig vermittelt hatte. Es gab sogar eine kleine Dachterrasse, von der aus sie die Berge sehen konnte, den Hochgrat und das Rindalphorn. Rita schob eine CD von Peter Gabriel in den Player, machte die Tür zur Dachterrasse auf und legte sich aufs Bett. Sie wollte wenigstens noch ein paar Stunden schlafen, denn um acht Uhr spätestens musste sie wieder im Büro sein. Eine Woge wohliger Erschöpfung rollte über ihren ganzen Körper, sie spürte einen kleinen Schauer der Zuneigung für »ihren« Karl. Ein guter Liebhaber war er, seine Libido und seine Ausdauer standen der junger Männer in nichts nach. Noch dazu hatte er einen guten Sinn für Humor, und das war ja auch schon mal was.

Rita schloss die Augen, Peter Gabriel sang schmalzig, aber statt des erhofften Schlafs kamen blöde Gedanken. Da war sie also in diesem Allgäuer Dorf auf ihrem ersten Kiesgrubenfest mit Bratwurst und Blasmusik gewesen, ein paar Kindsköpfe waren mit Planierraupen um die Wette gefahren, die Gattin ihres Liebhabers hatte ihr die Zigaretten weggeraucht und ihr ihr halbes Leben erzählt. Dann hatte der Chef seine Bombe platzen lassen, ihr das Paradies versprochen und sie zweieinhalb Stunden lang in seinem Büro fast wundgeliebt.

Ein bissel viel, vor allem das mit dem Paradies. Gerade das hatte Rita nicht gewollt, die Enge einer festen Beziehung. Sie hatte sich auf eine Affäre eingelassen, im sicheren Glauben, es bliebe bei Annehmlichkeiten wie leidenschaftlichem Sex, Geschäftsreisen nach Amsterdam und zur Not luxuriösen Wäschezuwendungen. Der Status quo ante mit Job, Wohnung und Sex wäre ihr Perspektive genug gewesen für die nächsten ein, zwei Jahre. Bis dahin wollte sie sich überlegt haben, wie alles weitergehen könnte. Und jetzt wollte Zwerger ins Paradies mit ihr.

Sie kannte Zwerger kaum, seit ein paar Monaten hatte sie diesen Job, der ab nächster Woche auch futsch sein würde. Seit zwei Monaten ging die Affäre, ein paar »Dienstreisen« samt schönen Hotels, und jetzt platzte Zwerger auf einmal vor Leidenschaft und Tatendrang. Spielte den glühenden Ausbrecher aus seiner Glücksgrube, die er sich selber vor zwanzig Jahren aufgerissen hatte. Servierte, vom Kies genervt und gebeutelt, seine Frau ab wie dreckiges Geschirr und beging den letzten Verrat am alten Poschedsrieder, der ihm die Kiesgrube überlassen hatte. Und an den Leuten, die da arbeiteten.

Das penetrante Grinsen des aufdringlichen Bene schoss ihr durchs Hirn, und schon schwand ihr Mitleid für die armen Allgäuer Arbeitnehmer wieder. Sie war hier nicht zuhause, sie kannte die Menschen nicht wirklich, und in einem hatte Zwerger Recht: Das Leben sollte keine Kiesgrube sein, in der man seine Träume vergrub, die Hoffnungen und die Träume flachschob wie Kieshaufen mit Planierraupen.

Rita merkte, dass ihre Gedanken sich allmählich dem Niveau von Peter Gabriels Gesängen annäherten, aber es war ihr egal. Und vielleicht war es ja doch kein kapitaler Fehler, mit dem wilden Karl abzuhauen, irgendwohin in den Süden. Wo es warm war und wo man Geld hatte. Eine temporäre Perspektive, ein Paradies auf Zeit, in dem sie sich dann in aller Ruhe würde überlegen können, wie es weitergehen sollte mit ihrem Leben.

Und dann legte sich der wohlige Schlaf über Ritas nackten Leib, den geschenkten Popozwicker-Seiden-Body hatte sie längst in die Wäsche getan.

Ganz langsam kroch das erste Leuchten der Sonne über den Wald hinauf, der rechts von dem Feldweg lag, auf dem Ewald entlangfuhr. Er sah sich um: Die Berge lagen immer noch genau hinter ihm, er war also auf dem richtigen Weg. Das würde er sich merken: Wenn die Sonne am Morgen rechts von ihm war, dann stimmte die Richtung. Auch wenn er natürlich nicht immer warten konnte, bis die Sonne wieder aufging. So viel war ihm klar: Am Abend musste die Sonne logischerweise genau links von ihm sein, dann fuhr er auch direkt auf die Ostsee zu. Und wenn es mal regnen sollte, musste er sich eben etwas anderes einfallen lassen. Zur Not konnte er jemanden fragen.

Die klare Mondnacht war kurz davor, zu einem schönen Tag zu werden, aber Ewald hatte keine Lust mehr, zu fahren. Er war einfach müde. Es war überhaupt ein ziemlich langer Tag gewesen: erst am Vormittag die Vorbereitungen für das Rennen, das Einstellen der Maschine, dann das Wettplanieren in der Kiesgrube, am Abend die Feier mit der Siegerehrung und dem Zwerger seinem komischen Konkurs und dann noch das blöde Geschwätz vom Bene hinten bei der Dieselsäule.

Ewald überschlug im Kopf, dass er mindestens einen halben Arbeitstag lang gefahren sein musste, nur eben in der Nacht, und das mussten schätzungsweise so etwa fünf Stunden gewesen sein. Wie weit er dabei gekommen war, wusste er nicht, denn das hätte er ausrechnen müssen. Auf jeden Fall war es gut gelaufen. Auf die Fiat-Allis war eben Verlass, auch wenn sie eine alte Kiste war. Das neumodische Glump mit den Joysticks und der ganzen piepsenden Elektronik stand sowieso die meiste Zeit in der Werkstatt, weil man da nichts mehr selber reparieren konnte, zumindest nicht mit Schraubenschlüsseln.

Im schummrigen Licht sah Ewald am Ende des Feldwegs Häuser auftauchen. Es waren Neubauten, kleine Einfamilienhäuser, wie sie in den letzten Jahren auch auf all die Wiesen rund um Ratzisried herum draufgebaut worden waren und in denen viele Leute wohnten, die aus der Stadt zugezogen waren. Hier sah es genauso aus, und Ewald erkannte in der Morgendämmerung, dass diese Siedlung der Rand einer größeren Stadt sein musste. Die Häuschen standen eng beisammen, die Gärtchen sahen aus der Entfernung winzig aus. Da musste man sicher aufpassen, nicht die Blumen des Nachbarn zu zertrampeln, wenn man mal von außen die Fenster putzen wollte. Ewald wollte nicht zu dieser frühen Stunde mit der Raupe durch die Siedlung fahren, wahrscheinlich schliefen die Leute noch, das waren bestimmt keine Bauern, die früh um fünf Uhr rausmussten.

Ewald steuerte die Fiat an den Rand des Feldwegs und stellte die Maschine ab. Er zog eine alte Decke unter dem Fahrersitz hervor, legte sie sich über den Leib und machte die Augen zu. In seinem Kopf und in seinem Körper brummte und vibrierte es noch: Ewald mochte dieses Gefühl, ein angenehmes Kribbeln, das immer dann kam, wenn er stundenlang auf der Raupe gesessen hatte. Das war, wie wenn die Maschine der Raupe noch heimlich in ihm drinnen weiterlief. Er hatte seiner Mutter gar nicht gesagt, dass er ein paar Tage lang weg sein würde, aber das musste die auch mal verkraften können, schließlich war sie alt genug. Und insgeheim dachte Ewald, dass er ihr ruhig mal einen Grund für die Meckereien geben konnte, wenn sie schon die ganze Zeit auf ihm herumhackte und eh immer alles besser wusste. Vielleicht würde sie auch vor lauter Schimpfen gar nicht bemerken, wenn ihr Ewald mal ein paar Tage nicht nach Hause kam. In letzter Zeit gab es sowieso einiges, was die Mutter nicht mehr mitbekam.

Dann ging ihm nochmal der Schorsch durch den Kopf, der jetzt einen sakrischen Ärger wegen seinem Häusle am Hals hatte, und der Bene, der auf die Rita Zieschke scharf war und es nicht verwinden konnte, dass sie nichts von ihm wissen wollte. Und eigentlich konnte Ewald es gar nicht glauben, dass der Zwerger wirklich pleite war: Das würde heißen, dass er kein Geld mehr hatte. Die Kiesgrube war immer gut gelaufen, man hatte jede Menge Arbeit gehabt, Überstunden machen müssen, und die Kunden hatten manchmal sogar auf die Lieferungen warten müssen. Irgendwas stimmte da nicht mit dem Zwerger seinem Konkurs. Aber das war Ewald jetzt egal, seine Müdigkeit, das leise Knacken des abkühlenden Motors, der Geruch des heißen Öls und das sanfte Rauschen des Windes im Wald ließen ihn schnell einschlafen.

Karl Zwerger stierte auf das Aufbackbrötchen auf seinem Teller, das er mit seinem Messer aufzuschneiden begonnen und dann innegehalten hatte. Er wollte hier keine Aufbackbrötchen mehr aufschneiden, er wollte in diesem Haus überhaupt nichts mehr. Wie ein Einbrecher hatte er sich nachts um halb fünf hereingeschlichen und sich auf der Couch in seinem Arbeitszimmer hingelegt, ungeduscht. Den Liebesgeruch, den er sich zusammen mit Rita so lustvoll erarbeitet hatte, hatte er zumindest bis zum Morgen behalten wollen. Karl hatte keinen Zweifel, dass Rita genau das Weib war, mit dem er die nächsten zwanzig Jahre seines Lebens verbringen wollte. Und dass es höchste Zeit war, aus dieser Ratzisrieder Hölle herauszukommen. Alle Weichen waren gestellt, er brauchte nur noch den Konkurs abzuwickeln, den Rest, wie den Verkauf des Hauses, würde Charly Waible, sein Freund und Rechtsanwalt, für ihn erledigen. Und es würde ihn nicht wundern, wenn Charly Waible auch bald nachkommen würde nach Mallorca. Denn der hatte seine Alte auch ganz gehörig dick, wie er es Zwerger gegenüber vor ein paar Wochen recht profan ausgedrückt hatte.

Um halb sechs Uhr morgens war Karl aufgestanden, hatte geduscht und sich sein Frühstück gemacht. Seine Frau Karin würde bald aus dem ehelichen Schlafzimmer, dessen Bezeichnung für Karl nur noch ein Witz war, herunterkommen und blöde Fragen stellen. Bis dann wollte er wenigstens einen Kaffee getrunken und einen Bissen gegessen haben. Er hatte Hunger, während des ganzen gestrigen Abends hatte er außer einem Bier und dem Dom Perignon nichts zu sich genommen, und die zweieinhalb Schäferstündchen mit Rita hatten ihn auch ein paar Kalorien gekostet.

Karl starrte das Brötchen an, in dem sein Messer steckte, als könnte der industrielle Weißmehlklumpen ihm irgendeinen ultimativen Tipp geben, mit welcher Taktik er Karin das Gesamtpaket aus Konkurs und Komplettabgang verkaufen konnte. Genau wie im Büro, wo Zwerger die schlimmsten Dinge immer vor sich hergeschoben und den größten Mist auf sich hatte zukommen lassen, saß er jetzt ohne konkrete Strategie am Frühstückstisch. Klar war ihm nur, dass die Sache mit Karin definitiv gegessen war. Manchmal hatte Zwerger den Verdacht, es war der zwangsläufige Weg zwischen zwei Menschen in einer ehelichen Tretmühle, sich irgendwann nur noch auf die Nerven zu gehen. Und wenn es bei Einzelpaaren doch mal bis ins hohe Alter funktionierte, war das wahrscheinlich bloß eine feige Sucht nach Frieden und Geborgenheit: alles vorgetäuschter Bockmist aus Angst, allein zu sein. Karl Zwerger wusste, dass er alles andere als ein Philosoph war, aber mittlerweile konnte er nicht einmal mehr mit ansehen, wie sich Karin eine Jacke anzog. Und man brauchte wirklich kein Philosoph zu sein, um zu wissen, dass es dann für einen ganzen Kerl wie den Karl höchste Zeit war, mit Anstand zu gehen. Wobei sein getürkter Konkurs natürlich nicht die höchste Form des zwischenmenschlichen Anstands war, aber das war jetzt auch schon egal.

Karl holte einen Umschlag mit einem Schreiben von Charly Waible aus seiner Jackentasche und legte ihn auf den

Frühstückstisch. Der Brief war an Karin Zwerger adressiert. Charly Waible tat Karls Frau Karin darin kund, dass ihr Mann die Scheidung eingereicht und ihn, Herrn Rechtsanwalt Waible, mit der Wahrnehmung seiner Interessen beauftragt hatte. Charly konnte so etwas wirklich wunderbar formulieren.

Karl schmierte sich fingerdick Butter und Marmelade auf die Semmel und biss hinein. Er hörte Karin die Treppe herunterkommen und stierte vorsichtshalber stur geradeaus, auf seinen Teller.

»Bist du schon auf, Karl?«

Zwerger biss noch einmal in die Semmel, denn mit vollem Mund sprach man nicht.

»Wo warst du denn heute Nacht?«

»Wo werd ich schon gewesen sein? Im Büro, wo sonst!«

»Sprich bitte nicht mit vollem Mund, das ist primitiv.«

»Dann frag halt nicht so blöd!«

Karl schob sich den Rest der Semmel in den Mund: Der Anfang war schon einmal gemacht. Sollte sie ihn doch für primitiv halten, das machte alles nur einfacher.

Karin trug einen sündteuren Seidenbademantel, den Karl ihr bestimmt nicht geschenkt hatte und der ihrer plumpen Figur auch nicht unbedingt schmeichelte. Sie setzte sich, goss sich eine Tasse Kaffee ein, schüttete zweimal Zucker aus dem italienischen Panarotti-Designer-Zuckerstreuer hinein und rührte mit dem viel zu kleinen Lufthansa-Teelöffel um, wobei sie den kleinen Finger abspreizte wie eine Düsseldorfer Schwuchtel. Obwohl er dieses affektierte Gerühre nicht mehr sehen konnte, guckte er trotzdem wieder hin. Es war Karl ein Rätsel, wie sich Karin ein solches Getue angewöhnt haben konnte, schließlich war sie die Tochter vom

Allgäuer Kiesbauern Poschedsrieder gewesen, als er sie geheiratet hatte. Und jetzt spielte sie die feine Dame, die Kreditkarten mussten ihr zu Kopf gestiegen sein. Karin schnitt sich ein Brötchen auf und spreizte dabei wieder beide kleinen Finger ab. Zwerger verkniff sich die Frage, ob das Spreizen der Finger mittlerweile die einzigen körperlichen Aktivitäten waren, an denen sie noch Spaß hatte.

»Wie kann das so plötzlich kommen, Karl?«

»Was?«

»Spiel bitte nicht den Idioten. Das ist völlig unmöglich, dass wir insolvent sind.«

Karl Zwerger glotzte auf seinen Teller. Schon das »wir« regte ihn auf.

»Dann frag die Bank. Die Bank hat mir den Hahn zugedreht.«

»Wie soll das jetzt weitergehen?«

»Das hat dich bis jetzt auch nicht interessiert. Du warst doch alle nas'lang bloß shoppen.«

»Du weißt, dass das nicht stimmt. Aber wir schaffen das zusammen, Karl. Wir haben's immer geschafft. Zur Not nehmen wir noch eine Hypothek auf.«

»Auf was denn? Das Gelände gehört mir schon lang nicht mehr.

»Du hast das Grundstück von meinem Vater …?«

»Tu doch nicht so. Hast doch die Vollmachten unterschrieben damals … war dir doch alles egal.«

»Was läuft da, Karl?«

Zwerger schwieg und trank einen Schluck Kaffee. Als er dabei ein kleines Schlürfgeräusch verursachte, sah er im Augenwinkel, wie Karin zusammenzuckte. Genau in diesem Moment entdeckte sie den Umschlag von Charly Waible.

»Was hat das zu bedeuten, Karl?«

»Lies halt, dann weißt' es.«

Karin setzte sich ihre Armani-Lesebrille auf und überflog den Brief, ohne eine Miene zu verziehen.

»Du hast die Scheidung eingereicht?«

»Wenn's da steht …«

»Du verhältst dich wie ein kleines Kind.«

»Und wenn schon. Es hat doch alles keinen Zweck mehr mit uns.«

»Hast du eine andere?«

»Ich hab ganz andere Sorgen als Weiber …«

Karin sah ihn eine Weile lang an, aber Karl wich ihrem Blick aus.

»Ich habe das Gefühl, da sitzt ein Fremder vor mir!«

»So geht's mir schon lang, Karin.«

Karin nickte ein paarmal, als würde ihr jetzt im Augenblick erst klar, dass etwas nicht stimmte.

»Reichst du mir mal die Konfitüre, bitte?«

»Was?«

»Die Konfitüre, Karl.«

Karl schob Karin das Marmeladenglas über den Tisch, und als sie anfing, mit maushaften Bewegungen und abgestreckten Fingern einen Hauch von Bitterorangenkonfitüre kratzend auf die Oberfläche ihres Brötchens zu verteilen, hielt er es nicht mehr aus und stand auf.

»Bitte setz dich, Karl. Und vielleicht erklärst du mir, wie du dir das alles vorstellst.«

Karl dachte nicht dran, sich wieder zu setzen.

»Da gibt's nicht viel zu erklären. Das Mercedes-Cabrio kannst du behalten. Ich muss jetzt los. Und bis alles rum ist, schlaf ich im Büro.«

»Ist das alles, was du dazu zu sagen hast?«

»Im Moment schon.«

Zwerger warf seine Serviette auf den Tisch und rauschte aus dem Esszimmer. Das Schlimmste des Tages hatte er hinter sich. Gegen dieses Frühstück mit seiner Frau würden die Verhandlungen mit dem Konkursverwalter ein Sommerspaziergang werden. Oder allenfalls eine leichte Bergwanderung durch die Allgäuer Moränenhügel, mit Rita an seiner Seite.

Eine Fliege kitzelte Ewald auf der Nase, und die Sonne, die jetzt über dem Wäldchen aufgegangen war, schien ihm ins Gesicht. Ewald verscheuchte die Fliege und räkelte sich, seine Knochen waren ein wenig steif vom Schlaf auf dem Fahrersitz. Von irgendwo hinter dem Wald hörte er eine Kirchturmuhr schlagen, dreimal. Es musste also »dreiviertel« sein, und als einer, der auf dem Bauernhof aufgewachsen war, wusste Ewald, dass es nur Viertel vor acht Uhr morgens sein konnte. Das war eine gute Zeit, um weiterzufahren. Ewald stieg von der Raupe, pinkelte schnell auf den Acker, machte ein paar Kniebeugen und kletterte wieder auf seinen Sitz. Er fand eine alte Wasserflasche unter dem Sitz, als er die Decke dort wieder verstaute, und trank sie in einem Zug halb leer. Später würde er sich etwas zu essen besorgen müssen, ein paar zerknitterte Geldscheine hatte er noch in der Hosentasche seiner blauen Arbeitskombi, die seine Mutter nicht entdeckt hatte. Bestimmt kam er auf seiner Strecke an einem Imbiss vorbei. Die Fiat-Allis sprang auf den ersten Versuch an, und er fuhr den Feldweg weiter, in Richtung der kleinen Neubauhäuschen, die er in der Morgendämmerung schon bemerkt hatte. Der Feldweg wurde kurz vor der Siedlung zu einem asphaltierten

Sträßchen, und weil er keinen Weg entdeckte, der außenherum führte, fuhr Ewald mitten durch die Siedlung. Die Häuser sahen aus, als seien sie aus Pappe gebaut, und glichen sich bis auf ein paar Details. Ewald musste an die Rätselbilder in den Zeitschriften beim Zahnarzt denken, wo man immer die Unterschiede zwischen den einzelnen Bildern herausfinden musste. Am einfachsten war es bei den Farben: Alle Eigenheime waren bunt angestrichen, in merkwürdigen Tönen, wie aus dem Malkasten. Auch die Dächer waren fast alle bunt und glänzten, als hätte sie jemand mit einer Speckschwarte eingerieben. Jedes Häuschen hatte eine kleine Garage mit einer gepflasterten Einfahrt, in den winzigen Gärten standen Wäschespinnen, auf denen fast überall Kinderwäsche hing. Ewald vermutete, dass alles so bunt angestrichen war, damit die Leute beim Heimkommen immer gleich das richtige Häuschen fanden.

Plötzlich hörte er lautes Kindergeschrei, das von einer Garagenauffahrt kam. Eine junge Frau stand neben einem dieser modernen Familienautos, in denen mindestens sieben Leute Platz hatten. Zwei schreiende kleine Kinder hatte sie auf dem Arm, ein Junge mit einem Schulranzen auf dem Rücken lief vor ihren Füßen herum und heulte wie am Spieß. Es hätte auch gereicht, wenn nur die zwei Kleinen geplärrt hätten, selbst dann hätte Ewald den Lärm gehört, weil er recht langsam fuhr, um niemanden aufzuwecken. Der Grund für den Ärger war klar: Direkt vor der Garageneinfahrt stand ein großer Anhänger, auf dessen Plane riesige Polstermöbel abgebildet waren. Der Anhänger stand so, dass die Frau mit dem Auto nicht aus der Garagenausfahrt herausfahren konnte. Ewald blieb stehen, ließ den Motor im Leerlauf tuckern und fragte:

»Kann man Ihnen helfen?«

»Da fragen Sie noch? Schaun Sie sich das doch an! Direkt vor der Einfahrt! Wer macht denn so was? Die Kleinen müssen in die Kita, und der Jonas hat gleich Schule. Ist das Ihr Anhänger?«

Ewald lachte.

»Das tät noch fehlen, dass ich Polstermöbel an die Ostsee rauf fahren tät.«

»Was gibt es denn da zu lachen? Ich muss in zwanzig Minuten im Office sein.«

»Haben's keinen Mann?«

»Der ist auf einem Meeting in New York.«

Ewald wusste zwar nicht, wo das war, aber bestimmt nicht in der Nähe vom Allgäu.

»Ja, dann. Warten S', ich schaff Ihnen schnell den Hänger aus'm Weg, dann können S' raus mit'm Wagen.«

Ewald legte den Rückwärtsgang ein, setzte sich hinter den Anhänger, senkte die Schaufel ein wenig, gab Gas und schob den Polstermöbel-Anhänger einfach drei Meter weit nach vorne, da war noch Platz. Vielleicht hätte er die Bremse des Anhängers vorher lösen sollen, aber die Fiat-Allis schaffte das auch so ohne Probleme.

»Jetzt können's raus.«

»Tausend Dank! Sie schickt mir der Himmel. Was bin ich Ihnen schuldig?«

Ewald winkte ab.

»Nix. Aber Sie könnten mir vielleicht sagen, wo ich hier bin. Und wie ich an die Ostsee komme.«

»An die Ostsee? Mit diesem Monstrum?«

»Saumäßig weit droben. Aber ich hab noch ein paar Tage Zeit, bis die Meisterschaft losgeht …«

»Na, dann … Sie sind hier am Stadtrand von Biberach.«

»Stuttgart-Ulm-und-Biberach-Mecklebeure-Durlesbach!«

»Exakt. Und wenn Sie nach Norddeutschland möchten, dann müssen Sie durch Ulm durch, über die Donau.«

Die Donau war Ewald ein Begriff, aus der Schule noch. Da hatten sie bei Frau Brillisauer immer den Satz aufsagen müssen »Iller, Isar, Elbe, Inn, die fließen all' zur Donau hin«. Oder so ähnlich jedenfalls.

»Und wie komm ich da drüber, über die Donau?«

»Am besten über die Adenauer-Brücke. Da fahren Sie einfach immer geradeaus, dann kommen Sie automatisch auf die Bundesstraße, und die führt direkt über die Adenauer-Brücke. Das können Sie gar nicht verfehlen.«

Die Frau setzte die beiden Kleinen auf den Rücksitz, aber Jonas, der Junge, nölte immer noch herum.

»Mama, jetzt mach doch mal! Ich komm schon wieder zu spät in die Schule!«

Ewald winkte den Jungen zu sich heran.

»Magst raufkommen?«

Jonas hörte augenblicklich auf zu quäken, seine Augen leuchteten, und er kletterte mitsamt Schulranzen über die rechte Kette hoch zu Ewald auf den Fahrersitz.

»Ich war früher auch immer zu spät in der Schul' … und gelernt hab ich auch nicht viel. Da hätt ich genauso gut auch noch später kommen können.«

Jonas lachte.

»Ist das schwer, so was zu fahren?«

»Ganz einfach, wenn man weiß, wie's geht. Aber das ist mit allem so, oder?«

Jonas nickte.

»Aber meine Mama ist eine blöde Ziege.«

»Meine ist au nicht viel besser.«

Jonas und Ewald lächelten sich an mit der spontanen intuitiven Solidarität muttergeplagter Jungs.

Die Frau hatte Jonas' Geschwister endlich in den Kindersitzen festgezurrt und sah sich suchend um.

»Jonas, kommst du jetzt mal bitte!!! Immer das Gleiche mit dir, ich hab's allmählich satt!«

Grinsend sprang Jonas von der Raupe und setzte sich auf den Vordersitz neben seine Mutter. Mit quietschenden Reifen fuhr die Frau aus der Einfahrt, winkte Ewald noch einmal zu und verschwand in Richtung Innenstadt, als sei der Leibhaftige hinter ihr her. Auch Ewald startete seine Maschine wieder und fuhr in dieselbe Richtung los, am weggeschobenen Hänger vorbei. Er war ziemlich sicher, dass ein solcher Hänger mit Polstermöbeln reichen würde, das Häuschen gehörig voll zu machen, vor allem, wenn man noch dazu mit drei Kindern da drin wohnen wollte. So eine Reise, dachte sich Ewald, war ein großer Spaß, denn man lernte Sachen und Leute kennen, die man in einer Kiesgrube nie treffen würde. Und jetzt würde er zum ersten Mal in seinem Leben über diese komische Donau fahren, mit der es die Frau Brillisauer immer so wichtig gehabt hatte in Erdkunde.

Der Mann hieß Lipka und mochte Backwaren, er biss gerade in das dritte Croissant mit Schokoladenfüllung. Dabei war Rüdiger Lipka schlank und hochgewachsen, bestimmt nicht älter als vierzig, hatte geföhntes hellblondes Haar und trug eine elegante Brille von Philipp Starck, die seine hellblauen Augen vorteilhaft betonte. Um die schmalen Lippen lag ein permanentes Lächeln, seine dezente Gesichtsbräune hatte er sich bestimmt nicht in den Bergen geholt, sondern in einem Sonnenstudio im Tal. Zum hellen Sommeranzug trug er ein rosafarbenes Hemd mit einer grüngelb gestreiften Krawatte, und Karl Zwerger musste zugeben, dass die Kombination doch ganz elegant aussah. Lipka stammte nicht aus dem Allgäu, das hörte man, Karl tippte auf irgendwo aus Niedersachsen.

Um acht Uhr morgens hatte Zwerger das Büro erst einmal gründlich gelüftet und die Spuren seines nächtlichen Tobens mit Rita beseitigt, alle nötigen Papiere vorbereitet und die entsprechenden Ordner aus den Schränken geholt. Um halb neun war Rita aufgetaucht, in einem geschäftsmäßigen dunklen Rock, knielang, schwarzer Strumpfhose und einer geschlossenen Bluse. Rita hatte, klug wie die Wahl ihrer Garderobe, auch eine Tüte voll Brötchen und süßer Backwaren mitgebracht. Karl hatte sie in den Arm genommen, und beide hatten aufpassen müssen, dass es bei einem kleinen Begrüßungsküsschen blieb.

Um neun Uhr war Lipka in einem schwarzen Renault-Megane-Cabrio vorgefahren: Das Amtsgericht Kempten hatte den Rechtsanwalt, Tätigkeitsschwerpunkt Insolvenzrecht, zum Konkursverwalter berufen.

Man begrüßte sich, Karl stellte ihm Rita als seine Mitarbeiterin Frau Zieschke vor und bot ihm einen Platz an einem Schreibtisch an, den er eigens für ihn eingerichtet hatte.

Lipka war gut gelaunt, legte sogleich sein Jackett ab und schien das Ganze entspannt anzugehen. Rita und Zwerger tauschten einen heimlichen Blick: Es hätte schlimmer kommen können. Rita hatte Herrn Lipka Kaffee und ein Croissant angeboten, und der hatte beherzt zugegriffen. Das Lächeln, mit dem er Rita dabei bedachte, hätte für Karls

Geschmack durchaus etwas knapper ausfallen können. Lipka war auch nicht um das eine oder andere kleine Bonmot verlegen, offenbar waren Konkurse wie dieser Routineangelegenheiten für ihn. Karl gab sich vorsichtshalber verhalten: Lipka sollte ihm den verzweifelten Unternehmer abnehmen, die Sorge um seine Mitarbeiter sollte echt aussehen.

»Eine schlimme Sache, das alles, Herr Lipka. Sie können sich gar nicht vorstellen, wie mich das …«

Rita nickte stumm, sie hätte die diskret loyale Angestellte nicht besser geben können.

Lipka lächelte süffisant.

»Wissen Sie, ich mache das schon Jahre, und ich möchte fast sagen: je garstiger der Konkurs, desto netter die Leute …«

Dabei biss er genüsslich in sein Croissant und überflog schnell ein paar Ordner, ohne ins Detail zu gehen.

»Herr Zwerger, bevor wir Entscheidungen über irgendwelche Strategien treffen, müssen wir uns zuerst ein genaues Bild über die tatsächliche Situation des Unternehmens machen.«

Karl setzte sich an seinen Schreibtisch und seufzte.

»Viel ist nicht mehr da, Herr Lipka. Die Situation ist äußerst ernst. Es wäre sowieso die Frage, ob sich das überhaupt lohnt, ein Verfahren zu eröffnen.«

»Niederschlagung mangels Masse, meinen Sie? Das wäre freilich das Beste. Für Sie allemal.«

Da war wieder dieses verbindliche Lächeln, das Lipka so perfekt beherrschte, als sei es ihm in die Wiege gelegt und seitdem nicht durch störende Einflüsse wie Sorgen oder gar Schwermut getrübt worden. Lipkas Blick verfing sich in Ritas Augen, einen Moment zu lang, und Rita senkte den Kopf. Sie verkniff sich eine kleine spitze Bemerkung, schließlich war sie hier nur die Angestellte, die von nichts wusste. Sie traute Lipkas Lächeln nicht über den Weg, hatte das instinktive Gefühl, der Kerl wollte mit ihr anbändeln, und ihr Instinkt hatte sie selten getrogen.

Zwerger suchte in seinem Jackett nach der Zigarettenpackung und steckte sich eine filterlose Rothhändle an. Lipka hüstelte, wenn auch lächelnd.

»Sie gestatten … ich habe es mir abgewöhnt.«

Er stand auf, öffnete das Fenster und setzte sich wieder.

Karl nahm ein Gutachten über seinen Maschinenpark aus einem Ordner: Das hatte er sich vor ein paar Tagen von einem befreundeten Sachverständigen, der wie er begeisterter Ultraleicht-Flieger war, ausstellen lassen. Mit der Miene eines Geschlagenen reichte er Lipka das Gutachten, der es nur rasch überflog.

»Ich hab die Maschinen gefahren, bis sie zusammengefallen sind. Quasi alles nur Schrottwert.«

»Verstehe. Das geht aus diesem Gutachten relativ zweifelsfrei hervor, nicht wahr?«

»Genau.«

»Na schön.«

Fast heimlich zog Karl nochmal an seiner Zigarette, und Rita warf ihm einen kurzen warnenden Blick zu.

»Könnte ich bitte noch ein Tässchen Kaffee bekommen, Frau Zieschke?«

Ihren Namen hatte er sich also auch schon gemerkt.

»Selbstverständlich, Herr Lipka. Der gehört ja nicht zur Konkursmasse, oder?«

Lipka wieherte wie ein Pferd.

»Ich sage immer, eine Insolvenz ist noch lange kein

Grund, den Humor zu verlieren. In Deutschland verhungert so schnell niemand, nicht wahr?«

Karl rang sich ein Schmunzeln ab. Er wusste nicht, ob ihm der lockere Ton gefiel, der sich einzuschleichen begann. Als hätte Lipka seine Gedanken erraten, wurde er mit einem Mal sachlich.

»Lassen Sie uns anfangen, Herr Zwerger. Wie sieht es aus mit dem Grundstück? Belastungen, Hypotheken, et cetera. Gibt es sonstige Immobilienwerte?«

Zwerger machte seine Zigarette aus und sprach leise, im Begräbniston.

»Das Gelände gehört mir nicht mehr. Das ist verkauft. Der Erlös ist teilweise ins Firmenkapital eingeflossen und teilweise in Sachwerte …«

»Sachwerte. Was darf man darunter verstehen?«

Rita stieß Karl ganz leicht mit dem Fuß an: Er sollte auf der Hut sein.

»Baumaschinen zum Beispiel.«

»Zum Beispiel Baumaschinen. Schön.«

Lipka öffnete seinen Samsonite-Aktenkoffer und zog ein edles Notebook heraus, ein Sony Vaio, das Zwerger kürzlich im Internet zum Angebotspreis von 3229 Euro gesehen hatte. Lipka schaltete den Rechner ein und fing selbstverloren an, Dinge einzugeben, als seien Zwerger und Rita gar nicht im Raum. Sein Lächeln war offenbar für den Moment auf Eis gelegt. Karl zwinkerte Rita kurz zu und signalisierte ihr, dass er alles im Griff hatte.

Lipka schien dem Hier und Jetzt entschwunden zu sein, seine Finger flogen in beachtenswerter Geschwindigkeit über die Tastatur. Rita ging hinüber zur Espressomaschine, Karl folgte ihr, um sich auch noch eine Tasse Kaffee zu holen.

Aus dem Augenwinkel beobachteten sie Lipka. Beiden war klar: Der Mann war ein selbstverliebter Wichtigtuer, möglicherweise nicht so harmlos, wie er sich gab. Aber bis jetzt lief alles zufriedenstellend. Männern wie Lipka musste man nur das Gefühl geben, er sei eine Instanz. Zwerger berührte Rita ganz leicht mit der Hand. Er wollte die ganze Abwicklung möglichst rasch über die Bühne bringen. Im Moment wäre er allerdings am liebsten schnell mal mit Rita rüber ins Büromateriallager gegangen und hätte ihr den blauen Rock samt der züchtigen Bluse vom Leib gerissen.

»Ihr Kaffee schmeckt übrigens hervorragend, Frau Zieschke.«

Lipka hatte sein Lächeln wiedergefunden und schickte den Laptop mit einer routinierten Tastenkombination in den Standby-Modus.

»Das Beste wird sein, wir sehen uns das jetzt alles mal vor Ort en detail an.«

Zwerger fand den Ausdruck »vor Ort« schon immer albern, sagte aber freilich nichts Derartiges. Lipka holte einen Bleistift und ein Clipboard aus seinem Samsonite, stand auf und knöpfte sich das Jackett zu. Als Rita anfing, das Kaffeegeschirr abzuräumen, lächelte Lipka sie wieder an.

»Vielleicht kommen Sie auch mit, Frau Zieschke. Sie scheinen den Betrieb ja ganz gut zu kennen.«

»Wie Sie möchten.«

Karl warf Rita einen schnellen Blick zu: Warum Lipka auf ihre Anwesenheit Wert legte, war ihm nicht klar, aber ihm war es allemal recht, Rita um sich zu haben.

Vor Ort in der Fahrzeughalle bot sich ein erbärmliches Bild. Die Planierraupen, Radlader und Lastwagen waren dreckverschmiert, die Frontscheibe des Atlas-AR41-Radladers war eingeschlagen, der Zwölf-Tonner MAN-Kipper hatte keine Luft in den beiden hinteren Zwillingsreifen. Überall lagen Fahrzeugteile herum, Putzwolle, leere Öldosen, die Bierbänke vom Kiesgrubenfest hatte jemand achtlos in einer Ecke auf einen Haufen geschmissen: Es sah aus wie ein Saustall voll mit Schrott. Rita verkniff sich ein Schmunzeln, als sie Karl mit hängenden Schultern durch seinen inszenierten Wertstoffpark schleichen sah. Lipka stand noch draußen vor der Halle, er hatte einen Anruf bekommen und balancierte angestrengt mit Handy, Laptop, Clipboard und Stiften herum. Offenbar hatte er noch kein advanced training der IHK Kempten in business-equipment-handling absolviert.

Rita flüsterte zu Karl im Schatten des Atlas-Radladers:

»Wann hast du das gemacht?«

»Heute Nacht, nachdem du weg warst.«

»Du bist schon ein Hund, wie man hier sagen würde …«

»Rita, das wird alles so herrlich … weg mit dem Schrott und dann nichts wie los!«

Kaum merklich deutete Rita mit dem Kopf zum Hallentor: Leicht wie eine Feder kam Lipka in die Halle und sah sich um.

Karl ging ihm entgegen und zeigte wortlos auf den Maschinenpark. Lipka nickte verständnisvoll.

»Wie Sie sagten, Herr Zwerger. Alles knapp über dem Schrottwert.«

Karl schwieg betreten und stand wie ein begossener Pudel neben dem Konkursverwalter.

Rita sah sich in der Halle um. Sie hatte Sorge, dass Zwerger in seinem Eifer die Verzweiflung des gescheiterten Unternehmers vielleicht ein wenig übertrieb. Ihr war auch nicht ganz klar, warum Lipka sie in der Halle dabeihaben wollte.

Doch dann fiel ihr etwas auf. Sie überlegte kurz und winkte Karl zu sich heran.

»Karl, da fehlt eine.«

»Was?«

»Da fehlt die Raupe von diesem Fricker, die alte Fiat-Allis. Das merkt der bestimmt.«

»Ach was. Die wird irgendwo draußen auf dem Gelände rumstehen, sieh dich doch mal um, bitte. Ich beschäftige den Lipka so lange.«

Karl steckte sich eine Zigarette an und ging wieder zu Lipka.

»In der Halle würde ich jedoch vom Rauchen abraten, Herr Zwerger. Nicht, dass wir die vorhandenen Sachwerte durch einen allfälligen Brand noch weiter dezimieren, haha …«

»Das wär grad' auch noch wurscht.«

»Ich bitte Sie, Herr Zwerger. Sie wissen doch: Das primäre Ziel eines Konkursverfahrens muss immer die Rettung des Unternehmens und der Erhalt der Arbeitsplätze sein, im Rahmen des Möglichen, versteht sich.«

»Selbstverständlich, Herr Lipka.«

Karl Zwerger warf die angerauchte Zigarette auf den Boden und trat die Glut mit dem Fuß aus. Rita ging an den beiden vorbei nach draußen.

Auf dem Gelände herrschte eine seltsame Stille. Rita war noch nie hier gewesen, wenn nicht gearbeitet wurde. Für einen Moment fragte sie sich, ob es richtig war, dies alles aufzugeben, auch wenn es nur Kies war. Schließlich hing die Existenz von vielen Menschen an diesem Betrieb, nicht nur die von Zwerger. Rita verstand, dass Karl aus dieser Tretmühle herauswollte, aber vielleicht hätte er das ganze Gelände einfach verkaufen sollen, statt einen Konkurs zu inszenieren. Aber das war seine Entscheidung.

Als Rita hinter der Halle nach Frickers Raupe Ausschau hielt, bemerkte sie, dass auf der Dieselsäule hinter der Fahrzeughalle etwas in der Sonne glitzerte. Rita ging hin: Es war der Pokal, den Fricker beim Wettplanieren gewonnen hatte. Sie fragte sich, warum er den hier abgestellt hatte. Und vor allem, wo er die Raupe gelassen hatte. Sie hörte ein Geräusch hinter sich und drehte sich um. An der Wand, bei dem Metallschrank, in dem das Motorenöl untergebracht war, saß Schorsch Beitinger, einer der Arbeiter der Kiesgrube, auf einer Holzbank. Er trug seine Arbeitskleidung.

»Was machen Sie denn hier, Herr Beitinger? Sie sollten sich bei der Jobagentur in Kempten melden.«

Schorsch schüttelte den Kopf.

»Ich hab meinem Mädle gesagt, ich bin beim Schaffen …«

»Herr Beitinger, das ist doch kindisch. So was spricht sich ganz schnell herum in Ratzisried. Irgendwann wird Ihre Frau das erfahren.«

Schorsch stierte vor sich auf den Boden, mit seiner Sandale scharrte er Muster in den Kies. Rita wusste nicht, was sie tun sollte, sie war ja nicht die Betriebspsychologin.

»Soll ich Sie nach Hause bringen, Herr Beitinger?«

Schorsch schüttelte den Kopf.

»Ich geh nachher noch ein bissle spazieren durch den Wald …«

»Aber Sie müssen es Ihrer Frau sagen. Ich könnte mich ja mal bei der Konkurrenz umhören, vielleicht brauchen die jemanden. Sie sind doch ein fähiger Arbeiter. Wir schreiben Ihnen ein gutes Zeugnis.«

»Das nützt auch nichts.«

»Jetzt sehen Sie das mal nicht so schwarz. Wenn die neue Umgehungsstraße gebaut wird, braucht man auch Fachkräfte.«

»Das macht doch wieder der Bilfinger aus Stuttgart, und der hat seine eigenen Leute. Oder stellt Leiharbeiter ein.«

»Dann müssen Sie eben großräumiger suchen.«

»Wir haben doch Kinder … und das Häusle …«

Rita fiel nichts ein, was sie darauf sagen sollte. Sie setzte sich neben Schorsch auf die Holzbank und schwieg eine Weile lang mit ihm, wenn sie sonst schon nichts tun konnte für den armen Kerl.

»Eine Frage, Herr Beitinger: Wissen Sie, wo Ihr Kollege steckt, der Herr Fricker?«

Schorsch stierte wieder auf den Kies vor seinen Füßen.

»Ich glaub, da könnt's vielleicht eventuell bissle so was wie ein Missverständnis gegeben haben …«

Rita bemerkte, dass sie noch nicht lange genug im Allgäu war, um alle Nuancen der manchmal doch etwas eigentümlichen sprachlichen Ausdrucksweisen zu verstehen. Warum konnten die Leute auf eine klare Frage nicht einfach eine klare Antwort geben?

»Was für ein Missverständnis, Herr Beitinger?«

Schorsch druckste herum, vergrub beide Hände unter seinen Oberschenkeln, als wollte er die Pfoten daran hindern, etwas zu verraten, was er mit Worten nicht so direkt sagen wollte.

»Ja eben wegen der Deutschen Meisterschaft.«

Rita hatte keine Ahnung, wovon Schorsch Beitinger sprach.

»Was für eine Deutsche Meisterschaft?«

»Eben die Deutsche Meisterschaft im Präzisionsplanieren. Oben an der Ostsee…«

»Was es alles gibt…«

Rita hätte den Redefluss von Schorsch gerne ein wenig beschleunigt, aber sie wollte dem armen Kerl nicht noch mehr Druck machen als er ohnehin schon mit sich herumschleppte.

»Also, was ist da mit dieser Meisterschaft an der Ostsee?«

»Ja wir haben halt g'sagt, wir fahren da alle 'nauf mit dem Tieflader… weil da auch die Mädle so wild sein sollen, wegen dem Salz und dem Wind…«

»Wo?«

»Ja in Mecklenburg, auf so einem alten Flugplatz in Peenemünde, direkt an der Ostsee. Da machen die immer so Treffen von alten Baumaschinen. Und da oben ist eben auch die Meisterschaft…«

»Aha.«

Umständlich zog Schorsch ein Papier aus der Tasche seiner Arbeitsjacke und hielt es Rita stumm hin. Rita sah sich den zerknitterten Zettel an: Es schien ein schnell am Computer ausgedrucktes Formular zu sein, eine Teilnahme-Bescheinigung für die Deutsche Meisterschaft im Präzisionsplanieren, die am Sonntag, den 31. August auf dem Flugplatz Peenemünde stattfand, oben auf der Insel Usedom, in Mecklenburg-Vorpommern. Der Zettel war ausgestellt auf den Namen Ewald Fricker, in der Rubrik »Fahrzeug« war die alte Fiat-Allis eingetragen. Rita schüttelte den Kopf.

»Und wo ist der Herr Fricker jetzt?«

Schorsch scharrte mit den Füßen im Kies herum.

»Den Tieflader kriegt er ja nicht wegen dem Konkurs vom Herrn Zwerger.«

So langsam dämmerte Rita etwas.

»Sie meinen, der ist…?«

Schorsch sah ihr in die Augen und nickte.

»Zuzutrauen wär's ihm.«

»Ihr seid ja alle nicht ganz dicht! Da braucht der doch ein halbes Jahr bis da rauf! Wissen Sie überhaupt, wie weit das ist?«

»Saumäßig weit…«

Rita überschlug im Kopf, wie schnell so eine Raupe fahren konnte und seit wann Fricker wohl unterwegs sein mochte. Und sie fand, dass Lipka den schwermütigen Schorsch Beitinger hier nicht unbedingt entdecken musste.

»Jetzt gehen Sie nach Hause und sagen Sie's Ihrer Frau. Irgendwas findet sich da schon. Ich höre mich mal um.«

»Danke.«

Schorsch stand auf, steckte die Hände in die Hosentaschen und schlurfte mit unendlich langsamen Schritten durch die Kiesgrube, als wolle er nicht vor Einbruch der Nacht in seinem Häusle ankommen. Rita blieb auf der Holzbank sitzen, steckte den Zettel ein und zündete sich erst einmal eine Zigarette an.

Die Idee mit der Bundesstraße war kein guter Tipp gewesen. Es herrschte dichter Verkehr, wie Ewald ihn noch nie erlebt hatte, und die Autos waren höllisch schnell unterwegs.

»Die müssen alle zum Schaffen!«, hatte sich Ewald gedacht und festgestellt, dass es fast ausschließlich große Geländewagen waren, die ihn da überholten, schnitten und dabei hupten, dass ihm die Ohren fast wegflogen. Wahrscheinlich waren das alles Leute, die hoch droben in den Bergen wohnten, wo's keine Straßen gab, und die jetzt schleunigst mit dem Allrad ins Büro oder zum Flughafen mussten. Dreimal hätte es fast gekracht, und Ewald hatte richtig Mitleid mit einer ganz jungen Frau mit langen Haaren, die so ängstlich hinter dem Steuer saß, als hätte sie ihr böser Stiefvater in den schwarzen Porsche Cayenne eingesperrt und ihr einen Ziegelstein aufs Gaspedal gelegt.

Als Ewald die Huperei zu blöd wurde, war er einfach über eine Wiese gefahren und hatte kurz darauf ein kleines Sträßchen entdeckt, das direkt neben der Bundesstraße herführte. Wahrscheinlich hatte man das extra gebaut für Leute, die keine so großen und so schnellen Autos mit lauten Hupen hatten.

Hier machte das Fahren wieder Spaß. Außer ihm war fast niemand unterwegs, die Fiat-Allis schnurrte tapfer geradeaus. Ewald aß das Pausenbrot, das ihm der kleine Jonas zum Abschied zugesteckt hatte und das ein bisschen komisch nach Körnern und Gemüsepaste schmeckte. Eine Wurstsemmel wäre ihm freilich lieber gewesen, aber der Hunger trieb's hinein und der Gedanke, dass der arme Jonas wahrscheinlich jeden Tag so ein Zeug essen musste und ihm das wenigstens heute erspart geblieben war. Dann hängte Ewald sich das Akkordeon um und fing an zu spielen. Es war ein Seemannslied, das er mal im Radio gehört hatte. Es hieß »Seemann, deine Heimat ist die See« und erschien ihm irgendwie passend für den Weg an die Ostsee, auch weil er nicht schon wieder »La Paloma« spielen wollte.

Mitten im Lied überholte ihn eine Gruppe von zehn Radrennfahrern in leuchtenden Trikots, die so eng waren, dass Ewald sich kaum vorstellen konnte, wie man da hineinkam. Die Männer lachten und winkten Ewald zu.

»Hey, wartet's mal g'schwind!«

Die Rennradler bremsten ab und fuhren neben Ewald her, nahmen ihn in ihre Mitte wie kleine Pilotfischchen einen mächtigen Hai.

»Sagt's mal, geht's jetzt da auch zu derer Politiker-Brücke?«

Die Radler überlegten, was der merkwürdige Mann mit dem Akkordeon auf seiner bemalten Planierraupe gemeint haben könnte, bis einer von den Radlern laut zu lachen anfing.

»Meinst du vielleicht die Adenauer-Brücke in Ulm?«

»Ja genau, sag ich doch.«

Jetzt lachten sie alle, einer von ihnen wäre fast gestürzt, so schüttelte es ihn.

»Du, da hast du aber noch ein Stück bis zur Adenauer-Brücke. Was willst du denn da?«

»Ja, ich muss dann noch weiter, rauf an die Ostsee.«

»Was willst du denn an der Ostsee? Den Deich wegplanieren?«

»Schmarrn. Deutsche Meisterschaft… Präzisionsplanieren… Kies zusammenschieben halt, auf Zeit.«

Das gefiel den Radlern natürlich, und sie wollten unbedingt ein Foto machen. Ewald hielt an, die Biker gruppierten sich um die Raupe und schossen eine ganze Serie von Fotos. Ewald spielte noch einmal »La Paloma«, und die Radler sangen dazu, obwohl sie gar nicht bis an die Ostsee wollten.

»Jetzt gibt's aber noch ein Autogramm!«

»Ein Auto… was?«

»Ein Autogramm! Unterschreiben, auf einen Zettel.«

Ewald winkte lachend ab.

»Nein, nein, ich unterschreib nichts. Hat meine Mutter g'sagt: Bloß nix unterschreiben. Sonst gehört einem ganz schnell irgendein Zeug, das man gar nicht braucht und nicht bezahlen kann!«

Die Radler konnten dieser Argumentation zwar nicht ganz folgen, erklärten Ewald aber noch einmal den Weg zur Adenauer-Brücke, begleiteten ihn laut singend noch etwa einen Kilometer lang und traten dann wieder kräftig in die Pedale, um bald am Horizont zu entschwinden. Ewald fand, dass das allesamt ausnehmend lustige Kerle gewesen waren, und er vermutete, dass das von diesen Doping-Tabletten kommen musste, die die Radfahrer bekanntlich alle schluckten. Vielleicht würde er, wenn er zurückkam, seiner Mutter auch einmal ein paar solcher Lustigmacher-Tabletten ins Essen mischen – heimlich.

Lipka hatte sein Laptop auf einer Bierbank zwischen den Fahrzeugen abgestellt und ging mit einem Metermaß durch die Halle. Rita sah mit einem Blick, dass Karls Geduld von Lipkas liebenswürdiger Pedanterie bereits strapaziert zu sein schien.

»War's das dann hier drinnen, Herr Lipka?«

»Ich bitte Sie, Herr Zwerger! Um die exakten Vermögenswerte zu berechnen, müssen wir das schon en detail auflisten.«

»Was schätzen Sie denn, wie lange das … in etwa …?«

»Wir haben doch noch nicht einmal angefangen, Herr Zwerger. Ihre Ungeduld in Ehren, aber das muss schon alles seine Richtigkeit haben.«

Karl grummelte so etwas wie verhaltene Zustimmung, als Rita zu den beiden trat.

»Herr Zwerger, entschuldigen Sie bitte, aber ich bräuchte mal kurz Ihre Hilfe drüben im Büro.«

Lipka lächelte wieder.

»Nur zu, Frau Zieschke. Ich habe hier noch einiges zu tun.«

Karl Zwerger verkniff sich eine Bemerkung. Rita und Karl gingen los und waren gerade am Hallentor, als Lipka sich noch einmal meldete.

»Frau Zieschke, meinen Sie, Sie hätten freundlicherweise vielleicht noch ein Tässchen Kaffee für mich?«

»Gerne, Herr Lipka. Ich bring's Ihnen gleich rüber.«

Rita lächelte mit gleichen Waffen zurück.

Rita schloss die Bürotür und vorsichtshalber auch sämtliche Fenster. Karl sah seine Geliebte fragend an.

»Also, wo ist die Fiat-Allis?«

»Weg.«

»Wie, weg?«

»Sieht so aus, als sei der Herr Fricker losgefahren damit.«

Rita zeigte Karl den Anmeldungszettel für die Deutsche Meisterschaft im Präzisionsplanieren.

»Woher hast du das?«

»Vom Beitinger, der saß völlig fertig hinten bei der Dieselsäule.«

Karl Zwerger brauchte einen Moment lang, um zu verstehen, was er da eben gehört hatte.

»Moment: mit meiner Raupe z'Fuß an die Ostsee? Ja ist denn der jetzt komplett verrückt geworden??«

»Wenn der irgendwo reinfährt mit dem Ding oder einen Unfall baut…«

»Ach was, der Fricker tut sich nix, der kann umgehen mit der Fiat. Unkraut vergeht nicht.«

Karl kam ein kleines Lachen aus.

»Deutsche Meisterschaft im Präzisionsplanieren an der Ostsee … sind schon wilde Hund, meine Buben …«

Ritas Blick zeigte ihm, dass sie das gar nicht so amüsant fand.

»Jetzt ruf wenigstens die Polizei an und lass ihn suchen, bevor dem noch was passiert!«

»Polizei, das fehlt grade noch, wenn die hier rumschnüffeln.«

Zwerger überlegte kurz.

»Pass auf: Du nimmst dir schnell meinen Porsche und fährst ihm hinterher. Weit kann der ja nicht sein. Vielleicht ist er auch bloß heimgefahren mit dem Ding, auf den Hof, zu seiner g'störten Mutter …«

»Und dann?«

»Dann bringst ihn wieder her, samt der Raupe. Dieser Heini von Lipka dreht mir da drüben jede Schaufel um. Und am End wär ich noch regresspflichtig, wenn der Depp von Fricker aus Blödheit einen Kindergarten flachschiebt.«

»Weit kann der nicht sein mit dieser Krücke.«

»Den wirst du schon finden, der fällt doch überall auf mit diesem angemalten Schrott.«

Rita zögerte einen Moment lang.

»Oder du fährst, Karl. Und ich bleib hier und kümmere mich um Herrn Lipka. Mir frisst der aus der Hand, ich hab Erfahrung mit solchen Schlips-Affen. Und diesen Fricker kenne ich kaum.«

Karl Zwerger winkte ab.

»Nein, nein, das mach ich schon selber hier. Der Fricker ist harmlos. Erzähl ihm irgendwas, und wenn er blöd tut, gib ihm Geld. Wenn du ihn hast, rufst du mich an, dann schick ich einen Tieflader los. Hoffentlich hat ihn die Polizei noch nicht erwischt … So ein Scheiß hat mir jetzt grade noch gefehlt.«

Zwerger nahm fünf Einhundert-Euro-Scheine aus seiner Schreibtischschublade und machte den Schlüssel seines Porsche vom Schlüsselbund ab.

»Wir schaffen das schon, mein Schmetterling …«

Rita steckte den Zettel wieder ein, ließ eine Tasse Kaffee aus der Espressomaschine und stellte sie zusammen mit einem Croissant auf ein kleines Tablett.

»Ich bringe deinem Konkurs-Heini noch schnell seinen Kaffee, und dann fahre ich los.«

»Bist ein Schatz. Fährst hinten raus, damit dich nicht jeder sieht mit dem Porsche.«

»Klar. Sei auf der Hut mit dem Lipka. Blöd ist der nicht.«

»Ich weiß. Und sei lieb zu meinem Porsche.«

Zwerger gab Rita noch ein Küsschen, bevor sie mit Lipkas Kaffee hinüber zur Halle entschwand.

Selig sah er ihr hinterher und freute sich auf alles, was kommen würde. Er hatte wirklich ein unverschämtes Glück gehabt: Rita war eine kluge Frau, die wusste, wie man die Dinge in die Hand nahm, ohne dass man ihr haarklein alles erklären musste. Das gab es selten: Schönheit, Klugheit, Selbständigkeit und Instinkt. Zu alldem war sie ein hochgradig erotisches Weib, ein mit der Gnade unverkrampfter Geilheit gesegnetes Wesen, ein Vulkan der Leidenschaft sozusagen. Zwerger holte die Whiskeyflasche aus seinem Schreibtisch und gönnte sich einen Schluck auf Rita und die Zukunft. Einen einzigen kleinen Schluck, nur fürs Gefühl.

Rita stand neben dem Küchentisch und kam sich vor wie eine Mischung aus Falschgeld und ungebetenem Gast. Genau das war sie auch: Herr Frickers Mutter, die am Küchentisch saß, hatte ihr nicht einmal einen Platz angeboten. Rita hatte zur Sicherheit noch einmal nachsehen wollen, ob Fricker die Raupe nicht tatsächlich zuhause abgestellt hatte und vielleicht nur seinen Rausch ausschlief. Sie hatte das Haus nicht auf Anhieb gefunden, man musste einen kleinen unbeschilderten Weg entlangfahren, der zwischen zwei Hügeln bei einem heruntergekommenen Gehöft endete, quasi mitten in einem dunklen Loch. Für Rita war es unvorstellbar, in so einem Tal zu leben, wo auch im Sommer die Sonne kaum hinkam. Vor dem Küchenfenster stand Zwergers roter Porsche, und Rita sah immer wieder nach draußen, nicht dass noch irgendein fehlgeleitetes Rindvieh der Familie Fricker gegen den Wagen lief oder einen Fladen daneben setzte.

Eine Klingel hatte Rita an der verschlossenen Haustür nicht gefunden, auf Klopfen hatte niemand reagiert. Rita war hinter dem Haus, am Stall vorbei, nach mehrfachem Rufen in die Küche gegangen, wo eine alte Frau am Tisch saß und aus einer unbeschrifteten Konservendose Wurst aß mithilfe eines Küchenmessers. Rita hatte sich freundlich vorgestellt und Frau Fricker gefragt, ob sie wisse, wo ihr Sohn sei. Die alte Bäuerin hatte sie nur feindselig angeglotzt. Rita hatte dann die vorsichtige Befürchtung geäußert, dass ihr Sohn Ewald vielleicht mit der Raupe auf Reisen gegangen sein könnte.

»Und wer macht mir jetzt den Stall? Der soll bloß schaue, dass er hergeht, der Sakrament, der Nixige!!! Der isch letztes Jahr au scho net hergange!!!«

Rita hatte Schwierigkeiten, den genauen Sinn der Rede zu verstehen, weil die Frau sehr starken Dialekt sprach und auch ihre Stimme kaum modulierte, sondern immer in ein und derselben hohen Tonlage herumzukeifen schien.

»Frau Fricker, nochmal: Es könnte sein, dass Ihr Sohn mit einer Planierraupe losgefahren ist an die Ostsee!«

»Dann schau halt, dass'd den Bazi wieder herbringscht von dere Oschstsee. Und der soll sich bloß des Geld für den Diesel z'rückgeben lassen vom Zwerger!«

Es brauchte einen Moment, bis Rita realisiert hatte, dass Frau Fricker sie zum einen duzte und zum anderen der Meinung zu sein schien, es handele sich um so etwas wie eine Dienstreise mit Kostenerstattung.

»Frau Fricker, Sie verstehen mich nicht: Der Herr Zwerger hat Konkurs angemeldet.«

Die Frau lachte zweimal meckernd auf, wobei Rita sich nicht sicher war, ob es sich nicht auch um einen leichten Hustenanfall gehandelt haben könnte.

»Geh, Mädle, was woisch denn du?! Du bisch ja gar ned von da!«

Den Hieb auf ihre Herkunft hatte Rita dann doch sofort verstanden.

»Zum Glück bin ich nicht von hier, Frau Fricker.«

»Frech wer'n au no! Schau, dass rauskommsch! I muss schaffe! Des tät mi sowieso int'ressiere, warum der Zwerger eine wie dich braucht fürs Büro und für was weiß I sonscht no alles! Als ob's da ned g'nügend scherrige Weiber hätt im Allgäu!«

Die Bedeutung des Wortes »scherrig« konnte Rita nur erahnen, aber sie war sich sicher, dass es sich nicht um eine Schmeichelei handelte.

»Frau Fricker, es geht um Ihren Sohn!«

»Schwätz doch du koin Seuch daher! Der soll sich's

G'nick brechen mit dem alten Glump, der Hurament, der Nixige!«

»Aha. Und wer macht Ihnen dann den Stall?«

»Halt bloß dei freche Gosch'! Da reikomme und irgendoin Schmarrn daherschwätzen! Der Zwerger und pleite, des glaubschst doch auch bloß du! Der isch doch so was von aufs Geld aus, der alte Leutschinder! Und wenn der Seckel von Ewald ned bald do isch, na kann er grad sei Glump packen!«

Rita musste den Wunsch unterdrücken, Frau Fricker den Rest ihrer Dosenwurst samt Dose ins Maul zu stopfen.

»Wenn Sie meine Mutter wären, würde ich mit einem Muldenkipper bis nach Sibirien fahren! Wiedersehen.«

Rita hatte gerade die Tür hinter sich ins Schloss fallen lassen, als der alte Pantoffel auf dem Türfutter aufschlug, den Ewalds Mutter sich von der Küchenbank gegriffen und nach Rita geschleudert hatte.

Rita wollte nur weg von diesem Gehöft, so schnell und so weit wie möglich, und zwar bevor Frau Fricker den Zwerger'schen Porsche noch mit einer Mistgabel attackierte.

Rita hatte den Porsche auf Anhieb gemocht. Sie fuhr zum ersten Mal damit, denn der rote 911er war in Ratzisried bekanntermaßen Karl Zwergers Wagen. Hätte man Rita im Dorf damit gesehen, hätte Zwerger genauso gut in einer halbseitigen Zeitungsannonce seine Affäre mit Rita Zieschke publik machen können. Aber heute war es eben ein Notfall. Zwerger hatte schon immer ein Faible für alte Sportwagen gehabt, aber zu den Zeiten als Autoverkäufer bei Honda konnte er sich so etwas nicht leisten wie diesen karmesinroten Porsche 911, Baujahr 1985. Er hatte ihn vor sieben Jahren für knapp 50000 Euro gekauft, ihn bei seinem alten

Kumpel Otto Lantenhammer in Steibis restaurieren lassen und liebte ihn über alles. Immer wenn ihm seine Karin gehörig auf die Nerven ging, war er damit über die Alpenstraße von Lindenberg bis Oberstaufen gebrettert oder einmal quer durch den Bregenzer Wald, so wie andere sich besoffen oder in den Puff gingen. All die modernen Sportwägelchen kamen an das feeling dieses 911ers nicht heran, allein der Klang des luftgekühlten 6-Zylinder-Boxermotors war einmalig und geradezu aphrodisierend. Auch in Sachen Straßenlage und handling konnten die als Sportwagen der neuen Generation verkauften Gehhilfen von BMW, Mercedes oder gar Audi nicht an den guten alten 911er heranschmecken. Wenn man ein bisschen damit umgehen konnte wie Karl Zwerger, dann ließ sich der 911er mit seinem Heckantrieb so durch die Kurven driften, dass auch die Hightech-Sportwagen samt ihren elektronischen Fahrwerksmätzchen kein Land mehr sahen.

Rita fuhr verhalten, nur ab und zu zirkelte sie den 911, wie an einer Schnur gezogen, durch die eine oder andere enge Kurve auf der Landstraße in Richtung Ulm.

Zweimal hatte sie schon in Dörfern gehalten und Leute gefragt, ob jemandem eine rot bemalte Planierraupe aufgefallen war. Aber niemand hatte Fricker gesehen, eine alte Frau dachte gar, Rita wollte sie auf den Arm nehmen.

Kurz hinter Leutkirch hielt sie an einer kleinen Dorftankstelle und fragte nach einer Straßenkarte, die sie in der Eile vergessen hatte, denn so ein neumodisches Gelumpe wie ein Navi gehörte natürlich nicht in einen alten 911er.

Der Tankwart, ein kräftiger 30-Jähriger mit Ringen im Ohr und einem flächendeckenden Tattoo auf dem Oberarm, sah sie mit unverhohlenem Grinsen an.

»Mit einer Planierraupe?«

»Ja, mit einer Planierraupe. Fiat-Allis. Rot.«

»So rot wie Ihr Porsche…«

Die Grimassen des Tankwarts, der aussah wie ein ins Allgäu strafversetzter Rapper, überschritten jetzt schon fast die Grenzen des Anstands. Ein Blick von Rita reichte, um den grinsenden Fleischklops wieder ansatzweise einzubremsen. Wahrscheinlich hatte er sonst nur Bauern um sich.

»Also: Wo kann der lang sein, wenn er an die Ostsee will?«

»An die Ostsee? Blöde Frage, oder? Autobahn Kempten bis Ulm und von da weiter auf der A7 Richtung Würzburg, oder?«

»Wohl kaum, mit einer Planierraupe über die Autobahn.«

Der Mineralöl-Fachverkäufer nickte: Das leuchtete ihm ein, zumindest auf den zweiten Blick. Dann grinste er wieder.

»Aber über die Donau muss er. Wahrscheinlich in Ulm.«

»In Ulm.«

»Wo auch sonst? Höchstens daneben, aber da gibt's nicht so viel Brücken. Und drüber muss er.«

Rita nahm sich ein paar Süßigkeiten und eine Flasche Saft aus dem eher begrenzten Shop-Angebot und legte dem Tankwart einen Zwanzig-Euro-Schein auf den Tresen.

»Mit der Karte alles zusammen achtzehn dreißig, Lady. Rest Trinkgeld, oder?«

»Nein, rausgeben, bitte.«

Das Grinsen des Dienstleisters zog sich wieder über die volle Breite seines runden Gesichts.

»Und was wollen Sie von dem mit der Raupe, Lady?«

»Nur die Raupe, Mister Universum.«

»Scheidung, klar: Ihr Alter ist mit dem Caterpillar abgehauen und hat Ihnen dafür seinen fettigen Porsche dagelassen …«

Der Dicke lachte sich über seinen eigenen Witz fast kaputt.

Rita setzte sich in den Porsche und fuhr mit quietschenden Reifen los in Richtung Ulm.

Karl Zwerger hielt das Ende des Maßbands, mit dem Lipka in der Halle jetzt die Gerätschaften wie Schaufeln, Hacken und Kehrbesen abmaß, um alles dezidiert als Sachwerte in seine Listen einzutragen. Kurzzeitig hatte Karl sich zusammenreißen müssen, um Lipka das Maßband nicht einfach wegzunehmen und es in die Schutt-Tonne zu schmeißen. Lipka hatte wirklich den Ehrgeiz, sämtliches Material, das in der Kiesgrube herumlag, in seiner Aufstellung zu erfassen. Die einzige Chance, den Unsinn zu beschleunigen, war wahrscheinlich die, dem Korinthenkacker das Gefühl zu geben, dass man seine Arbeit ernst nahm.

»Herr Zwerger, einmal ungeachtet dessen, dass das alles Schrott ist: Nach Ihren Unterlagen vermisse ich noch eine Planierraupe, Fiat-Allis Typ FL 10 C mit der Seriennummer 129 345 FA 99 28.«

Das hatte ja kommen müssen. Zwerger überlegte kurz.

»Ach, die Fiat, dieser alte Schrott … Steht die da überhaupt noch drin? Ich glaube, die ist sowieso in der Werkstatt.«

»Haben Sie nicht eine betriebseigene Werkstatt hier?«

»Ja, schon, aber das war ein ganz schwerwiegender Defekt, Differential für die Kettensteuerung. Da lohnt sich wahrscheinlich keine Reparatur. Schrottwert. Da muss ich froh sein, wenn ich bei der Entsorgung nicht noch draufzahle …«

Lipka lächelte mal wieder.

»Wie auch immer: Wir bräuchten das Fahrzeug auf jeden Fall hier zur Inventarisierung. Die Bestandsaufnahme muss wasserdicht sein, sonst bekommen wir noch Schwierigkeiten.«

Zwerger lächelte nun auch: Was dieser Lipka konnte, konnte er schon lange. Er sah schnell auf das Display seines Handys: Noch gab es keine Nachricht von Rita.

»Erwarten Sie einen Anruf, Herr Zwerger?«

»Ja. Einen Großauftrag über 12000 Kubik Kies Klasse A, der mir bis nächste Woche den Arsch rettet.«

»Sehr schön, dass Sie Ihren Humor nicht verlieren, Herr Zwerger. Ein Insolvenzverfahren stellt immer auch eine psychische Belastung dar.«

Karl lag die Bemerkung auf der Zunge, dass mitunter auch Konkursverwalter erhebliche psychische Belastungen darstellen konnten.

»Übrigens bin ich hier noch auf einen Pkw Fabrikat Porsche gestoßen. Den Wagen würde ich mir auch gern mal ansehen.«

»Ach, das ist ein historisches Fahrzeug, ein alter Göpel … der gehört mir sowieso privat.«

»Aber als haftender Gesellschafter müssen Sie das Fahrzeug natürlich auch in die Konkursmasse einbringen.«

Karl Zwerger überlegte. Bevor er Lipka seinen geliebten 911er in den Rachen warf, würde er ihn vorher in der Kiesgrube mit Benzin überschütten und anzünden, freiwillig. Die Story, dass auch der Porsche in der Werkstatt war, konnte er Lipka nicht nochmal auftischen.

»Das ist blöd, denn der steht momentan unten in Spanien, bei einem Freund, der hat da eine kleine Ziegenfarm und

Gerberei, bei Valladolid, und der macht mir da eine neue Polsterung aus Ziegenleder.«

»Aus Ziegenleder. Schön. Wo ist eigentlich Ihre reizende Mitarbeiterin abgeblieben?«

»Die Frau Zieschke? Die habe ich losgeschickt, ein paar Besorgungen machen. Neuen Kaffee holen und ein bissle Gebäck … die ist sicher bald wieder da.«

»Sehr schön. Wenn wir dann mit der Halle durch sind, sollten wir ohnehin erst mal Mittag machen. Vielleicht wüssten Sie ein nettes Restaurant hier in der Gegend, im Idealfall vielleicht ein Italiener: Ich bevorzuge Fisch zum Lunch.«

»Fisch, soso. Da muss ich mal überlegen. Ich bin nicht so ein Fischesser …«

»Fisch ist gut für die Nerven wegen der ungesättigten Omega-Fettsäuren.«

Die Vorstellung, wegen irgendwelchen hungrigen Omega-Säuren mit Herrn Lipka zwei Stunden lang bei Tino, seinem Lieblings-Italiener, drüben in Seltmans zu sitzen, war Karl Zwerger nicht gerade angenehm. Aber allemal noch besser, als nach Hause zu gehen und sich von Karin Rühreier machen zu lassen. Wenn's nach ihm ginge, hätte er Lipka am liebsten eine Fertigpizza auf den Tisch geknallt. Oder eine Dose Ravioli mitsamt Büchsenöffner.

Auch Ewald hatte noch nichts gegessen. Er war durch ganz Ulm gefahren und hatte ein paarmal fragen müssen, bis er an die Adenauer-Brücke gekommen war. Jetzt war er auf der Brücke, mitten im Ulmer Mittagsverkehr. Hinter ihm hatte sich eine lange Schlange gebildet, und es wurde viel gehupt. Aber Ewalds Laune tat das keinen Abbruch. Hunde, die hupen, beißen nicht, dachte er und sah auf die Donau, die unter ihm vorbeifloss. So gewaltig war der Fluss nun auch nicht, und er fragte sich, warum Frau Brillisauer immer so ein Geschiss gemacht hatte mit dieser Donau. Das war ein Bach wie viele andere auch.

Als er die Mitte der Brücke erreicht hatte, stotterte auf einmal die Maschine der Fiat-Allis. Ewald überlegte, was das sein konnte: Zu heiß war sie kaum geworden, das hätte er gerochen. Aber dann fiel ihm ein, dass er schon eine Weile lang unterwegs war, und er sah auf die kleine runde Uhr unter dem Zündschlüssel: Der Zeiger für den Tank war schon ganz im roten Feld. Ewald fuhr so gut es noch ging an den rechten Rand und stellte die Maschine ab. Er ging nach hinten, schnallte einen der fünf Dieselkanister los, nahm den alten Blechtrichter aus dem Werkzeugfach, kletterte auf die Motorhaube, schraubte den Tankdeckel auf, steckte den Trichter hinein und goss den Diesel vorsichtig aus dem Kanister. Er hatte dummerweise den Stutzen für den Kanister vergessen, wodurch das Dieselöl schwallartig aus dem Kanister kam und Ewald aufpassen musste, dass nichts daneben ging. Er wollte keinen Diesel verschenken, er brauchte jeden Tropfen bis rauf zur Ostsee.

Ein bärtiger Mann auf einem Fahrrad hielt neben ihm. Er sah Ewald beim Tanken zu, und in seinen Augen spiegelte sich Entsetzen.

»Was machen Sie da, um Himmels willen?«

Ewald fragte sich, ob der Mann vielleicht blind war.

»Ich füll Diesel ein. Das nennt man tanken.«

»Das sehe ich! Aber das Betanken von Fahrzeugen auf Brücken ist strikt untersagt.«

Das war Ewald neu. Aber er war noch nicht so oft auf Brücken gewesen.

»Drum gibt's auf Brücken auch nie eine Tankstelle, gell?«

Der bärtige Mann schüttelte den Kopf.

»Wenn da was in die Donau tropft, zeige ich Sie an!«

»Wo fließt die überhaupts hin, die Donau?«

»Die Donau? Ja nach Wien. Respektive bis ins Schwarze Meer, über Budapest. Aber darum geht es jetzt gar nicht. Es geht darum, dass Öl in die Donau gelangt.«

»Bis jetzt hab ich ja noch nichts ausgschüttet.«

»Guter Mann, es geht ums Prinzip!«

Ewald sah sich den Mann an, und ihm kam ein Verdacht.

»Sie sind ein Lehrer, gell? Die Frau Brillisauer hat auch immer so ein Geschiss gemacht um diese Donau. Isar, Elbe, Lech und Inn, die fließen all zur Donau hin …«

»Doch die Elbe nicht! Das ist ja bodenlos! Da fragt man sich doch …«

Der bärtige Lehrer wusste im Moment allerdings nicht konkret, was man sich in einem solchen Fall fragte. Ewald goss weiter. Ein junger Mann aus dem Opel Calibra, der hinter der Raupe stand, kam auf den bärtigen Lehrer zu.

»Schwätz nicht rum, lass den Mann da sein Diesel einfüllen, damit's endlich weitergeht. Davon geht's auch nicht schneller, dass alle blöd rumstehn und eine dumme Gosch' haben müssen!«

Ewald war der gleichen Meinung, aber er sagte nichts. Der Kanister war sowieso bald leer.

»Wie reden Sie denn mit mir? Bin ich denn nur noch von Idioten umgeben?«

»Pass auf, Kerle: Du wärst nicht der Erste, den man wegen einem blöden G'schwätz in die Donau g'schmissen hätt!«

Auch andere Leute waren ausgestiegen und riefen dem bärtigen Mann zu, er solle einfach seine Gosch' halten und weiterfahren. Ewald nahm den Trichter aus dem Tank, verstaute ihn mitsamt dem leeren Kanister und setzte sich ans Steuer. Der Motor stotterte und spotzte noch kurz, dann lief die Maschine wieder rund. Ewald wusste, dass er Glück gehabt hatte. Wenn der Tank völlig leer gewesen wäre, hätte er die ganze Dieselanlage entlüften müssen, und das wäre wirklich blöd gewesen, mitten auf der Brücke. Dann wären tatsächlich ein paar Tropfen von seinem Diesel in Budapest gelandet.

Ewald winkte dem Lehrer noch einmal zu und fuhr weiter. Er sah natürlich nicht, dass sich hinter ihm mittlerweile ein kilometerlanger Stau gebildet hatte, quer durch Ulm hindurch. Eigentlich bemerkte kaum jemand auf der Adenauer-Brücke, dass die merkwürdige Raupe längst verschwunden war, denn der Streit ging weiter und blühte geradezu auf. Alle hatten auf dem bärtigen Lehrer herumgehackt, es war um Umweltschutz, Verkehrsstau, Nachhaltigkeit, Atomkraftwerke und kleinkariertes Denken gegangen. Als aber der Lehrer auf den Abriss des Stuttgarter Hauptbahnhofs gekommen war, kippte die Stimmung schlagartig. Plötzlich waren sich alle einig: Die neue unterirdische Betonhölle wollte niemand haben, und wer schon einmal im Berliner Bahnhof Südkreuz sich auch nur ein paar Minuten aufzuhalten das Pech gehabt hatte, konnte in etwa erahnen, zu welchen baulichen Hässlichkeiten Bahnplaner fähig waren. Plötzlich hatte der Lehrer Recht, auf einmal stand sogar die Idee im Raum, in einem Autokorso spontan nach Stuttgart zu fahren und den Bahndeppen zu zeigen, was man von ihrem Neubau und dem Abriss des geliebten Bahnhofs hielt. Am Ende des Staus bekam man natürlich von dem Streit nichts mit, ganz hinten, wo auch ein roter Porsche 911 stand, mit einer attraktiven Frau am Steuer, der der Stau gehörig auf die Nerven ging.

Kaum war Karl Zwerger aus Lipkas Renault-Megane-Cabrio ausgestiegen, auf dem Parkplatz vor dem »Tres Torres« in Seltmans, war der kleine Tino schon auf ihn zugekommen und hatte ihn überschwänglich begrüßt.

»Ah, Carlo, meine Freund! Kommst du heute mit Kollege! Und wo hast du bezaubernde Signorina Rita, eh?«

Karl Zwerger hatte keine besondere Lust, diese Fragen zu beantworten.

»Red jetzt nicht groß rum, Tino. Hast du Fisch?«

»Willst du Fisch, Carlo? Ich habe noch nie gesehen dich esse Fisch! Naturalmente ich habe Fisch … prima pesce … Dorada griglia, salmone al limone della casa …«

Zwerger winkte ab.

»Passt schon.«

Tino zeigte auf Lipka, den Zwerger bislang vorzustellen versäumt hatte.

»Und hier iste Kollege von dir. Machst du Geschäfte, eh?«

»Sozusagen. Das ist Herr Lipka.«

Lipka lächelte, was sonst. Tino gab ihm sofort die Hand.

»Signore Lippeka, willkommen in meine kleine Ristorante! Mach ich schöne Fisch für Sie! Hab ich reserviert kleine Platz in die Ecke wie jede Mittag!«

Lipka zog die Augenbraue hoch.

»Sie essen immer auswärts?«

»Eher selten. Aber Sie kennen ja die Italiener, die übertreiben gern ein bisschen.«

Tino führte Zwerger und Lipka zu Karls Stammplatz in der Ecke. Das Restaurant war eingerichtet wie eine echte italienische Cantina, es gab Holztische mit weißen Tischtüchern, und selbst auf die obligatorischen PVC-Meeresfrüchte und die Lambrusco-Flaschen hatte man verzichtet.

Als Lipka sich gesetzt hatte, nahm Tino Zwerger zur Seite.

»Mach ich schöne Fisch für deine Kollege, ist wichtige Mann, oder?«

»Jaja. Mach einfach nicht so ein Geschrei, dann passt's schon.«

»Aber Carlo, warum bist du gekomme mit diese französische Kranke-Fahrstuhl? Was ist mit deine schöne rote Nove-Undice? Iste kaputt?«

Zwerger schüttelte den Kopf, er wollte hier keine Details verbreiten, weder über Ritas Verbleiben noch über das des Porsche.

Er würgte den Italiener ab und setzte sich an seinen Tisch, den Lipka bereits in Beschlag genommen hatte und sich äußerst wohl zu fühlen schien.

»Ich muss sagen, da haben Sie in der Tat ein sehr nettes Restaurant ausgesucht, Herr Zwerger.«

»Man hat ja auch nicht jeden Tag einen Konkurs.«

»Danach werden Sie ja vielleicht mit einem Steh-Imbiss vorliebnehmen müssen, haha.«

Karl Zwerger hätte ihm am liebsten die Flasche Pellegrino ins Gesicht geschüttet, die Tino schon auf den Tisch gestellt hatte. Er hatte gehofft, Lipka vielleicht mit einem guten Essen etwas geschmeidiger machen zu können, aber im Moment hoffte er nur, seinem Konkursverwalter würde eine Fischgräte im Hals stecken bleiben. Diese Hoffnung allerdings war eher dürftig, denn Tino kochte wirklich ausgezeichnet. Das einzige Problem war, dass er manchmal zu viel redete.

Lipka entschied sich für die Dorade vom Grill mit Salat und Gemüsen der Saison, Zwerger bestellte sich das, was er immer aß: ein großes Rindersteak mit Linguine, gegrillten Kartoffeln, Oliven und einer Extraportion Steaksauce. Und sagte Tino, er solle das Essen möglichst schnell bringen.

»Si, si, presto, presto. Wichtige Geschäfte! Aber für gute Essen muss immer bissele Zeit habe! Dann hinterher die Geschäfte gehte noch viel besser!«

Karl verspürte eine spontane Lust, den kleinen Sizilianer in den Arsch zu treten.

Tino brachte den Wein, für Lipka eine Karaffe weißen Trentino zum Fisch und für Karl einen roten Brunello. Lipka hob sein Glas.

»Dann auf Ihr Wohl, Herr Zwerger, und auf die baldige Wiederkunft Ihrer reizenden Angestellten. Auf Ihr Unternehmen anzustoßen wäre vielleicht etwas unpassend …«

Lipkas Scherze kamen Zwerger vor wie die verbale Fortsetzung seines permanenten Lächelns.

»Ich nehme an, Sie gedenken, das hier als Geschäftsessen abzusetzen. Da könnte uns allerdings das Finanzamt Schwierigkeiten machen, weil die Bewirtungsaufwendung zeitlich nach der Anmeldung der Insolvenz liegt. Aber das hängt immer vom Ermessen des zuständigen Sachbearbeiters ab.«

»Ja dann … vielleicht schmeckt's trotzdem.«

Lipka lachte wieder.

»Wirklich schade, dass Frau Zieschke nicht mit uns zu Tisch sein kann. Es kann manchmal auch aufschlussreich sein, was die Angestellten über ein Unternehmen denken.«

Das fehlte gerade noch. Karl hoffte, dass Tino das Essen bald herbeibringen würde. Wenn Lipka noch länger so weiterredete, würde ihm der Appetit an diesem Geschäftsessen vergehen, steuerliche Abzugsfähigkeit hin oder her. Er wartete sehnsüchtig auf einen Anruf von Rita, dass sie diesen Depp von Fricker mitsamt der Fiat gefunden hatte. Denn Karl hatte wirklich keine besondere Lust, sich mit Herrn Lipka über verschwundene Sachwerte in Form von Planierraupen zu unterhalten, die unterwegs zur Ostsee waren.

Ewald Fricker hatte mittlerweile einen Bärenhunger. Nach seinem Boxenstop auf der Adenauer-Brücke war er immer geradeaus gefahren. Einen Moment lang hatte er geglaubt, er hätte sich verfahren, weil er wieder durch eine Siedlung voller kleiner bunter Häuschen mit speckig glänzenden Dächern gekommen war. Aber die gab es wahrscheinlich an den Rändern aller Städte. Jetzt waren Ulm und die Donau hinter ihm und die Sonne über ihm, also stimmte die Richtung. Er fuhr einen Feldweg entlang, der mitten durch ein Maisfeld führte. Der Mais war noch nicht reif, und Ewald schob den Gedanken beiseite, sich einen Maiskolben aus dem Feld zu holen. Von unreifem Mais bekam man Durchfall, das wusste er, und einen Dünnschiss konnte er wirklich nicht brauchen auf seinem Weg nach Norden. Er hängte sich kurzerhand sein Akkordeon um und spielte ein paar Seemannslieder. Vielleicht halfen die gegen den Hunger, Seeleute waren auch lange unterwegs, und auf dem Meer gab es erst recht keinen Kiosk, wo man sich schnell was zu essen holen konnte. In der Stadt drin hätte er auch gern gespielt, aber da hätte bestimmt wieder jemand gemeckert, dass man das nicht durfte. Raupe fahren und gleichzeitig Akkordeon spielen konnte eben nicht jeder, aber Ewald merkte immer sofort im Hintern, wenn die Raupe nach einer Seite abhauen wollte, und war gleich mit der entsprechenden Hand am Hebel. Meistens konnte er dabei sogar die Bässe oder die Melodie weiterspielen. Hier auf dem Feldweg störte das natürlich keinen. Zuerst sang er nochmal »La Paloma«, dann von Freddy Quinn »Die Gitarre und das Meer«. Mitten im Refrain – Chuanita hieß das Mädchen/aus der großen fernen Welt/und so nennt er die Gitarre/die er in den Armen hält – kam ihm hinter einer Kurve eine Gruppe frohgelaunter Wanderer entgegen, die allesamt Kniebundhosen und blau- oder rotweiß karierte Hemden trugen. Obwohl sie alle Skistöcke in den Händen hielten, winkten sie ihm freundlich zu. Für einen kurzen Moment hatte Ewald gedacht, sie drohten ihm, so wie das seine Mutter oft tat, wenn er Akkordeon spielte. Nur hatte die keine Skistöcke in der Hand, sondern meistens eine Mistgabel. Die bestockten Leute schienen nicht nur das Gleiche anzuhaben, sondern auch im selben Alter zu sein und gingen auch in einer Art Gleichschritt. Auch das Tempo schien ihnen vorgegeben zu sein. Ewald hatte so etwas Ähnliches mal in einem Film gesehen, zuhause beim Schorsch: Da ging's um eine Gruppe Außerirdischer, die die Welt erobern wollten, und die bewegten sich ganz ähnlich, wie ferngesteuert. Vielleicht waren ja die Kniebundhosen und die karierten Hemden der Wanderer nur Tarnung, vielleicht waren in den Stöcken geheimnisvolle Laserwaffen versteckt.

Ewald drehte sich um, um dem wandernden Spuk nachzusehen. Was er aber hinten, am Ende der Kurve entdeckte, war ein Spuk ganz anderer Art. Das rote Auto erkannte er auf den ersten Blick, es war der alte Porsche vom Zwerger. Ewald guckte wieder nach vorne, fuhr stur weiter und sang noch ein bisschen lauter. Wenn der Zwerger was von ihm wollte, sollte er ihn halt überholen, wenn er das überhaupt schaffte mit dem Porsche auf dem holprigen Feldweg. Ein paar mal ertönte die Zweiklang-Fanfare des 911ers, aber Ewald tat so, als hörte er es nicht, weil er ja sang und Akkordeon spielte.

Offenbar war dem Zwerger sein Porsche egal: Er überholte und blieb vor der Raupe stehen. Ewald nahm die Hände vom Akkordeon und bremste ab, den Motor ließ er vorsichtshalber laufen. Durch die Windschutzscheibe des Porsche sah er, dass nicht Zwerger am Steuer saß, sondern seine Disponentin, die Frau Zieschke. Das kam ihm merkwürdig vor.

Rita stieg aus, und genau diesen Moment nutzte Ewald aus, um wieder Gas zu geben und die Raupe in einer eleganten Kurve an dem Porsche vorbeizusteuern. Das war nicht ganz einfach, weil er noch das Akkordeon umhängen hatte. Er riskierte einen schnellen Blick nach hinten und sah, dass Rita hinter ihm herschimpfte, wieder einstieg und die Verfolgung aufnahm.

Ewald beschloss, ihr das Überholen ein bisschen schwerer zu machen als beim ersten Mal. Immer wenn Frau Zieschke zum Überholen ansetzte, machte er einen schnellen Schlenker und blockte den Porsche ab. Das hatte er mal bei einem Stock-Car-Rennen in Altusried gesehen: Die ließen sich auch nicht überholen, oder sie rammten sich gegenseitig. Aber dazu war der Porsche natürlich zu schade. Er hatte nichts gegen Frau Zieschke, aber wahrscheinlich wollte sie die Raupe zurückholen, und das passte Ewald jetzt überhaupt nicht in den Kram.

Rita war allmählich sauer. Eine Stunde lang hatte sie in Ulm im Stau gestanden und instinktiv geahnt, dass die Raupe der Grund für das Verkehrschaos gewesen sein musste. Als sie auf der Adenauer-Brücke angekommen war, herrschte ein ziemliches Chaos, und sie konnte nur mit Mühe aus den aufgeregten Leuten herausbringen, in welche Richtung die Raupe verschwunden war. Immer wieder hatte sie begriffsstutzige Passanten nach dem Verbleib des Ungetüms gefragt, und schließlich hatte sie die Raupe entdeckt, von einer Anhöhe nördlich von Ulm aus. Das rote Ding auf dem Feldweg war nicht zu übersehen gewesen. Fast hätte sie noch den Porsche auf dem Feldweg ruiniert, und dann büxte ihr dieser komische Kerl auch noch aus, nachdem sie ihn endlich überholt hatte.

Sie schlitterte hier in etwas hinein, was nicht auf ihre Idee und ihre Initiative zurückging, und Rita mochte es nicht, wenn sie zum Reagieren verdonnert wurde, von wem auch immer. Sie entschied schon lieber selbst, wofür sie ihre Energie aufbrachte. Das waren natürlich müßige Gedanken im falschen Augenblick, denn jetzt ging es nur darum, diesen Fricker von Karls Raupe herunterzuholen. Eigentlich ein Klacks gegen das Kunststück, ihn überhaupt gefunden zu haben. Der Mistkerl fuhr in Schlangenlinien und ließ sie nicht vorbei. Doch damit stachelte er ihren Ehrgeiz nur noch mehr an. Der sollte was erleben. Rita täuschte ein Überholmanöver auf der linken Seite an und hupte wie eine Wilde. Prompt zog Fricker im letzten Moment nach links, und genau damit hatte Rita gerechnet. Sie riss das Steuer nach rechts, gab noch einmal kurz Gas, zog den Porsche dann gerade, und ein kurzer Stoß Vollgas im zweiten Gang reichte ihr, an der Fiat-Allis vorbeizukommen.

Rita stellte den Porsche diesmal quer vor die Raupe und stieg aus.

»Was machen Sie denn für Sachen, Herr Fricker?«

Ewald lächelte und hob quasi entschuldigend die Hände.

»Ja mei, mit'm Tieflader wär's schon einfacher g'wesen. Der Herr Zwerger hat's mir versprochen. Aber nächste Woch' bin ich eh wieder zurück.«

»Da muss ich Sie enttäuschen, Herr Fricker. Ich glaube, Sie machen sich da falsche Vorstellungen.«

Ewald kannte diese Redeweisen. Das sagten Leute immer, wenn sie einem was verbieten wollten, sich das aber nicht zu sagen getrauten.

»Hinterher, Frau Zieschke.«

»Was ›hinterher‹?«

»Hinterher, nach der Meisterschaft, da bring ich dem Herrn Zwerger die Raupe zurück.«

Rita wollte Herrn Fricker nicht auf die Nase binden, dass Schorsch und Bene die Anmeldung für die Meisterschaft gar nicht abgeschickt hatten. Ganz abgesehen von dem sexistischen Unfug, den sie Fricker eingeredet hatten, Frauen aus mecklenburgischen oder vorpommerschen Küstenregionen hätten durch Wind und Salzgehalt des Meeres verursachte überdurchschnittliche sexuelle Begehrlichkeiten. Rita wäre die Erste gewesen, die davon gewusst hätte.

»Herr Fricker, diese Meisterschaft da oben an der Ostsee …«

»Ich weiß, das wär schon gut, wenn ich da g'winnen tät …« Dabei hatte Ewald sie einfach verständnisvoll angelächelt, als wollte er ihr die Sorge nehmen, er würde die Firma Zwerger dort oben blamieren. Rita kam sich vor wie eine Lehrerin, die sich nicht getraute, ihrem Problemschüler den Aufsatz zum Thema »meine schönste Schnapsidee« mit der Note fünf minus zurückzugeben. Die Selbstverständlichkeit, mit der der Mann auf Zwergers Fiat saß und ein spontaner Gedanke an ihren Besuch bei Frickers Mutter hatten Rita für einen Moment aus dem Konzept gebracht. Wobei das allfällige Konzept lediglich daraus bestanden hatte, Herrn Fricker zu erwischen und dem armen Kerl nach Hause zu helfen. Die Maschine der Raupe lief immer noch, Herr Fricker dachte offenbar gar nicht daran, sich zurück ins Allgäu helfen zu lassen.

»Aber die Raupe muss auf dem schnellsten Weg wieder in die Firma. Die gehört Ihnen nicht.«

Diesmal beugte sich Ewald zu ihr herunter, als wolle er ihr ein Geheimnis anvertrauen.

»Der Zwerger hat eh genug andere Raupen, grad jetzt, wo er pleite ist. Und einer, der wo wirklich pleite ist, der braucht sowieso keine Maschinen. Der muss grad froh sein, wenn er keine mehr hat.«

Dieser unerwartete Ausstoß von Logik traf Rita ein wenig unvorbereitet. Sie hatte nicht damit gerechnet, dass der Mann, den alle für einen Deppen hielten, mit abenteuerlichen Theorien zu Konkursfragen daherkommen würde.

»Falsch gedacht, Herr Fricker! Gerade deswegen braucht er die Raupe.«

»Warum? Die ist doch eh nix mehr wert…«

Rita hatte für einen Moment das Gefühl, das Gespräch und die ganze Situation könnten ihr ein wenig entgleiten.

Sie wollte auch mit Herrn Fricker keine Detailfragen eines Insolvenzverfahrens ausdiskutieren, zumindest nicht hier, auf einem Feldweg neben einem Maisfeld nördlich von Ulm. Der Kerl sollte jetzt einfach nur die Maschine abstellen und heruntersteigen von dem Monstrum.

Rita zog die Geldscheine heraus, die Karl Zwerger ihr gegeben hatte, und hielt sie Fricker lächelnd hin wie ein verfrühtes Weihnachtsgeschenk.

»500 Euro, Herr Fricker. Davon kaufen Sie sich eine Fahrkarte. Was übrig bleibt, gehört Ihnen.«

Ewald schüttelte den Kopf.

»Ich glaub nicht, dass mir die Bahn die Raupe für 500 Euro bis an die Ostsee rauffährt. Die Bahn ist eh unverschämt teuer, und dabei ist bei denen allen Furz lang was kaputt.«

»Nicht die Raupe, Sie! Sie alleine! Und nicht an die Ostsee, sondern zurück ins Allgäu!«

Ewald schüttelte den Kopf, freundlich, aber bestimmt. Mehr hatte er dazu nicht zu sagen.

Rita wusste, dass sie ihre Strategie ändern musste. Mit Geld oder gar Argumenten war dem Kerl nicht beizukommen. Aber einfach gestrickte Männer ließen sich oftmals viel effizienter auf der Gefühlsebene packen.

»Bitte, Herr Fricker. Sie sind doch kein Rabauke, Sie wissen doch, was sich gehört. Außerdem wartet Ihre Mutter auf Sie. Wegen dem Stall. Und sie macht sich Sorgen.«

»Die hat sich noch nie Sorgen g'macht außer um sich selber. Die ist alt genug, die kann den Stall auch amol ein' Tag lang ohne mich machen!«

»Einen Tag lang??! Wissen Sie, wo das ist, wo Sie da hinwollen?«

»Saumäßig weit droben, ich weiß.«

Rita merkte, dass sich die Verhandlungen im Kreis drehten. Sie musste jetzt unmissverständlich klarmachen, was Sache war.

»Herr Fricker, Sie fahren jetzt wieder nach Hause, und zwar so schnell wie möglich. Da gibt es keinen Diskussionsspielraum.«

»Ich war dreißig Jahr lang zuhause, da kommt's jetzt auf zwei Tag' auch ned an.«

Der Mann, der aussah wie ein Bulle auf einem Bulldozer, war verhandlungstechnisch mindestens so glitschig wie ein Stück Seife.

»Wenn da irgendetwas passiert mit der Raupe, dann sind Sie nicht einmal versichert!«

»Wenn ich was kaputt mach, das zahl ich dann schon. Mein Konto platzt eh bald …«

Rita setzte sich auf die Kette der Fiat und zündete sich eine Zigarette an. Sie seufzte einmal tief, als sie den Rauch in die klare Morgenluft steigen ließ, und sah Herrn Fricker mit traurigen Augen an, von unten, wie sie das oft in alten Filmen gesehen hatte, wie beispielsweise Katherine Hepburn in »African Queen« den sturen Humphrey Bogart von unten anlächelte, bevor sie ihm den ganzen Gin über Bord kippte.

»Bitte, Herr Fricker. Mir zuliebe.«

»Sie meinen: dem Zwerger zuliebe. Sie kennen mich doch gar nicht.«

»Aber ich weiß, dass Sie kein Depp sind.«

Ewald überlegte: Wenn sie wusste, dass er kein Depp war, musste ihr jemand erzählt haben, dass er doch einer war. Wahrscheinlich der Bene. Davon wollte er jetzt gar nichts wissen. Er fand sowieso, dass man schon lang genug miteinander geredet hatte und die Verhandlungen sich im Kreis drehten.

»Schaun Sie, wenn man was anfängt, dann muss man's auch fertig machen. Sagt der Herr Zwerger auch immer.«

Ewald legte den Vorwärtsgang ein. Rita, die auf der Kette saß, spürte den Ruck des Kraftschlusses, sprang von der Kette herunter und stellte sich zwischen die Raupe und den Porsche wie ein bockiges kleines Kind. Ewald ließ die Kupplung ganz leicht kommen.

»Ich warne Sie, Herr Fricker!«

»Nichts gegen Sie persönlich, aber ich muss jetzt weiter. Wär doch schad um den Porsche. Da täten's einen rechten Ärger kriegen mit dem Herrn Zwerger.«

Ewald rollte noch ein Stück nach vorne, aber Rita blieb tapfer stehen. Die konnte vielleicht stur sein. Er ließ den Motor noch einmal im Leerlauf aufheulen, dann nahm er den Fuß kurz von der Kupplung, und die Fiat machte einen Satz vorwärts. Rita sprang mit einem Schrei zur Seite. Im letzten Moment, kurz bevor er den Porsche mit der Schaufel erwischte, ließ Ewald die Raupe über die Ketten auf der Stelle drehen, stach seitlich in das Maisfeld hinein und flüchtete mit Vollgas quer durch die landwirtschaftliche Nutzfläche.

Entsetzt sah Rita, wie die Raupe eine Schneise in den Mais fräste und verschwand. Es war ihr klar, dass sie keine Chance hatte, sie mit dem Porsche zu verfolgen. Voller Jähzorn trat sie gegen den linken Vorderreifen des 911ers und ließ sich auf den Vordersitz fallen. Ein paar Minuten lang kämpfte sie gegen eine unbändige Wut an und schlug immer wieder mit der Faust auf das Lenkrad des Porsche. Bald tat ihr der Handrücken weh, denn der Porsche hatte noch keinen Airbag im Lenkrad, der sich stoßmindernd hätte aufplustern können. Ganz langsam ebbte die Wut mit den Schlägen ab, und Rita machte sich klar, dass auch Maisfelder nicht unendlich waren. Irgendwo musste Fricker mit seiner Raupe wieder raus aus dem Feld. Und wenn sie ihn einmal gefunden hatte, würde sie ihn auch ein zweites Mal finden. Und dann gab es keine Gnade. Zur Not würde sie die Polizei rufen.

Karl Zwerger wartete immer noch auf den Hauptgang. Lipka hatte sich nämlich bei Tino heimlich noch eine Vorspeise bestellt, antipasti al aglio, in Öl gelagertes Gemüse mit Knoblauch. Und hatte damit natürlich den Ablauf des Essens erheblich verzögert. Lipkas konkursbegleitende Spitzfindigkeiten hatten nicht nachgelassen, auch Tino kam alle drei Minuten an den Tisch und erkundigte sich nach dem Wohlergehen seiner Gäste.

Karl Zwerger stand auf.

»Ich muss schnell ein Telefonat führen, Herr Lipka.«

»Geschäftlich, nehme ich an.«

»Ja, ja, sicher.«

»Schön. Schließlich sitzen wir hier im Rahmen eines betrieblich veranlassten Geschäftsessens.«

Karl fragte sich, ob es so etwas wie ein betrieblich veranlasstes Ableben nervtötender Insolvenzverwalter gab, und ging nach draußen in den Garten, wo eine kleine Gerätehütte stand, in der Tino zusätzliche Stühle für Stoßzeiten gestapelt hatte. Er schloss die Tür, drückte die Schnellwahltaste auf seinem Handy und wartete, dass die Verbindung zu Rita aufgebaut wurde.

»Rita, mein Schatz, wo steckst du?«

»Neben einem Maisfeld.«

»Bitte?«

»Vergiss es.«

»Alles gut bei dir?«

»Ja, ja.«

»Hast du ihn gefunden?«

»Ja. Aber er ist mir entwischt.«

»Durch ein Maisfeld? Du bist aber nicht mit meinem 911er in das Maisfeld rein?«

»Karl, ich bin doch nicht blöd!«

»Alles gut mit dem Porsche?«

»Ja, der Porsche ist okay. Und bei dir?«

»Ich bin schnell was essen mit Lipka, beim Tino.«

»Soso. Ich jag hier diesen Irren mit der Raupe, und du machst dir mit Lipka einen schönen Tag.«

»Glaub's mir, gegen das Essen mit dem ist ein Maisfeld das reine Paradies.«

»Wollen wir tauschen?«

Zwerger lachte. Er mochte Ritas Humor.

»Der Lipka hat schon gemerkt, dass die Raupe fehlt. Schaffst du das, die herzubringen?«

»Verlass dich drauf, Karl. Und wenn ich ihm die Bullen auf den Hals hetze.«

Karl Zwerger überlegte kurz.

»Rita, vielleicht geht's auch ohne Polizei. Das wäre mir eigentlich lieber...«

»Okay. Ich meld mich.«

Draußen klopfte es kurz, im nächsten Moment riss Tino die Tür des Gartenhäuschens auf.

»Ahh! Hier bist du, meine Freund! Kommst du schnell, wird kalt deine fileto di carne! Was machst du hier in meine Hütte?«

Karl sah auf das Display: Rita hatte bereits aufgelegt.

»Tino, ich musste nur schnell ein Telefonat...«

Tino strahlte übers ganze Gesicht.

»Ah, capito: amore! Amore, amore! Aber jetzt du kommst, deine Freund hat schon gefragt nach dir!«

»Das ist nicht mein Freund.«

»Aber ist nette Mann. Und hat gute Humor!«

Karl Zwerger steckte sein Handy ein und ging zurück an seinen Tisch, wobei Tino unablässig um ihn herumschwänzelte. Lipka hatte sich die Serviette umgebunden und fixierte lustvoll die große Dorade, die vor ihm auf einer noch größeren ovalen Porzellanschale lag.

»Ich hoffe, Sie hatten ein erfolgreiches Gespräch, Herr Zwerger.«

»Kann man so sagen, Herr Lipka.«

Karl setzte sich, während Lipka sich seiner Dorade mit derselben Akribie annahm, mit der er sich an die Auflistung von Zwergers Sachwerten gemacht hatte. Er filetierte sie mit einer Hingabe, die fast schon neurotische Züge zeigte. Irgendwann, dachte sich Karl, würde auch der Fall Lipka gegessen sein. Er verscheuchte Tino und machte sich an sein Steak, die Linguine und die Kartoffeln und verspürte einen geradezu gewalttätigen Appetit. Und freute sich auf den doppelten Grappa, den er danach trinken würde.

Ewald war quer durch das Maisfeld gefahren und nach einem kurzen Stück Feldweg auf eine Landstraße gekommen, deren Richtung zu passen schien. Immer wieder hatte er sich umgesehen: von Zwergers Porsche keine Spur. Glücklicherweise war auch kein Bauer gekommen, der ihn wegen des Flurschadens ausgeschimpft hätte. Manche Bauern frästen ja auch selbst Labyrinthe in ihre Maisfelder, um Kinder da drin spielen zu lassen, und so gesehen hatte er da nur einen Anfang gemacht. Die Landstraße war stark befahren, aber schon nach der ersten Kurve entdeckte Ewald einen Parkplatz, auf dem viele Lastwagen standen, zum größten Teil Fernlastzüge. Am Rand des Parkplatzes entdeckte er eine Imbissbude und glaubte vor lauter Hunger, das Essen schon bis hierher riechen zu können. Er freute sich wie ein Schneekönig, fuhr mit Vollgas auf den Parkplatz, stellte die Raupe ab und ging direkt zu der Bude. Die Fernfahrer, die in den Lastwagen saßen oder an kleinen Tischen vor der Bude standen, taxierten ihn neugierig: Eine wie ein Formel-1-Wagen angemalte Fiat-Allis war eine willkommene Abwechslung im eintönigen Alltag der Männer. Einige von ihnen riefen Ewald etwas zu, aber der hatte im Moment nur Hunger.

In der Imbissbude stand eine dicke Frau mit einer Schürze und einem Kopftuch, die ihn ein bisschen an seine Mutter erinnerte, nur dass sie jünger und noch dicker war. Ewald grüßte die Frau mit einem freundlichen Nicken.

»Ich hab einen saumäßigen Hunger. Was täten's denn empfehlen?«

Die Frau zeigte missmutig auf eine große Tafel, die neben ihrer Bude stand.

»Lies halt, da steht's!«

Ewald nickte und sah kurz zu der Tafel hinüber.

»Könnten's mir das geschwind vorlesen?«

»Vorlesen? Warum nicht gleich vorsingen? Was meinst du, wo du hier bist? Wir sind fei kein Fünf-Sterne-Imbiss!«

Ewald hatte nicht gewusst, dass es Imbisse mit Sternen gab. Bevor er jedoch etwas bestellte, was es gar nicht gab, sagte er einfach:

»Gut, dann geben's mir alles. Auf einen Teller bitte.«

»Ja was jetzt? Currywurst mit Pommes oder Schnitzel

oder Fleischküchle oder Apfelmus oder Kartoffelsalat oder was?«

Ewald nickte.

»Genau. Einfach ein bissle was von allem. Und vielleicht auch einen Löffel dazu. Und Mayonnaise.«

Die Frau sah ihn verständnislos an.

»Willst du deine Raupe auch noch füttern?«

Die Lastwagenfahrer lachten, und Ewald gefiel das. Vielleicht würde er nach dem Essen noch ein paar Lieder mit dem Akkordeon spielen, bevor er weiterfuhr.

Die Imbiss-Dame reichte ihm einen riesigen Teller, es war von allem etwas drauf. Genau so hatte Ewald sich das vorgestellt. Er bezahlte und trug den Teller zur Raupe, stellte ihn auf die Motorhaube und setzte sich auf den Fahrersitz. Die Lastwagenfahrer wünschten ihm guten Appetit.

Als Ewald den Löffel in die Hand nahm, hörte er ein bekanntes Motorengeräusch: 6-Zylinder-Boxermotor, luftgekühlt. Er brauchte sich nicht umzudrehen, um zu wissen, wer ihm bei Tisch Gesellschaft leisten würde. Im nächsten Moment fuhr Rita Zieschke mit dem Porsche auf den Parkplatz und stellte ihn direkt vor der Raupe quer. Der 911er war mit einer dicken Staubschicht überzogen wie ein Rallyefahrzeug bei der Paris-Dakar. Rita stieg aus und ging entschlossen auf die Raupe zu.

Das war für die Lastwagenfahrer natürlich ein gefundenes Fressen: eine bunte Raupe, ein staubiger 911er Porsche, ein komischer Kauz und eine absolut attraktive Frau in einem eleganten Kleid. Die Dame wirkte noch dazu äußerst energisch, und das versprach natürlich weitere Unterhaltung, vielleicht sogar ein kleines Beziehungsdrama direkt vor ihren Augen. Endlich war mal was los bei Rosis Vesper-Stüble an der B 19.

Der Fahrer einer Zugmaschine, an der ein Tieflader hing, stieg aus, als wollte er nichts verpassen von dem, was sich da anbahnte. Er war um die fünfzig, die langen Haare hatte er hinten zu einem Schwanz zusammengebunden. Er trug eine Nickelbrille, schwarze Jeans, ein weißes Hemd und weinrote Cowboystiefel. Hinter der Windschutzscheibe seines Lkw hing ein Namens-Nummernschild, auf dem »Heinz« eingeprägt war.

Rita stand vor der Fiat und funkelte Ewald mit bösen Augen an.

»Schluss jetzt mit dem Quatsch. Her mit dem Schlüssel und runter von der Raupe!«

Auch Ritas Ton ließ keinen Zweifel, dass es ihr ernst war. Ewald kaute am ersten Bissen seines Breitband-Menüs und schluckte erst mal herunter, denn mit vollem Mund sprach man nicht.

»Schon klar. Aber ich muss erst mal was essen. Mit nichts im Bauch kann man eh nicht gescheit streiten.«

Die Lastwagenfahrer kicherten, Rita warf ihnen einen zornigen Blick zu. Heinz, der Lkw-Cowboy, kam herangeschlendert, setzte sich auf die Kette der Fiat-Allis, grinste Rita kurz an und sagte dann zu Ewald:

»Völlig richtig, mein Junge. Was uns fehlt in diesem Land, ist Lebensart. Savoir vivre, da können wir was von den Franzosen lernen. Manchè, debattee … et après couchee …«

Die Lastwagenfahrer lachten laut, auch wenn mancher von ihnen die kleine französische Anzüglichkeit vielleicht nicht wörtlich verstanden hatte. Rita stieg der Ärger ins Gesicht.

»Kümmert euch um euren eigenen Mist!«

Die Lastwagenfahrer murrten: Sie wollten sich an ihrer

Imbissbude nicht einfach das Maul verbieten lassen. Ein paar von ihnen kamen etwas näher wie Schaulustige bei einer drohenden Schlägerei. Einer von ihnen fragte:

»Was habt ihr da am Laufen? Scheidung oder was?«

Seine Kollegen lachten, und ein bärtiger Fleischkloß rief aus der Fahrerkabine seines Zwölf-Tonners herüber:

»Kennen wir doch: Kommst' nach Hause von der Tour, liegt ein Pole im Bett, sie reicht die Scheidung ein und macht sich'n faulen Lenz. Ich kenn einen, der hat bei einer Scheidung vier 17-Tonner verloren. Das sind insgesamt 68 Tonnen, das musste dir mal reinziehen!«

Rita drehte sich zornig um und fauchte die Trucker an:

»Haltet einfach eure blöde Klappe!!!«

Heinz lachte und klatschte in die Hände.

»Temperament, die Dame. Sehr schön. Die Hysterie des Weibes mehrt das Glück des Mannes… bis es ihn in den Wahnsinn treibt!«

Rita stand der Zorn ins Gesicht geschrieben. Heinz schien das zu gefallen, er fixierte sie mit seinem Blick und sagte dann laut hörbar für alle:

»Gnädige Frau, wenn Sie reiten möchten, die Pferde stehen gesattelt im Hof!«

Nun kam Stimmung auf, die Lastwagenfahrer jubelten laut, einige klatschten sogar Beifall. Rita kannte solche Situationen, sie war auf dem Land aufgewachsen. Als Nächstes würden sie wahrscheinlich »Ausziehen!« rufen. Mit Vernunft oder sachlichen Argumenten war dieser Männer-Kumpanei nicht beizukommen. Die Kerle konnte man allenfalls ignorieren.

»Den Schlüssel für die Raupe!«

Ewald schüttelte stur den Kopf.

»Jetzt essen wir erst mal was …«

»Schlüssel!!!«

»Essen's halt auch was, Frau Zieschke.«

Rita war kurz davor, die Geduld zu verlieren, auf die Raupe zu klettern und Fricker den Schlüssel aus der Hand zu reißen. Aber auf der Kette saß immer noch Heinz, der Lkw-Scherzbold.

»Gut, dann machen wir's eben mit der Polizei.«

Augenblicklich fingen die Männer laut an zu johlen, es mischten sich auch einzelne Buhrufe in die Kakophonie. Offenbar mochten die Männer die Vorstellung nicht, die Polizei hier bei ihrem Imbiss zu Gast zu haben. Rita erkannte die momentane Aussichtslosigkeit, sich gegen diesen Mob durchzusetzen.

»Ich kriege Sie, Herr Fricker. Verlassen Sie sich drauf!«

Unter lautem Applaus der Trucker stieg Rita in den Porsche und fuhr davon. Aber sie war weit davon entfernt aufzugeben. Sie würde einfach in der Nähe abwarten, bis Fricker weiterfuhr, und ihn sich dann greifen. Irgendwann musste er ja mal absteigen von der Raupe. Rita spürte eine unbändige Entschlossenheit, sich von diesem Herrn Fricker nicht unterbuttern zu lassen. Das ging jetzt nicht mehr nur um die blöde Raupe, das ging ums Prinzip. Der sollte bloß nicht glauben, dass er so mit ihr umspringen konnte. Da war sie schon mit ganz anderen fertiggeworden.

Auch Ewald ahnte, dass Frau Zieschke so schnell nicht aufgeben würde. Trotzdem schmeckte ihm das Essen. Heinz, der immer noch auf seiner linken Kette saß, hatte sich ein kleines Zigarillo angesteckt.

»Mein Freund, vielleicht ist eine Planierraupe nicht das

optimale Gefährt, um vor einer Frau mit einem Porsche zu fliehen.«

Ewald winkte ab.

»Egal. Je mehr man von etwas wegläuft, umso schneller holt's einen ein.«

»Schön gesagt. Also ist der Weg das Ziel.«

Ewald wusste nicht, was der Mann damit meinte. Überhaupt kam ihm das Gerede etwas merkwürdig vor, ganz abgesehen davon, dass der Kerl überhaupt zu viel redete.

»Wo soll's denn hingehen mit der Raupe, mein Freund?«

»Ich muss rauf an die Ostsee. Deutsche Meisterschaft, im Planieren.«

»Deswegen also die Lackierung: psychologische Kriegsführung. ›Zu reiten das geharn'schte Ross/um droh'nder Gegner Seelen zu erschrecken …‹.«

Der redete wirklich einen ausgemachten Schmarrn daher.

»An die Ostsee willst du … kommt die Dame da auch hin?«

»Hoffentlich nicht. Aber erst einmal muss ich droben sein.«

Heinz lächelte. Ihm schien ein Gedanke durch den Kopf zu gehen.

»Weißt du was? Du gefällst mir. Ich muss auch rauf, in Richtung Norden, hab eine Leerfahrt da rauf. Pack dein Ding bei mir auf den Hänger, ich nehm dich ein Stück mit.«

Ewald glaubte, seinen Ohren nicht zu trauen. Das wäre natürlich das Beste, ein Stück auf dem Tieflader weiterzufahren, auch für die Raupe.

»Soll das jetzt ein Witz sein?«

»Nein, nein. Ich mache keine Witze über schweres Gerät. Iss fertig, fahr deinen Humushobel auf meinen Tieflader, und dann geht's los. Bleibt nur die Hoffnung, dass uns die Dame nicht verfolgt.«

»Zuzutraun wär's der.«

Zwanzig Minuten später saß Ewald auf dem bequemen Beifahrersitz in der Kabine des Lkw, die Fiat-Allis war hinten auf dem Tieflader festgezurrt. Heinz fuhr die B 19 entlang, direkt in Richtung der Autobahnauffahrt zur A 7, die östlich von Ulm durch die Alb nach Norden führte.

Ewald hatte das Akkordeon umgehängt, spielte Seemannslieder und sang leise, Heinz schlug mit der Hand den Takt dazu. Dass der immer wieder heimlich in den Rückspiegel schaute, bemerkte Ewald nicht. Und auch nicht, dass der Trucker im Spiegel längst den roten 911er Porsche entdeckt hatte, der ihnen in einigem Abstand folgte. Heinz steckte sich noch ein Zigarillo an und war bester Laune.

3

Rita hatte viel Zeit zum Nachdenken. Zwergers 911er Porsche war hochgradig unterfordert, mit gut neunzig Stundenkilometern auf der rechten Spur der Autobahn dahinzukriechen, zwischen lauter Lastwagen. Rita hatte sich in der Nähe des Rastplatzes versteckt gehabt und beobachten müssen, wie das Oberarschloch der Lkw-Fahrer die Raupe auf seinen Tieflader verfrachtete. Sie war dem Tieflader gefolgt, immer in sicherem Abstand. Zuerst war der Lkw auf die A 7 gefahren, hatte sich am Kreuz Crailsheim in Richtung Nürnberg gehalten und war dann am Kreuz Nürnberg-Ost auf die A 9 abgebogen, die nach Berlin führte. Der Porsche schnurrte wie ein Tiger auf Schlafmittel, das Fahren tat Rita gut. Ihre Wut auf Fricker und die Lastwagen-Heinis ließ langsam nach wie ein Schmerz, wenn man sich die Zehen an der Bettkante angestoßen hatte. Kurz hinter Nürnberg musste Rita einmal laut loslachen: Da fuhr sie also mit dem Sportwagen ihres Geliebten durch halb Deutschland, um eine Planierraupe einzufangen, die ein Dorfdepp geklaut hatte, um damit auf einen Wettbewerb zu fahren. Und das alles, um einen fingierten Konkurs nicht auffliegen zu lassen, dessen unfreiwillige Ursache sie selbst war, zumindest zu einem gewissen Teil. Rita spürte, wie sie nicht nur räumlich vom Allgäu Abstand bekam, und überlegte einen Moment lang, ob sie nicht an der nächsten Ausfahrt umdrehen sollte, um mit dem Porsche nach Italien zu fahren, sich irgendwo ein Hotelzimmer zu nehmen und drei Tage lang in den Bergen oder am Meer darüber nachzudenken, ob und warum sie mit Karl diesen Beschiss durchziehen und mit ihm irgendwo ein neues Leben anfangen sollte. Und ob sie das überhaupt wollte.

Mitten in diesen Gedanken läutete ihr Handy. Am Display sah sie, dass es Karl war. Sie ließ es läuten und würde später zurückrufen. Eigentlich hätte sie gerne eine kleine Pause gemacht und vielleicht etwas gegessen, aber sie wollte den Lkw mit der Raupe nicht verlieren. Rita kramte die Kekse hervor, die sie an der Tankstelle gekauft hatte, und trank dazu den Orangensaft. Außerdem musste sie sich bald etwas überlegen, wie sie die Raupe von dem Tieflader wieder herunterbringen konnte, wenn der seinen nächsten Tankstop machen würde. Am besten wäre es gewesen, dem Lkw-Fahrer Geld in die Hand zu drücken und ihn mitsamt der Raupe zurück ins Allgäu zu schicken. Dann konnte Zwerger mit ihm den Preis auskakeln, sich eine Quittung geben lassen und die Kosten der Konkursmasse dazuschlagen.

Wenn Rita ehrlich war, kam es ihr im Moment gerade recht, einfach nur geradeaus zu fahren und sich nicht entscheiden zu müssen. Solche Momente lähmender Unentschlossenheit auf der rechten Spur hatte sie selten erlebt, und das Ganze kam ihr doch etwas bedenklich vor. Oder zumindest ungewohnt. Aber mit Porsche, Keksen und Orangensaft war es wenigstens von den äußeren Umständen her erträglich.

Karl Zwerger dagegen hatte sich leidlich satt gegessen, um nicht zu sagen, vollgefressen. Das Steak samt dem bestellten Beilagenmix hatte er bis auf den letzten Bissen vertilgt, stumm und konzentriert, als könnte er damit die Realität wenigstens für den Moment der Nahrungsaufnahme ausblenden. Lipka hatte ständig geredet und entweder Plattitüden, Anzüglichkeiten oder betriebswirtschaftliche Frechheiten von sich gegeben, während Tino immer wieder angewanzt kam und sich mit gastronomischen Belästigungen wichtig zu machen versuchte.

»Meine liebe Herr Lippeka, iste gut so, die Fisch?«

Dabei wusste Tino ganz genau, dass es »der« Fisch hieß, er wollte mit diesem Klischee-Italodeutsch einfach nur allen hörbar seine tiefe sizilianische Verwurzlung kundtun.

»Carlo, meine Freund, noch eine Grappa von die Haus?«

Lipka hatte auf Alkohol verzichtet, mit deutlichen Hinweisen auf seine verantwortungsvolle Tätigkeit als Konkursverwalter. Karl hätte ihm am liebsten schon dafür eine Watsche verpasst. Nachdem Karl seine zwei Grappa getrunken hatte, waren sie wieder in die Kiesgrube zurückgefahren mit Lipkas Renault.

»Ihre nette Mitarbeiterin macht aber ausgiebige Besorgungen, Herr Zwerger. Beim Zustand des Unternehmens mutet das doch ein wenig seltsam an.«

»Ach was. Die Frau Zieschke ist selbständiges Arbeiten gewöhnt, die fährt halt nicht wegen jedem kleinen Scheißdreck dreimal extra los.«

Lipka lächelte. Karl wusste nicht, ob das nur wieder eine seiner Sticheleien war oder ob Lipka ahnte, dass da etwas war zwischen ihm und Rita. Vielleicht hätte er auch nur selbst gern mit ihr angebändelt. Klar war ihm nur, dass er Lipka so schnell wie möglich vom Hof haben wollte.

»Herr Zwerger, ich bräuchte dann zur Einsichtnahme

noch sämtliche Unterlagen über den Kiesverkauf in den letzten drei Jahren.«

»Sind Sie jetzt mein Konkursverwalter oder ein Wirtschaftsprüfer vom Finanzamt?«

»Herr Zwerger, alles, was wir hier veranstalten, muss auch einer allfälligen Prüfung durch die Finanzbehörden standhalten.«

Zwerger zeigte ihm die Wände mit den Ordnern, sauber sortiert nach Monaten, Eingang und Ausgang getrennt. Soweit er das überblicken konnte, würde Lipka da nichts Verdächtiges finden.

»Suchen Sie sich's einfach raus, Herr Lipka.«

»Gerne.«

Dieses »gerne« war auch so ein Wort, das Karl schon nicht mehr hören konnte. Es war selbst im Allgäu schon zu einer gastronomischen Unsitte geworden, dass eine Bedienung »gerne« sagte und mit dem Blick zeigte, dass sie den Gast eigentlich zum Teufel wünschte. Genauso schlimm wie »gerne« waren auch »vor Ort«, »zeitnah« und »gut aufgestellt«. Und seit die FDP in Berlin dran war, schien's immer schlimmer zu werden mit diesen blöden Wörtern. Karl merkte, dass er anfing, dummes Zeug zu denken.

»Herr Zwerger, wir sollten uns, wenn wir mit der Inventarisierung weiter fortgeschritten sind, noch einmal mit Ihrer Gattin zusammensetzen.«

»Mit meiner Frau? Warum denn das?«

»Ihre Frau hatte ja ursprünglich das Grundstück in die Firma eingebracht, wenn ich das den Unterlagen korrekt entnommen habe.«

»Ja, aber Karin ist längst raus, das wurde alles auf die Firma überschrieben.«

»Sicherlich. Es stünde die Frage im Raum, ob sich mit einer weiteren Hypothek auf das Grundstück…«

»Schmarrn.«

»Wie bitte?«

Karl Zwerger versuchte zu lächeln.

»Wenn das nur irgendwie möglich gewesen wäre, hätte ich es doch längst gemacht, Herr Lipka. Das Grundstück ist weg. Basta.«

»Sicherlich. Nur bisweilen, das sagt mir meine Erfahrung, übersieht der akut vom Konkurs Bedrohte Möglichkeiten, weil er zu sehr in die Sache involviert ist.«

»Schön wär's.«

»Bitte?«

»Herr Lipka, ich bin nicht akut vom Konkurs bedroht, ich bin schlichtweg pleite. Und ich wüsste nicht, was das bringen sollte, wenn wir da mit meiner Gattin….«

Lipka hob die Hände.

»Man sollte nichts unversucht lassen. Im Übrigen hatte mich Ihre Gattin darum gebeten.«

Karl Zwerger konnte sich gerade noch die Bemerkung verkneifen, Karin solle sich um ihren eigenen Dreck kümmern.

Lipka klappte sein Laptop auf und ließ seine Finger mit gehabter Geschwindigkeit über die Tastatur laufen.

»Ich hatte Ihnen ja bereits gesagt, dass wir diese fragliche Planierraupe vom Typ Fiat-Allis dann auch zeitnah hier vor Ort bräuchten.«

»Hatten Sie bereits gesagt.«

»Sonst käme am Ende noch jemand auf die Idee, hier würden Vermögenswerte beiseitegeschafft.«

Karl Zwerger nickte und ging nach nebenan. Er musste Rita noch einmal anrufen, ohne dass Lipka es mitbekam.

Er ging hinüber zur Maschinenhalle, schloss sich in der Belegschaftstoilette ein, drückte Ritas Kurzwahlnummer und hoffte, dass Rita diesmal abheben würde. Langsam begann Karl Zwerger, sich Sorgen zu machen.

Ewald Fricker hatte sein Akkordeon abgelegt und sah sich die Landschaft an, die an dem Lkw vorbeizog. So weit war er noch nie von zuhause weg gewesen, und ihm gefielen die sanften Hügel des Bayerischen Vogtlands, auch wenn er nicht wusste, dass es das Vogtland war, das er da sah. Ungetrübt genießen konnte er die Fahrt und das Panorama allerdings nicht, denn Heinz redete in einem fort. Außerdem schien er eine schier unbegrenzte Menge von Zigarillos in der geräumigen Fahrerkabine gebunkert zu haben. Der Verkehr war dichter geworden, auf den beiden Spuren links von ihnen lief der Verkehr nur unwesentlich schneller, als sich die Lastwagenkolonne auf der rechten Spur bewegte. Heinz zeigte lachend auf die Pkw, die dicht aufeinander fahrend versuchten, sich an den Lastwagen vorbeizuquälen.

»Guck sie dir an, die in Blech verpackte Identität… der eigene Pkw ist das kleinste gemeinsame Vielfache der deutschen Spießerseele. Spoiler, Navi und Zentralverriegelung, das hält dieses Land zusammen…«

Ewald wunderte sich. Er kannte ein paar Lastwagenfahrer, die in der Kiesgrube arbeiteten, und ein Freund von ihm fuhr auch große Strecken mit dem Lastwagen und war oft wochenlang weg. Aber die redeten alle nicht so ein merkwürdiges Zeug daher wie dieser Heinz.

»Du bist überhaupts kein Lastwagenfahrer.«

Heinz lachte hell auf und nahm einen Zug aus dem Zigarillo.

»Wie kommst du denn zu dieser gewagten Schlussfolgerung?«

Das war auch schon wieder so ein Satz, den kein Lastwagenfahrer sagen würde, zumindest keiner, den Ewald kannte.

»Weil du nicht schwätzst wie einer, der immer bloß Lastwagen fährt.«

Heinz sah Ewald mit einem Grinsen an.

»Blöd bist du nicht, Junge. Hast ja Recht. Also: zwölf Semester Philosophie und Theaterwissenschaften, drei halbe Romane, zwei gescheiterte Ehen, eine 20-jährige Tochter, die es bis ins Semifinale von ›Deutschland sucht den Superstar‹ geschafft hat, und circa 3,5 Millionen Kilometer Autobahn. Inklusive 300 000 Schulden bei der Deutschen Bank für den Lkw. Aber ansonsten bin ich ein glücklicher Mensch.«

Daraufhin fing er wieder laut an zu lachen. Ewald wusste nicht, was daran so lustig sein sollte.

»Und was bist du von Beruf?«

»Alles und gar nichts, wenn du so willst.«

Mit dieser Antwort war Ewald natürlich auch nicht schlauer als vorher.

»Du hast mich bloß mitgenommen, weil du einen gebraucht hast zum Reden, gell?«

»Ich sag dir mal was: In der Einsamkeit der Autobahn fühle ich mich als Mensch. Ich fahre, also bin ich. Volvo, ergo sum. Das kann mir keiner wegnehmen. Nicht mal die Deutsche Bank.«

Heinz fing wieder an zu lachen, und Ewald fragte sich, was eine deutsche Sparkasse mit der Einsamkeit eines Lastwagenfahrers zu tun hatte. Das Einzige, was er verstanden hatte, war »Volvo« gewesen. Aber das wunderte ihn auch, denn der Lastwagen, den Heinz fuhr, war ein Scania: So gut kannte sich Ewald schon aus mit Lastwagen. Das Gerede von Heinz ging ihm auf die Nerven: Es machte keinen Spaß, sich mit einem zu unterhalten, der immer nur Unsinn von sich gab.

Die Landschaft war flacher geworden, sie fuhren jetzt an einem großen Autobahnkreuz vorbei. Heinz sah immer wieder in den Rückspiegel.

»Sag mir eins, mein Freund: Wer war eigentlich die forsche Lady mit dem Porsche?«

»Die Frau Zieschke. Die ist aus dem Büro von der Kiesgrube. Wieso?«

»Interessiert mich halt. Die Neugierde ist ein Menschenrecht. Und die Dame ist hinter dir her, weil du die Raupe geklaut hast.«

Ewald schüttelte den Kopf.

»Ich bring die Raupe ja wieder zurück. Der Chef hat sie mir versprochen, für die Meisterschaft, samt dem Tieflader. Und dann hat er pleite gemacht, mitten auf'm Sommerfest. So was tut man doch nicht…«

»Da hast du Recht, mein Freund.«

»Fährt die Frau Zieschke immer noch hinter uns her?«

Heinz stierte seinen Mitfahrer durchdringend an, als hätte der etwas ganz Blödes gesagt. Es wunderte Ewald, dass Heinz diesmal nicht lachte.

»Pass auf, da vorne!«, sagte Ewald. Heinz riss den Kopf herum und bemerkte mit Schrecken das Wohnwagengespann, das mit siebzig Stundenkilometern auf der rechten Spur entlangzuckelte. Fluchend trat Heinz in die Bremsen und betätigte das Überlandhorn, das so laut war, dass Ewald selbst in der Kabine erschrak.

Heinz schaltete einen Gang herunter und scherte auf die

linke Spur aus, um den Wohnwagen zu überholen. Hinter ihm wurde nun auch laut gehupt, aber Heinz fing wieder an zu lachen.

»Guck sie dir an, diese Spießer! Der Wohnwagen: die armselige Kompensation der unerfüllten Träume vom Reichtum … die Karawanen der Caravans, die Kolonnen der Verlierer … und dann stehn sie zwei Wochen auf einem Campingplatz, mit den gleichen Idioten, die sie zuhause um sich haben … das nennen sie dann Urlaub.«

Ewald hängte sich sein Akkordeon wieder um und begann leise zu spielen, ein paar Melodien, die er sich zuhause von Frau Brillisauer abgehört hatte, auf der Kirchenorgel von Ratzisried. Heinz blieb auf der linken Spur und überholte einen Lastwagen nach dem anderen. Das dauerte ziemlich lange, weil Heinz nur unwesentlich schneller war als die überholten.

»Jaja, die Frauen … die mögen das, wenn einer Musik machen kann. Schön, was du da spielst. Ich nehme mal an, das ist Bach, eines der Präludien …?«

Ewald zuckte nur mit den Schultern.

»Ich sage immer: Gegen die Verlockung des Weiblichen ist jede Philosophie machtlos. Es gibt nichts Schöneres, als die Autobahn entlang zu schweben und an all die süßen Hintern zu denken, derer man sich schon erfreuen durfte im Leben …«

»Ich fahr halt nicht so oft Autobahn …«

»Die Autobahn ist die Heimat der Heimatlosen. Allein die Libido hat keine Heimat, die wohnt überall. Aber in deiner Phantasie darfst du überall hin … zu jedem süßen Ärschlein auf dieser Welt. Popo, ergo sum.«

Wenn er einfach nicht antwortete, hoffte Ewald, würde

dieser Heinz irgendwann aufhören zu reden. Vielleicht war das der Preis fürs Mitnehmen, dass er sich so einen Schmarrn anhören musste. Was Libido sein sollte, wusste Ewald sowieso nicht, und er wollte es auch gar nicht wissen.

»Und wie ist die denn so, diese Frau Zieschke? Hat die einen süßen Arsch?«

Ewald legte das Akkordeon wieder ab. Das Spielen machte keinen Spaß, wenn der komische Kerl ständig übern Hintern redete oder blöde Fragen stellte.

»Mensch, Kumpel, lass dir doch nicht jedes Wort aus der Nase ziehen! Da kann man doch mal drüber reden, von Mann zu Mann. Hast du mal mit ihr geschlafen? In Gedanken, meine ich. Macht doch jeder von uns, oder?«

»Wie weit ist's noch bis zur Ostsee?«

»Noch ein ganzes Stück, mein Junge.«

Ein Gähnen kam Ewald aus, er spürte eine Müdigkeit, die langsam von unten in ihm heraufkroch. Heinz war immer noch auf der Überholspur, und das Gehupe der anderen Autofahrer ging Ewald auf die Nerven.

»Weißt du, woran du den Charakter einer Frau erkennst?«

»Fahr halt wieder mal rechts rein, damit die andern vorbeikönnen.«

»Den Charakter einer Frau erkennst du daran, was sie drunter hat. Die Unterwäsche ist der Schlüssel zur Seele der Frauen.«

Heinz sog mehrmals den Atem zwischen seinen Zähnen hindurch, wodurch ein ziemlich blödes Geräusch entstand. Es erinnerte Ewald an die alte Schildkröte, die sein Freund Schorsch mal im Garten gehabt hatte.

»Der Wissende kann so unendlich viel lesen aus einem winzigen Hauch von Stoff... ein Hauch von schwarzer

Seide, der mehr ahnen lässt zwischen den Schenkeln eines Weibes als reine Nacktheit je zeigen könnte. Ich bin sicher, diese Rita trägt Strumpfhosen. Die ist genau so ein Typ von Frau. Für so was habe ich einen untrüglichen Blick!«

Das klang besonders blöde, weil hinten alle hupten.

»Strumpfhosenweiber sind die Wildesten, das sag ich dir. In der Ukraine haben sie alle Strumpfhosen an. Und die ziehen sie auch nicht aus. Die muss man ihnen erst schenken und dann zerreißen, verstehst du? Ja, ja, ja, Strumpfhosen sind das Verruchteste, was ...«

Ewald beugte sich blitzschnell zu Heinz hinüber, griff ins Steuer und zog den Scania nach rechts.

»Ja Scheiße, verdammte!!!«

Heinz versuchte, den schlingernden Scania auf der rechten Spur wieder abzufangen.

»Spinnst du jetzt komplett?! Mach das nie wieder!!!«

»Fahr einfach rechts, und hör endlich auf mit dem saudummen Geschwätz!«

Heinz sah Ewald fassungslos an. Die Autos, die den Lastwagen jetzt überholten, hupten wild, und viele der Fahrer zeigten Heinz den Vogel oder gar den ausgestreckten Mittelfinger. Ewald war sich relativ sicher, dass Heinz jetzt Ruhe geben würde. Er drehte sich zur Seite und machte die Augen zu. Er musste wenigstens ein halbes Stündchen schlafen.

Rita war ziemlich erschrocken, als der Lastwagen, nachdem er eine nervtötende Viertelstunde lang die linke Spur blockiert hatte, urplötzlich wieder nach rechts eingeschert war. Die Fiat-Allis hatte bedenklich gewackelt auf dem Tieflader, eine auf die Autobahn gestürzte Planierraupe wäre das Letzte gewesen, was Rita jetzt zu ihrem Glück noch gefehlt hätte. Außerdem hätte sie am liebsten eine Pause gemacht, die Tankanzeige des 911ers ging auch schon langsam in Richtung »leer«. Aber sie wollte den Lkw nicht verlieren. Sie blätterte in dem Straßenatlas und suchte nach der nächsten Tankstelle. Das Schkeuditzer Kreuz hatten sie vor ein paar Minuten passiert, aber dort hatte sie nicht anhalten wollen: Das Risiko, dass der Lastwagen nach Dresden oder Erfurt abbog, wäre zu groß gewesen.

Ihr Handy klingelte wieder, und Rita sah auf das Display. Es war Karl Zwerger. Rita überlegte kurz, dann nahm sie das Gespräch an.

»Rita? Mensch, Rita, ich mach mir schon Sorgen! Wo bleibst du denn, verdammt nochmal!?«

Es gefiel Rita nicht, wie Karl mit ihr sprach.

»Rita? Bist du noch dran?«

»Ist irgendwas, Karl?«

»Entschuldige, mein Schmetterling. Ich bin ein bissle … ich hock hier auf dem Klo in der Maschinenhalle … dieser Heini von Lipka will Karin da mit reinziehen wegen dem Grundstück.«

»Ich denke, deine Frau ist raus aus allem?«

»Ja, ja, aber die hat den Lipka irgendwie angesprochen.«

»Und jetzt?«

»Ja, nix jetzt. Wo ist denn diese verfluchte Raupe?«

»Die steht auf einem Tieflader.«

»Super. Dann schau, dass du die herbringst. Ich brauch die hier. Mach zu!«

Rita gefiel Zwergers Ton gar nicht.

»Karl, ich bin nicht deine Putzfrau. Also rede bitte nicht so mit mir. Das kann ich nicht ausstehen. So was hab ich hinter mir. Merk's dir bitte, auch für die Zukunft.«

»Ist ja gut! Entschuldige, mein Schmetterling. Tut mir leid. Jetzt sag doch mal: Wo bist du denn um Himmels willen?«

»So ein paar Kilometer hinter Leipzig …«

»Hinter Leipzig!?! Wie kommst du denn nach Leipzig!?! Ich glaub, ich spinne! Sakrament, Leipzig, da wär ich ja besser selber g'fahren! Rita, du …«

Am rechten Straßenrand tauchte eine Tankstelle auf. Rita fiel Zwerger ins Wort.

»Ich meld mich wieder, Karl.«

Sie drückte die rote Taste, warf das Handy auf den Beifahrersitz, bremste ab und fuhr in die Raststätte. Sie füllte den Porsche wieder auf, kaufte sich zwei Sandwiches und einen Espresso, ging schnell auf die Toilette und fuhr dann wieder auf die Autobahn. Auf der linken Spur gab sie dem Porsche die Sporen und jagte ihn mit gut 220 über den Asphalt. Der Klang des Boxers bei 6000 Umdrehungen pro Minute gefiel ihr, und sie verstand ihren Karl, warum er sich so einen Wagen leistete statt irgendeiner elektronikverseuchten Broker-Prothese. Nach ein paar Minuten, kurz vor der Brücke über die Elbe, hatte sie den Lkw wieder eingeholt, die rot angesprühte Raupe war nicht zu übersehen. Rita ließ ein wenig Abstand und setzte sich zwischen zwei Lkw wieder auf die rechte Spur. Sie wusste, dass große Lkw ohne Probleme tausend Kilometer am Stück fahren konnten, und hatte die scheußliche Befürchtung, dass diese zwei Kindsköpfe mit der Raupe tatsächlich bis an die Ostsee fahren würden. Draußen dämmerte es schon langsam, und Rita fragte sich, ob sie sich irgendwo ein Motel nehmen sollte. Allmählich begann ihre Lust zu schwinden, ihrem schlecht gelaunten Liebhaber seine Raupe einzufangen. Bis Berlin wären es noch knapp hundert Kilometer, und da war sie auch schon lange nicht mehr gewesen. Sollte sich dieser Herr Fricker doch mit dem bescheuerten Lkw-Fahrer ins Unglück stürzen, sie war ja nicht Mutter Teresa.

Heinz hatte natürlich sofort bemerkt, dass Frau Zieschke im roten Porsche nicht mehr hinter ihm war. Er hatte überlegt, was er tun konnte, aber die einzige Chance war zu warten, dass der Porsche wieder hinter ihm auftauchte. Der Raupen-Psychopath neben ihm war eingeschlafen zum Glück.

Heinz' Geduld war schnell belohnt worden. Nach ein paar Minuten hatte er den Porsche auf der linken Spur heranpreschen und dann wieder auf die rechte Spur einscheren gesehen. Heinz hatte sofort gewusst, dass die Gelegenheit günstig war. Nach ein paar Kilometern setzte er den Blinker und fuhr auf die Autobahnraststätte Fläming. Er lenkte den Scania in die hinterste Ecke des Parkplatzes, der zum Glück nicht allzu voll war. Er stellte den Motor ab und bemerkte mit Freude, dass der Porsche etwa fünfzig Meter hinter ihm auch gehalten hatte. Das passte alles, dunkel war es auch schon.

Ewald machte kurz die Augen auf.

»Mein Freund, ich muss mal für kleine Jungs. Schlaf einfach weiter. Ich muss auch nochmal telefonieren, meinem Kumpel sagen, dass ich einen kleinen Umweg mache. An die Ostsee, haha.«

Ewald nickte, schloss die Augen und schlief wieder ein. Heinz stieg aus und ging auf die Raststätte zu. Rita rutschte ganz in ihrem Sitz nach unten, damit Heinz sie nicht bemerkte. Ohne vom Porsche Notiz zu nehmen, ging der Trucker auf das Raststättengebäude zu.

Rita überlegte: Die Gelegenheit war günstig. Sie müsste

nur einsteigen und den Lkw schnell runter ins Allgäu fahren. Dagegen sprach lediglich, dass Fricker noch in der Kabine saß. Sie beobachtete den Lkw genau: Vielleicht musste Fricker auch auf die Toilette. Dann bliebe immer noch das Problem des Zündschlüssels. Und solch ein Monstrum von Lkw hatte bestimmt ausgeklügelte Wegfahrsperren. Eine davon war, dass Rita noch nie einen Lastwagen gefahren hatte. Sie könnte allerdings auch die Polizei auf den Parkplatz rufen und Anzeige wegen Diebstahl der Raupe erstatten. Auch wenn Zwerger das ausdrücklich nicht gewollt hatte, war es doch die beste Möglichkeit. Schließlich waren sie schon kurz vor Berlin, und sie hatte allmählich genug von dem Spiel. Rita suchte das Handy auf dem Beifahrersitz, als sie bemerkte, dass der Lastwagenfahrer neben der Beifahrertür stand und sie mit einem Lächeln öffnete.

»Gnädige Frau, 700 Kilometer mit einem Porsche in der Brummispur hinter einem Lkw herfahren, das nenne ich Konsequenz. Darf ich Ihnen mein Kompliment aussprechen?«

Rita wusste nicht, was das sollte.

»Also, Mylady, ich erlaube mir, Ihnen einen Deal anzubieten. Ihr merkwürdiger Herr Kollege da vorne schläft gleich. Wenn wir uns einig werden, fessle ich ihn mit Klebestreifen, und dann stell ich Ihnen die Raupe hin, wo Sie wollen.«

Rita überlegte. Das war natürlich die eleganteste Methode, die Raupe, Herrn Fricker und den Porsche wieder nach Hause zu bringen.

»Die muss zurück ins Allgäu. Wie viel wollen Sie dafür?«

Heinz lächelte.

»Na ja … ich weiß ja nicht, welches Verhältnis Sie zu dem Herrn haben. Aber wenn einer mit einer Planierraupe und einer Ziehharmonika quer durch Deutschland zuckelt, dann kann er nicht ganz normal sein, oder? Der hätte mir fast den Lkw in den Graben geschmissen. Billig wird das nicht.«

Heinz wartete genüsslich noch einen Moment.

»Sagen Sie schon!«

»5000, bis ins Allgäu. Auf die Hand, ohne Rechnung.«

»Völlig indiskutabel.«

Heinz nickte, als hätte er das befürchtet.

»Dürfte ich mich einen Moment zu Ihnen reinsetzen, bis Ihr Kollege schläft? Es ist ein wenig zugig hier draußen …«

»Wenn's sein muss. Und nennen Sie den nicht immer meinen ›Kollegen‹. 500.«

Heinz lachte, setzte sich auf den Beifahrersitz und schloss die Tür.

»Ich muss schon sagen: Verhandeln können Sie. Aber 500 Euro sind, gelinde gesagt, ein Witz. Das sind ja insgesamt fast 1500 Kilometer.«

»Moment mal: Es hat Sie niemand geheißen, das blöde Ding bis hier raufzufahren.«

Heinz zog ein Zigarillo heraus.

»Darf ich?«

Ohne eine Antwort abzuwarten, nahm er sich Feuer.

»Wo waren wir stehen geblieben bei unseren Verhandlungen?«

»500 hab ich gesagt. Das ist mein letztes Wort.«

»Abgesehen von dem Umstand, dass es ein höchst amüsantes Vergnügen ist, mit Ihnen Preisverhandlungen zu führen, möchte ich Ihnen ein Angebot zur Güte machen: einen glatten Tausender.«

»Quatsch. 700, das ist meine letzte Ansage.«

»Sie sind wirklich mit allen Wassern gewaschen, was?«

»Also?«

»Na dann von mir aus eben 750. Aber das haben Sie nur Ihrem Charme zu verdanken. Es scheint mein Schicksal zu sein, mich von schönen Frauen in den Ruin treiben zu lassen.«

Rita verkniff sich eine Antwort auf diesen verquasten Mist. Sie hoffte nur, dass man das jetzt alles möglichst schnell und reibungslos über die Bühne bringen würde.

»Der schläft doch sicher schon längst …«

Heinz nahm einen tiefen Zug aus dem Zigarillo und warf es zum Fenster hinaus.

»Na gut, dann fangen wir an. Wir bräuchten nur etwas, um ihn zu fesseln … Klebestreifen … oder ein paar Strumpfhosen …«

»Strumpfhosen?«

»Jaja, Strumpfhosen. Tragen Sie vielleicht Strumpfhosen?«

Bei Rita klingelten sofort alle Alarmglocken, aber im nächsten Moment hatte Heinz seine linke Pranke schon auf ihr Knie gelegt.

»Natürlich tragen Sie Strumpfhosen. Schwarze Strumpfhosen. Ich sehe so was auf den ersten Blick. Schon auf dem Parkplatz in der Alb …«

Ritas Hirn arbeitete auf Hochtouren. Körperlich hatte sie kaum eine Chance gegen diesen Idioten. Sie wusste, dass sie auf keinen Fall Angst zeigen durfte.

»Nehmen Sie sofort Ihre Hand da weg.«

Heinz lachte.

»Das ist eine wunderbare Idee. Ich wüsste aus dem Kopf ein Plätzchen, das meiner Hand noch viel besser gefallen würde als Ihr bezauberndes Knie.«

Sofort rutschte seine Hand weiter an Ritas Schenkel hinauf.

»Pfoten weg und raus aus dem Wagen!«

»Ja, so ist das schön. Strumpfhosen. Und sich dennoch ein bisschen wehren, sei es nur zum Schein. So mag ich es. Ein Spielchen ganz nach meiner Laune ….«

»Raus, oder ich rufe die Polizei!«

»Komm, zeig mir deine Strumpfhosen! Zeig sie mir, zeig mir die Naht, hinten, wo sie verschwindet zwischen den süßen Hinterbacken wie eine feuchtschimmernde Autobahn in einem dampfenden Mittelgebirge …«

Rita wusste, dass sie nur eine Chance hatte: einen gezielten Schlag zwischen die Beine des Dreckskerls. Aber nur einen, und der musste sitzen. In diesem Moment fing das Handy wieder an zu klingeln.

Heinz beförderte es mit einem Tritt in den Fußraum.

»Sehe ich da etwa Angst in Ihren Augen? Nun gut, das passt ja sogar zu unserem Anlass. Die Libido und die Angst sind nämlich Schwestern. Zwei richtig geile Schwestern, und beide tragen sie Strumpfhosen, haha!«

In diesem Moment wurde die Beifahrertür aufgerissen.

»Lass die Rita in Ruh, du dummer Hund!«

Ewald Fricker, außer sich vor Wut, packte Heinz von hinten und zerrte ihn aus dem Porsche heraus. Obwohl Heinz gut einen Kopf größer und mindestens dreißig Kilo schwerer war als Ewald, hatte er nicht die Spur einer Chance. Ewald schien Bärenkräfte zu haben, packte Heinz bei den Schultern, schleuderte ihn zu Boden und war, bevor Heinz sich überhaupt berappeln konnte, wieder über ihm, hob ihn hoch und warf ihn erneut zu Boden. Rita saß regungslos im Porsche und sah zu, wie Fricker den Trucker nach allen Regeln der Kunst unschädlich machte, wobei die Kunst darin bestand, dass Fricker überhaupt keine Kunst anwendete, sondern nur von einer inneren Energie getrieben schien, die ihn befähigte, einfach zu tun, was zu tun war.

Zwei kräftige Ohrfeigen reichten, dass Heinz auf dem Boden sitzen blieb, wimmerte und zu keiner sonstigen Regung oder Äußerung mehr fähig war. Im Unterschied zu fiktiven Prügeleien, die man aus dem Kino oder aus dem Fernsehen kannte, ging alles blitzschnell, und es floss kein Blut, allein Frickers unbändige Entschlossenheit genügte, dass aus dem Großmaul Heinz in ein paar Sekunden ein jämmerliches Stückchen Angst geworden war.

Rita stieg aus und zog sich das Kleid gerade.

»Danke, Herr Fricker. Sie haben mir …«

»Schon gut.«

»So ein Ekel.«

»Blöd ist der nicht, der hat studiert. Aber halt Strumpfhosen. Und immer bloß Autobahn fahren. Da schwätzt man halt irgendwann einen rechten Schmarrn daher.«

Ewald zeigte auf den brabbelnden Heinz.

»Wir bräuchten was zum Fesseln …«

Rita überlegte kurz, dann nahm sie ihre Handtasche vom Notsitz des Porsche und zog zwei originalverpackte Damenstrumpfhosen des Herstellers »Triumph« heraus. Ewald sah etwas verschämt zu Boden, riss die Packungen auf und fesselte Heinz die Hände auf den Rücken, mit dem anderen Paar Nylons band er Heinz' Füße zusammen. Die leere Packung steckte er ihm in den Mund, denn das Gejammere ging auf die Nerven.

»So, jetzt hat er seine Strumpfhosen.«

»Ich weiß nicht, wie ich Ihnen danken soll, Herr Fricker.«

»Schon gut. So was tut man nicht. Und mit Ihnen schon gleich gar nicht.«

Rita lächelte und nahm ihre Handtasche.

»Gut. Dann fahren wir jetzt zurück, Herr Fricker.«

»Zurück? Das wär ja ein saumäßiger Umweg, wenn wir da jetzt erst wieder zurückfahren täten, wo wir schon so weit sind.«

Rita schüttelte den Kopf und legte ihre Hand sanft auf Frickers Arm.

»Jetzt seien Sie doch vernünftig! Wir bringen die Raupe zurück und …«

Ewald machte sich ebenso sanft los, lud sich den zappelnden Heinz auf die Schulter und trug ihn zu seinem Lkw. Der eine oder andere Blick streifte die beiden, aber nur definitiv lebensmüde Pkw-Bürger würden sich in einen nächtlichen Streit zwischen Lkw-Fahrern eingemischt haben.

Rita folgte den beiden.

»Sie sind doch hundemüde, Herr Fricker! Wir nehmen uns jetzt jeder hier ein Motelzimmer, und morgen früh sehen wir weiter.«

Ewald verfrachtete Heinz auf den Beifahrersitz der Kabine.

»Das ist eine gute Idee, Frau Zieschke. Tun Sie sich erst mal ausschlafen. Ich muss weiter.«

Ewald stieg in den Lkw, kramte die Zündschlüssel aus Heinz' Hosentasche und setzte sich ans Steuer. Rita zog sich an der Trittstufe nach oben.

»Sie können doch so einen Lastzug gar nicht fahren! Außerdem sind Sie hundemüde!«

»Ich hab vorhin ein bissle geschlafen.«

»Bitte.«

Heinz stieß grummelnde Geräusche aus, als Ewald den Motor des Scania anließ. Nach kurzem Suchen hatte er auch den Schalter für die Beleuchtung gefunden, dann gab er Gas, damit die Bremsanlage den Betriebsdruck erreichte, und legte den ersten Gang ein.

»Ich bring sie wieder zurück. Das ist versprochen.«

Er nickte Rita freundlich zu, schloss die Tür, fuhr langsam los und fädelte sich gekonnt in den fließenden Autobahnverkehr ein.

Ratlos stand Rita auf diesem bescheuerten Parkplatz, sah dem Scania hinterher und hatte keinen Schimmer, was sie jetzt tun sollte.

Im Fußraum unter dem Beifahrersitz des 911ers klingelte ihr Handy. Das konnte nur Zwerger sein. Rita stand da und ließ es läuten. Durch den Vibrationsalarm kroch das Handy durch den Fußraum, und Rita hatte für einen Moment lang die Vorstellung, ein ganz kleiner Karl Zwerger säße in dem Handy und fuhrwerkte da drin herum.

Dann setzte Rita sich in den Porsche und fuhr Fricker und seiner Raupe hinterher.

4

Karl Zwerger hockte auf dem Feldbett, das er sich in seinem Büro aufgestellt hatte. Er hatte keine Lust mehr, mit Karin unter einem Dach auch nur zu nächtigen. Er wollte am Ort des Geschehens bleiben, an dem die Schlacht um seinen Konkurs und seinen neuen Lebensplan ausgefochten wurde. Hier hatte er Zugriff auf alles und konnte reagieren, wenn Lipka wieder mit irgendwelchem Kleinkram angeschissen kam.

Bis kurz vor sieben war der Konkursverwalter im Büro gewesen, hatte auf seinen Laptop eingetippt, Kaffee getrunken, Croissants verschlungen und sich ein paarmal beiläufig nach Ritas Verbleiben erkundigt. Immer wieder war er aufgestanden, um sich einen Ordner aus dem Schrank zu holen und Zwerger dann mit aus der Hüfte geschossenen Fragen zu irgendwelchen Nebensächlichkeiten zu löchern. Karl hatte überlegt, zu gehen und Lipka einfach machen zu lassen, aber es erschien ihm riskant, dass Lipka womöglich doch noch Sachen fand, die ihn nichts angingen. Karl war sich mittlerweile nicht mehr ganz sicher, auch wirklich alles auch nur entfernt spaltbare Material beiseitegeschafft und vernichtet zu haben. Es war auf jeden Fall besser, am Feind dran zu bleiben. Lipka hatte sich dann mit der Bemerkung verabschiedet, er wolle noch einmal bei Tino im »Tres Torres« zu

Abend essen, und Karl hoffte, dass Tino nicht irgendwelche Details herausplapperte, die ihn und Rita betrafen. Oder den Zustand seiner Ehe.

Neben dem Feldbett standen ein Kasten Bier, sieben Tüten Chips der Geschmacksrichtung »Paprika pikant« und eine Flasche Whiskey. Am Nachmittag hatte Karl heimlich seine Reisetasche mit frischer Wäsche aus der Wohnung geholt. Drüben in der Maschinenhalle gab es eine kleine Dusche, und es wunderte Karl, dass sich keiner der Arbeiter je über deren desolaten hygienischen Zustand beschwert hatte.

Karl hatte nur noch Hose und Unterhemd an, war unrasiert und sah selber schon aus wie ein Kieswerker nach einem harten Arbeitstag. Er machte sich ein Bier auf und drückte immer wieder die Kurzwahltaste mit Ritas Nummer. Er hatte schon ein paarmal versucht, sie zu erreichen, nachdem sie ihn kurz hinter Leipzig aus der Leitung geschmissen hatte, aber entweder hatte Rita das Handy abgeschaltet, oder sie ging einfach nicht ran. Womöglich hing sie auch in irgendeinem Funkloch, wo immer das sein mochte.

Es war Karl sowieso ein Rätsel, wie Fricker es mit dem Fiat-Allis-Schrott bis dort hinauf geschafft haben konnte. Irgendwer musste ihn mitgenommen haben. Aber sich eine Spedition zu suchen und sich mitsamt der Raupe dort raufbringen zu lassen, für so schlau hielt er Fricker nicht. Wenn überhaupt, hätte er das viel besser gleich von Ratzisried aus machen können.

Karl beschlich das Gefühl, nicht mehr ganz Herr seines großen Plans zu sein. Es waren im Moment einfach zu viele Unsicherheitsfaktoren für seinen Geschmack. Lipka mit seiner Detailversessenheit und Fricker mit seiner Schnapsidee, mit der Raupe durch Deutschland zu fahren. Rita, auf die offenbar auch kein Verlass war. Außerdem konnte Karl nicht ganz ausschließen, dass seine Frau Karin irgendwelche Dinge ahnte, die sie besser nicht ahnen sollte.

Das Grundstück der Kiesgrube hatte Karl vor drei Monaten seinem alten Freund Antesberger überschrieben, offiziell als Kompensation für die fingierte Lieferung von Baumaschinen. Antesberger hatte ihm das Geld auf ein Schwarzkonto überwiesen, natürlich viel weniger als es eigentlich wert war. Mit einem Schlag fiel Karl ein, dass er damals zu seiner Sicherheit die Verhandlungen mit Antesberger protokolliert und abgeheftet hatte, aber er war sich nicht mehr sicher, wo. Diese Protokolle durfte natürlich niemand zu Augen bekommen, und er wollte sie eigentlich vernichtet haben. Jetzt wusste er plötzlich nicht mehr, ob er das wirklich getan hatte. Er nahm sich noch ein Bier, ging zum Schrank und fing an, die Ordner nach den Protokollen zu durchsuchen. Er hatte diese Ordner mit Geheimkürzeln gekennzeichnet, aber im Moment wusste er nicht mehr genau, welches Kürzel wofür stand. Ihm fiel auch auf die Schnelle kein Ort ein, wo er die Ordner verstecken konnte, weder zuhause noch auf dem Firmengelände, Lipka war einfach ein notorischer Schnüffler. Nachdem er etwa zwanzig Leitze mit kryptischen Aufschriften herausgezogen hatte, fand er die Aufzeichnungen zu Antesberger. Zusammen mit anderen möglicherweise verdächtigen Schriftstücken schob er sie kurzerhand in den kleinen Aktenvernichter vom Typ »intimus 600«. Die Schnipsel würde er später irgendwo draußen auf dem Gelände verbrennen und die Asche vergraben.

»So kannst du doch nicht leben, Karl.«

Zwerger drehte sich um: Seine Frau Karin stand im Büro. Ihr Blick über das Lagerchaos zeigte trauriges Mitleid.

»Was um Himmels willen machst du hier, Karl?«

»Lass mich in Frieden, ich hab zu tun.«

»Das sehe ich.«

Karin schüttelte den Kopf, nahm sich einen Bürostuhl und setzte sich. Der »intimus 600« surrte vor sich hin und spuckte unvermindert in Streifen geschnittenes Risikopapier aus.

»Karl, führ dich nicht auf wie ein kleines Kind. Man kann die Firma retten. Es gibt ja nicht nur diese eine Bank.«

»Misch dich nicht in Sachen ein, die dich nichts angehen!«

»Wir beide können uns einen neuen Modus des Zusammenlebens ausdenken.«

»Welchen denn? Ich schaffe mir im Kies den Buckel krumm, und du gehst shoppen, oder was!? Steck dir doch dein saudummen Modus sonst wo hin!«

Karin überhörte die Bemerkung.

»Karl, wir dürfen das nicht aufgeben. Für den Betrieb und das Grundstück hat mein Vater sein Lebtag lang geschuftet.«

»Ja, Pech gehabt. Meinst du, mir macht das Spaß? In dem Kies da draußen liegen auch 15 Jahre meiner Lebenszeit verscharrt!«

»Als du mich geheiratet hast, warst du ein kleiner Autoverkäufer.«

»Das wäre ich besser auch geblieben!«

»Sei nicht kindisch, Karl. Herr Lipka hat mir übrigens seine Hilfe angeboten.«

»Hilfe? Bei was?«

Karin lächelte, genauso wie vor 15 Jahren, als sie immer in schwarzen Dessous verführerisch in der Schlafzimmertür gestanden hatte in Erwartung einer wilden Nacht mit ihrem wilden Stier Karl und halb so fett gewesen war wie heute.

»Du willst immer alles alleine machen, Karl: Das kann nach hinten losgehen. Gute Nacht.«

Karin ging, ohne eine Antwort abzuwarten, und Zwerger war froh darüber. Er sah nochmal nach, ob sie wirklich weg war, und klaubte dann den Papiermüll zusammen, den der »intimus« ausgespuckt hatte, um ihn hinten beim Rollsplittlager zu verbrennen.

Als er über das Gelände ging, bemerkte er plötzlich einen schwachen Lichtschein in der Maschinenhalle. Er schlich sich zum Tor der Halle und spähte hinein. Fast hätte er laut loslachen müssen, als er sah, wie sein Mitarbeiter Bene Kempter dabei war, beim Schein einer Stirnlampe Sachen von den Fahrzeugen abzuschrauben. Der schöne Bene steckte den abgeschraubten Außenspiegel des MAN-Zwölftonners in seine alte Reisetasche, aus der T4-Pritsche riss er das CD/Radio-Gerät und das Navi heraus. Karl Zwerger sah ihm eine Weile lang amüsiert zu und hätte sich gewünscht, der Bene hätte auch bei der Arbeit eine solche Umtriebigkeit an den Tag gelegt. Sonst hatte der nämlich nur Weiber im Kopf und baggerte alles an, was im Allgäu herumlief, frei oder gebunden, als könne er ohne Sex nicht leben. Irgendwann hatten die Jungs sogar einmal den Spruch vom Stapel gelassen, der Bene bekomme seit neuestem Cunnilingus auf Krankenschein.

»Spinnst du, Bene? Wie hammer's denn?«

Bene fing laut an zu lachen, fast wie ein Irrer sah er aus mit seiner merkwürdigen LED-Stirnlampe, wie sie Bergsteiger oder Bergleute benutzen.

»Komm, Zwerger, das ist grad noch scheißegal! Juckt doch

keine Sau mehr, wenn ich da was abschraub von deiner verschimmelten Konkursmasse.«

»Pass mal auf, mein lieber Bene: Erstens bin ich immer noch der Chef, zweitens ist das mein Eigentum, und drittens ist das, was du da machst, ganz hundsgemeiner Diebstahl, Punkt. Haben wir uns verstanden?«

Bene spürte, dass Zwerger es wirklich nicht amüsant fand, was er da tat. Eine Anzeige wegen Diebstahl mit Polizei mitten in der Nacht musste auch nicht sein, obwohl der Kreitmeir Sepp auch ein alter Kumpel vom Bene war.

Karl Zwerger winkte Bene zu sich heran wie einen beim Klauen erwischten Schulbuben.

»Du kennst doch diesen Fricker ganz gut, Bene. Was ist das eigentlich für einer?«

Bene grinste. Er witterte eine Chance, Zwerger wieder zu besänftigen, und ging ganz dicht an Karl heran, als wollte er ihm nunmehr das größte Geheimnis zwischen Rom und Ratzisried verraten.

»Der Fricker, der tut immer so schön harmlos und spielt den Volldeppen. Auf der Quetsche rumdudeln, das kann er, jaja ...«

»Ja und? Jetzt red halt!«

Bene kostete Karl Zwergers Neugierde genüsslich aus, man konnte fast meinen, der Bene hätte den Zwerger beim Klauen erwischt.

»Der Fricker hat einen handfesten Hau. Da kannst du einen lassen drauf. Und das mit die Weiber halt ... der ist immer hinter die Weiber her. Das ist quasi krankhaft bei dem ... ich sag bloß Marktplatz ...«

Karl hasste es, immer nur häppchenweise Andeutungen serviert zu bekommen. Natürlich wusste er von dem Marktplatz-Fez vor ein paar Jahren, schließlich war es sein Firmen-Bauwagen gewesen, den der Bene und seine Spezln zugenagelt und auf den Marktplatz gezerrt hatten, mitsamt dem Fricker und der Tochter vom Wembacher drin.

»Jetzt red halt endlich Klartext, Bene!«

»Der hat die arme Wembacher Maria da ja quasi zwangsweise in den Bauwagen 'neizerrt… und wenn wir nicht gekommen wärn und den Wagen auf.'n Markplatz gezogen hätten, dann…«

»Jetzt lass dir nicht jedes Wort aus der Nase ziehn!«

»Wer weiß, was der Depp mit der armen Maria ang'stellt hätt da drin…«

»Was denn?«

Karl Zwerger hätte den Bene am liebsten geschüttelt, damit der endlich mal am Stück erzählte, was Sache war, und nicht alles tröpfchenweise servierte wie eine narratio interruptus.

»Ja, Zwerger, dann schau dir den Kerl doch mal an! Der ist nicht ganz richtig im Kopf, der hat keine Freundin, der hat nie eine gehabt! Der stiert jedem Weiberarsch hinterher, lebt alleinigs bei seiner gestörten Mutter, guckt wahrscheind's Pornos ohne Ende. Da wird's denen doch noch vorgemacht, wie's geht! Kannst du doch drauf warten bei so einem, bis da mal was passiert!«

Zwerger presste die Lippen aufeinander. Der Gedanke, dass seine geliebte Rita mit diesem Fricker jetzt irgendwo mitten in der Nacht zugange war, machte ihm Sorgen. Vielleicht ging Rita deswegen nicht ans Handy, weil Fricker ihr Handy schon längst mit der Fiat platt gewalzt hatte.

»Und was ist das mit dieser Meisterschaft da oben?«

Bene lachte.

»Der Depp will da rauf, weil da die Weiber scharf sein sollen wie Rattenpfeffer... da kannst' mal sehen, was das für ein Idiot ist... ein geiler Depp halt. Die Anmeldung für die Deutsche Meisterschaft hamm wir eh nicht abg'schickt... da wird er ganz schön blöd schaun da droben...«

Bene fing an zu lachen wie ein hysterischer Ziegenbock. Er schien sich gar nicht mehr einzukriegen bei dem Gedanken, dass der vertrottelte Fricker mit Zwergers Raupe quer durch Deutschland zockelte, an der Meisterschaft nicht teilnehmen durfte und sich einbildete, da oben an der Küste eine Horde vermeintlich williger Weiber zu finden.

»Der wird sauber blöd schaun da droben! Aber vielleicht vögelt er ja vorher noch deine geliebte Rita...«

»Halt's Maul, Bene! Und geh mir aus den Augen!«

Bene grinste und zeigte auf seine Reisetasche, die noch neben dem MAN stand.

»Hau bloß ab!«

Bene packte sich seine Reisetasche und verschwand lachend in der Dunkelheit.

Karl Zwerger wartete, bis nichts mehr von Bene zu hören war, schloss die Halle, ging hinter zum Rollsplittlager, verbrannte die Papierschnipsel, verscharrte sie im Rollsplitt und ging zurück in sein Büro. Er versuchte nochmals vergeblich, Rita zu erreichen, nahm ein paar tiefe Schlucke aus der Whiskey-Flasche, legte sich in seinen Calvin-Klein-Unterhosen auf das Feldbett und schlief bald ein.

Rita hatte sich mit dem Porsche direkt hinter Fricker und den Lkw gesetzt, die Heimlichtuerei brachte jetzt auch nichts mehr. Der Mann war einfach stur, das hatte sie mittlerweile kapiert. Was sie aber nicht wusste, war, ob der Kerl wirklich so ein Idiot war, wie alle in Ratzisried sagten, vor allem der unsägliche Bene, dieser widerliche Testosteron-Köter, der sich einfach nur seinen Spaß mit Fricker machen wollte. Dass der mit dem Lastwagen umgehen konnte, war ihr schon klar gewesen, sobald er vom Parkplatz gefahren war. Ob er überhaupt einen Führerschein für einen solchen Dreißigtonner hatte, wusste sie nicht. Wenn sie jedoch an all das, was sie über den Mann gehört hatte, und an ihren kurzen Besuch bei seiner Mutter dachte, wollte sie nicht ausschließen, dass Herr Fricker einfach aufs Geratewohl nach Norden fuhr.

Kurz hinter Beelitz-Heilstätten scherte Rita nach links aus und fuhr neben dem Scania her. Sie zeigte mit der Hand auf die Autobahnschilder und deutete nach links: Dort ging es zur Ostsee. Ungeachtet dessen, ob der angebliche Depp es nun tatsächlich bis da »droben« hinauf schaffen würde, musste man ihn ja nicht unbedingt mit einem geklauten Tieflader nach Berlin hineinfahren lassen. Am besten würde sie ihn oben auf der A 19 stoppen, irgendwo hinter dem Autobahndreieck Wittstock-Dosse, dort am Arsch der Welt, at the end of nowhere. Rita hupte und deutete immer wieder nach links, wo die Spange zur A 19 abzweigte. Irgendwann lachte Fricker tatsächlich und zeigte auch nach links. Offenbar hatte er kapiert, was sie meinte. Für einen, der keinen Führerschein hatte, fuhr er bemerkenswert routiniert mit dem Laster. Nebeneinander passierten sie das Autobahndreieck Havelland, und auch beim Dreieck Wittstock-Dosse gelang es ihr, Herrn Fricker klarzumachen, dass er geradeaus fahren musste, um an die Ostsee zu kommen und nicht nach Hamburg reinzurammeln.

Nördlich von Wittstock wurde es spürbar leerer, der Scania mit dem Tieflader und Zwergers roter 911er Porsche schienen die beiden einzigen Fahrzeuge auf der Autobahn zu sein. Rita fand, das wäre jetzt ein guter Moment, den Mann zu stoppen. Am nächsten Parkplatz würde sie die Warnblinkleuchten einschalten, ihn auf einen leeren Parkplatz locken und ihm mit einem kleinen Trick die Schlüssel abnehmen.

Ewald machte es einen Höllenspaß, den Laster zu fahren. Davon hatte er immer geträumt, aber seine Mutter hatte es ihm verboten. Das Einzige, was ihm dabei ein bissle auf die Nerven ging, war Heinz, der gefesselt auf dem Beifahrersitz lag und ständig zu sprechen versuchte. Die Geräusche, die Heinz mit dem Knebel produzierte, waren jedoch fast genauso schlimm wie sein blödes Geschwätz. Am nächsten Parkplatz würde Ewald anhalten und den Strumpfhosenheini in die Schlafkabine hinter den Sitzen verfrachten, da konnte man wenigstens den Vorhang zuziehen. Zur Not würde er ihm ein Klebeband über den Mund pappen, mit der Nase allein konnte er nicht so viel Lärm machen.

Ewald fand es lustig, dass Frau Zieschke immer noch hinter oder neben ihm herfuhr. Er hatte sich auch gefreut, dass sie ihm den Weg gezeigt hatte, weil ja auf den Schildern keine Bilder waren, die zeigten, wo es zur Ostsee ging. Für einen Moment lang hatte er befürchtet, das könnte ein Trick sein, um ihn auf den falschen Weg zu locken, aber so wie der Mond stand, konnte sie ihn gar nicht so falsch gelotst haben. Vielleicht wollte die Frau Zieschke ja auch zugucken bei der Meisterschaft, wo sie jetzt schon so weit gefahren war mit Zwergers Porsche. Ein bisschen Nebel kam auf, aber das war nicht so schlimm, die Autobahn war breit genug und leer noch dazu.

Und dann, fernab von Ausfahrten oder gar Parkplätzen, fing die Maschine des Scania an zu stottern. Ewald sah auf die Instrumente: Da, wo ein roter Kanister abgebildet war, stand der Zeiger ganz im roten Feld. Das hatte gerade noch gefehlt. Ewald sah nach vorne und entdeckte im letzten Moment in dem Nebel eine Ausbuchtung seitlich der Autobahn. Er bremste im letzten Moment und zauberte den Lkw förmlich in die Haltebucht, von der eine kleine Straße weiterführte, die aber mit einer Schranke abgesperrt war. Dass es sich um eine Betriebsausfahrt für die Autobahnmeisterei Malchow handelte, stand zwar angeschrieben, aber das blieb Ewald verborgen. Er bemerkte im Rückspiegel, dass Frau Zieschke auch gebremst hatte und hinter ihm in die Bucht gefahren war.

Dummerweise musste Heinz bei der abrupten Bremsung der Knebel aus dem Mund gefallen sein.

»Bind mich sofort los, du fehlgeleiteter Psychopath. Das ist Freiheitsberaubung. Und die Freiheit ist das höchste Gut des Menschen!«

»Dann sei halt froh, dass du wieder schwätzen kannst. Und jetzt hast ja auch deine Strumpfhosen.«

Heinz zerrte an den Nylons, die offenbar hervorragend hielten.

»Halt die Schnauze! Dummheit und Dreistigkeit sind seit Menschengedenken die höchst unheilvolle Liaison ever!«

»Mit dem saudummen Geschwätz findst du nie ein Mädle.«

Ewald überlegte, was nun zu tun war. Wenn er mit der Raupe auf der Autobahn fuhr, gab das sicher Ärger, vor allem wenn andere Polizisten kamen als der Kreitmeir Sepp und sein kleiner Spanier. Das Sträßchen, das mit der Schranke abgesperrt war, schien in die richtige Richtung zu führen. Ewald schreckte aus seinen Gedanken hoch, als Rita die Fahrertür des Scania aufriss.

»Sind Sie verrückt geworden, Herr Fricker? Ich wäre um ein Haar auf Sie draufgefahren!«

»Ja aber so ein Porsche bremst eigentlich schon besser als ein Lkw… da muss man halt ein bissle aufpassen, grad im Nebel.«

»Darum geht's doch jetzt gar nicht.«

Da hatte Frau Zieschke Recht. Ewald nahm seinen Akkordeonkoffer, stieg aus und schlug die Tür zu, weil Heinz in einem fort schimpfte und meckerte. Er ging hinter zum Anhänger, ließ die Rampe herunter und schnallte das Akkordeon auf die Haube der Raupe.

»Was soll denn das jetzt, Herr Fricker?«

Ewald lächelte Rita an.

»Haben's kein Motelzimmer gekriegt, Frau Zieschke? Sie wollten doch schlafen, oder?«

»Seien Sie vernünftig, Herr Fricker.«

»Das sagt meine Mutter auch immer.«

Ewald stieg auf die Raupe, ließ den Motor an und fuhr sie rückwärts vom Tieflader.

»Was soll denn das jetzt? Es ist mitten in der Nacht!«

»Ich fahr jetzt weiter.«

Rita stieg mit einem Fuß auf den Tritt der Fiat.

»Das ist verboten, Herr Fricker. Man darf mit einer Planierraupe nicht über die Autobahn fahren. Und man darf die Autobahn nur über offizielle Ausfahrten verlassen.«

Ewald grinste.

»Mit Baufahrzeugen darf man das. Sonst könnten die ja gar keine Autobahnen bauen. Bloß mit dem Porsche dürfen's nicht runterfahren, weil die Autobahn schon fertig ist. Da müssen's weiterfahren und an der nächsten Ausfahrt umdrehen.«

Ewald legte den Gang ein und ruckte los.

»Herr Fricker, diese Straße ist gesperrt, das sehen Sie doch!«

»Das passt schon.«

Ewald gab Gas, hob die Schaufel ein wenig, und die Fiat zersplitterte die kleine Schranke, als wäre sie ein Spielzeug aus Streichhölzern. Nach ein paar Sekunden waren die kleinen Rücklichter der FL 10 C in der Nacht und im Nebel verschwunden. Rita stand da und musste einsehen, dass ihr der Kerl schon wieder entwischt war.

»Binden Sie mich los, schöne Frau!!!«

Heinz schrie so laut, dass Rita es bis nach draußen hörte.

Sie riss die Tür auf und brüllte auch.

»Ich denke nicht dran, blöder Mann!«

»Wie Sie möchten. Dann werde ich leider nicht umhinkönnen, Sie beide bei der Polizei anzuzeigen. Wegen Freiheitsberaubung und Diebstahl!«

Die nackte Wut kam in Rita hoch und ließ sie ganz leise werden.

»Diebstahl? Sie haben doch Ihren Lkw. Sie sitzen sogar drin. Aber ich kann der Polizei gerne was von Körperverletzung und versuchter Vergewaltigung erzählen. Und ich habe im Gegensatz zu Ihnen einen Zeugen.«

Heinz stöhnte wie unter Qualen.

»Wie kann eine attraktive Lady wie Sie einen derart retardierten und gemeingefährlichen Dummkopf in Schutz nehmen? Noch dazu eine Lady, die es so trefflich versteht, Strumpfhosen zu tragen …«

»Halt einfach deine blöde Fresse!«

Rita zog den Zündschlüssel ab, schlug die Tür zu, verriegelte sie mit dem Schlüssel und warf ihn in einen kleinen Gully unter dem Scania. Sie setzte sich in den Porsche und fuhr das kleine Sträßchen entlang, das von der Autobahn wegführte. Die Schranke war nach ihrer Zerdepperung durch Fricker nunmehr auch für den roten 911er kein Problem mehr.

Der Nebel war dichter geworden, nur ab und zu blitzte der Mond durch die Schwaden, umgeben von Wolkenfetzen. Ewald war etwa eine halbe Stunde lang auf der kleinen Straße durch einen Wald gefahren, als er in dem gespenstischen Spiel von Hell und Dunkel merkte, dass er auf eine Lichtung gekommen war, die von dem Waldgebiet umgeben sein musste. Ihm fielen fast die Augen zu, und er beschloss zu schlafen, bis es wieder hell würde und er sehen konnte, wohin er eigentlich fuhr. Er stellte die Maschine ab, schaltete das Licht aus und zog die Decke unter dem Fahrersitz hervor. Er packte die Füße auf die Motorhaube, kuschelte sich in die Decke ein und sah hinauf zum Mond, der es immer wieder schaffte, zwischen den Wolken und dem Nebel durchzublinzeln. Er konnte sich nicht erinnern, so etwas im Allgäu schon einmal erlebt zu haben, aber dort schlief er auch so gut wie nie nachts draußen auf der Raupe und schon gar nicht bei Nebel. Es gefiel ihm, und es war ihm vor allem tausendmal lieber, als mit diesem komischen Heinz in der Lkw-Kabine zu übernachten und sich saudumme Geschichten über Ärsche und Strumpfhosen anhören zu müssen.

Ewald war gerade am Wegdämmern, als er am Waldrand zwei Scheinwerfer auftauchen sah. Kurz danach hörte er auch den Motor: Es war der Boxer des 911ers. Immer wieder ging die Drehzahl plötzlich in die Höhe, offenbar fanden die Reifen auf dem schlüpfrigen Untergrund keinen Halt. Plötzlich beschleunigte der Porsche, schoss vom Waldrand aus mit Vollgas vorwärts auf die Lichtung und blieb dann plötzlich stehen, obwohl der Motor immer noch aufheulte. Die Hinterräder schleuderten den Dreck meterhoch durch die Nacht. Ewald fand, dass das in dem schummrigen Mondlicht mit den Nebelschwaden irgendwie schön aussah. Am liebsten hätte er ein Foto davon gemacht, aber er hatte überhaupt keinen Fotoapparat. Noch dreimal versuchte Rita, den Porsche wieder zu bewegen, aber die Hinterräder hatten sich hoffnungslos in der Matschepampe eingegraben. Ewald sah schemenhaft, wie Rita ausstieg und in dem nassen Boden einsank.

»Vielleicht helfen Sie mir mal und ziehen mich raus aus dem Matsch!«

»Das bringt jetzt nichts bei dem Nebel.«

»Der Wagen muss hier raus, der gehört mir nicht!«

Ewald setzte sich auf und überlegte kurz.

»Das Beste wär's, Sie lassen den Karren stehen und fahren mit der Bahn zurück. Wenn der Zwerger nachher wirklich pleite ist, dann hätten's wenigstens den Porsche noch.«

»Reden Sie keinen Mist!«

Vom Prinzip her fand Rita es gar nicht so abwegig, was Fricker da vorgeschlagen hatte.

»Jetzt wird geschlafen. Morgen früh schieb ich Sie mit der Schaufel raus, und dann fahrn's heim. Mit oder ohne dem Porsche. Das können Sie sich noch überlegen bis morgen in der Früh.«

Ewald legte sich wieder hin und zog sich die Decke bis an den Hals.

Rita machte sich daran, die Rückenlehnen flach zu stellen, aber Ferdinand Porsche hatte bei seinem 911er offenbar auf Liegesitze verzichtet. Leise fluchend versuchte sie, sich quer über beide Sitze zu legen, aber das sportliche Cockpit war beim besten Willen kein passabler Schlafplatz. Zusammengekrümmt wünschte sie sich im wabernden Mondlicht den Schlaf herbei, aber der wollte einfach nicht kommen. Eine halbe Stunde lang dachte sie immer wieder darüber nach, was sie in den letzten Stunden erlebt hatte, und wusste eigentlich nicht, was sie hier tat. Urspünglich war sie ja losgefahren, um die Raupe schnell zurückzuholen und den armen Herrn Fricker davor zu bewahren, in ein Unheil hineinzuschlittern. Aber der arme Herr Fricker schlitterte nicht im Geringsten, sie jedoch hatte nicht einmal ein ordentliches Bett unter dem Hintern.

Dann kam ihr eine Idee. Vorsichtig stampfte sie im Nebel durch das weiche Gelände hinüber zur Raupe. Fricker schien zu schlafen. Sie wollte den Zündschlüssel für die Raupe, der würde ihr auf jeden Fall am nächsten Morgen Verhandlungsvorteile verschaffen wofür auch immer. Doch der Schlüssel steckte nicht im Zündschloss. Rita versuchte vorsichtig unter die Decke zu spähen, die Fricker sich bis ans Kinn hochgezogen hatte.

»Der Schlüssel ist nicht da, wo Sie glauben, dass er wär.«

Rita erschrak, denn Fricker hatte sich nicht ein einziges Mal gerührt, bevor er den Mund aufgemacht hatte.

»Ich dachte, Sie schlafen. Ich hab nur Hunger.«

»Eben. Sie hätten was essen sollen bei dem Imbiss.«

Ewald richtete sich auf und zog unter dem Sitz einen

Stoffbeutel mit ein paar Äpfeln hervor. Dann machte er seinen Akkordeon-Kasten auf und holte eine Flasche Obstler heraus.

»Den brennt meine Mutter selber.«

Rita wusste, dass es ernährungsphysiologischer Blödsinn war, zur Nacht Äpfel zu essen wegen des Säuregehalts, aber sie hatte einfach Hunger und verschlang nacheinander drei Äpfel, die wunderbar schmeckten.

»Sie sind ein Sturkopf, Herr Fricker.«

»Sie auch. Sie brauchen bloß zurückfahren.«

»Wie denn? Der Porsche steht im Dreck.«

»Wegen mir hätten S' nicht reinfahren müssen in den Dreck. Ich komm schon wieder zurück.«

Fricker reichte ihr die Obstlerflasche.

»Nur zum Einschlafen ...«

Rita nahm einen Schluck. Obwohl der Schnaps stark wie die Hölle war, schmeckte er wunderbar weich. Sie nahm noch zwei große Schlucke, und ihr war für einen Moment, als wenn sie in einem schlingernden Kanu durch dicken Birnennebel über einen welligen See aus Apfelmus schaukeln würde. Ewald trank auch noch einen Schluck.

»Nur zum Einschlafen.«

»Nur zum Einschlafen.«

Rita sah den Raupenfahrer mit einem wissenden Lächeln an, als sei ihr gerade im aufkommenden Branntweindunst klar geworden, welcher Trieb Herrn Fricker peitschte.

»Sie wollen nur mal weg sein von zuhause, von Ihrer Mutter und dem Stall. Das kann ich verstehen.«

»Und wenn scho. Aber Sie müss'n auch gleich z'rück zum Zwerger, das mag der fei gar nicht, wenn man zu spät kommt ...«

»Sie sind ganz schön frech für jemanden, der eine Raupe geklaut hat.«

»Ich leih sie ja nur aus. Wär ja eh keiner da, der wo sie fahren tät.«

Rita nahm noch einen Schluck von dem Obstler.

»Nur zum Einschlafen. Wie viel Prozent hat denn der?«

Ewald zeigte mit dem Finger auf das Etikett.

»Das müsst da draufstehn, auf dem Bepper…«

»Bepper?«

»Aufkleber.«

»Da steht aber nichts drauf, auf dem Pepper.«

»Ja mei, dann steht halt nix drauf. Ist doch auch scheißegal, oder? Zum Einschlafen reicht's.«

Rita sah Ewald durchdringend an, vielleicht ein wenig länger und durchdringender, als sie es nüchtern getan hätte.

»Sie können nicht lesen, stimmt's?«

»Steht das da drauf?«

Darauf fiel Rita spontan nichts annähernd Geistreiches ein. Was sollte sie auch dazu sagen: Fricker wusste ja wohl, dass er nicht lesen konnte, und sie wusste es jetzt auch. Umso erstaunlicher war es, dass der Mann es mit der Raupe bis hierher geschafft hatte, wie auch immer. Und sie ertappte sich dabei, doch so etwas wie einen Hauch von Respekt für Herrn Frickers Sturheit und Zielstrebigkeit zu empfinden. Da setzte der sich auf die Raupe und fuhr einfach los, ohne zu wissen, wo die Ostsee war, und ohne ein Straßenschild geschweige denn eine Landkarte lesen zu können. Und ein Navi hatte er nicht auf der Raupe, abgesehen davon, dass er es gar nicht hätte bedienen können. Langsam wurde ihr der Mann ein wenig unheimlich.

Die beiden tranken abwechselnd die ganze Flasche leer

und vergaßen nicht, bei jedem Schluck zu betonen, dass der jeweilige Schluck nur zum Einschlafen sei.

»Die Raupe kann man übrigens auch ohne den Schlüssel anlassen, wenn man weiß, wie.«

»Ja, Herr Fricker, man kann viel, wenn man weiß, wie.«

»Eigentlich fast alles. Aber wenn man nicht weiß, was man will, nutzt es auch nix.«

Rita merkte, dass ihr komische Gedanken durch den Kopf gingen. Da hielten alle diesen Mann für den ausgemachten Dorfdeppen, und der sagte lauter schlaue Sachen und hatte wunderschöne Augen. Und konnte dabei lachen wie ein kleiner Junge. Sie spürte fast so etwas wie eine Zuneigung für den merkwürdigen Kerl, aber vielleicht lag das auch nur am nebligen obstlergeschwängerten Mondlicht. Rita merkte, dass sie hundemüde war, und über den Rest konnte sie sich morgen auch noch Gedanken machen, wenn Fricker ihr den Porsche aus dem Schlamm gezogen hatte.

»Gute Nacht.«

Ewald legte sich auf den Fahrersitz und zog sich die Decke wieder über den Leib.

»Gute Nacht.«

Mit unsicheren Schritten stakste Rita durch den Schmodder hinüber zum Porsche, legte sich quer über die Sitze und huschte dank Frau Frickers Branntwein schnell hinüber in den wohlverdienten Schlaf.

5

Die Sonne hatte den Nebel über der Lichtung vertrieben. Ewald richtete sich langsam auf und rieb sich die Augen. Auch wenn seine Mutter das Zeug selbst brannte, war eine halbe Flasche Obstler natürlich nicht völlig folgenlos geblieben.

Die Lichtung war groß und sah sehr schön aus, wie sie da im Wald eingebettet lag: ein leuchtendes Grün in der Morgensonne. Nur ein kleines Detail störte Ewald: Die Wiese war ein Sportplatz. Oder besser gesagt, so ein Sportplatz, wo man Golf spielte. Er kannte das, auf dem Weg von Ratzisried nach Kempten gab es auch so ein Feld, wo die Frau Zwerger manchmal hinging und sich von einem freundlichen Farbigen ein Wägelchen mit Schlägern hinterherziehen ließ. Ewald sah, dass er nahezu mittendrin in dem Sportplatz stand und mit der Raupe eine tiefe Spur durch den grünen Rasen gezogen hatte. Die Kurven, die er gefahren hatte, wirkten wie ein Zickzackmuster auf der grünen Fläche.

Ewald sah hinüber zu Zwergers Porsche. Bis zum Bodenblech war er eingesunken und von oben bis unten mit verkrustetem Dreck bespritzt. Frau Zieschke schien noch zu schlafen.

Am anderen Ende der Lichtung bemerkte Ewald ein paar

Leute, die schnell näher kamen. Sie schienen alt zu sein und hatten auch solche Golfschläger bei sich, wie sie Zwergers Frau immer im Kofferraum vom Mercedes-Cabrio liegen hatte. Ewald versuchte sie zu zählen: Es mussten mindestens zwölf Leute sein.

Drüben im Porsche regte sich etwas, Frau Zieschke versuchte auszusteigen, was ihr sichtlich schwerfiel. Ewald konnte sich vorstellen, dass es ganz schön ungemütlich sein musste, in so einem Sportwagen zu schlafen.

Die alten Leute kamen schnell näher. Einige riefen ihm etwas zu, ein paar von ihnen schwangen ihre Golfschläger. Ewald hatte den Eindruck, dass sie ziemlich sauer waren. Wahrscheinlich mochten sie keine Planierraupen auf ihrem Sportplatz. Ewald ließ vorsichtshalber den Motor an. Er hatte keine Lust, sich mit den Leuten zu unterhalten, so früh am Morgen, nach einer halben Flasche Obstler.

Auch Rita hatte die nahende Gruppe ebenfalls bemerkt und versuchte, mit dem Porsche loszufahren. Aber die Hinterräder wirbelten nur Dreck auf, der Porsche versank noch tiefer im Morast.

»Ziehen Sie mich sofort hier raus!«

Ritas Stimme klang belegt und etwas verzweifelt.

»Haun Sie lieber ab!«

»Wie denn?? Der Wagen sitzt fest!«

»Ich tät nicht hocken bleiben da drin!«

Ewald spürte instinktiv, dass es das Beste war, einfach abzuhauen. Er legte den Gang ein und gab Gas.

Die aufgebrachten Senioren waren jetzt bis auf etwa hundert Meter herangekommen.

»Bleiben Sie stehen, Herr Fricker!«

»Los, dann kommen's halt her!«

Rita griff sich ihre Handtasche und rannte so schnell es ging zu der Raupe, die sich schon in Richtung eines Waldwegs bewegte. Fricker fuhr etwas langsamer und zog Rita mit der linken Hand hoch, als sie auf die Raupe aufsprang. Ihre Schuhe waren ziemlich dreckig, und sie wäre beinahe wieder abgerutscht.

»Festhalten!«

Ewald gab Vollgas und jagte die Raupe in Richtung Wald. Hinter ihm spritzte der Dreck, die Ketten der Fiat-Allis wirbelten Grasstücke auf und schleuderten sie durch die Luft.

Rita sah zurück: Die alten Leute waren jetzt bei Zwergers Porsche angekommen und schrien wütende Flüche hinter der Raupe her. Ein alter Mann nahm seinen Golfschläger und haute damit einmal auf die Kofferraumhaube des 911ers. Für einen Moment lang war Stille, dann ging ein regelrechtes Kriegsgeheul los. Voller Wut schlugen die Alten mit ihren Schlägern auf den Porsche ein. Die Windschutzscheibe zersplitterte, nach ein paar weiteren Hieben sah der Porsche aus, als sei er in einen Monsterhagelschauer gekommen.

»Ausgerechnet wo doch dem Zwerger seine Frau auch so gern Golf spielt!«

Ewald fuhr wie der Teufel, Rita klammerte sich so gut es ging am Fahrersitz fest. Von der Lichtung drang immer noch das Geheul der Alten herüber, das sich mit dem perkussiven Klang der auf das Porscheblech einhämmernden Golfschläger zu einer durchaus modern anmutenden Symphonie der nackten Wut aufgeschwungen hatte.

Die Sonne stand rechts von der Raupe, und das war gut so, schließlich war es morgens. Die Berge hinter sich konnte

Ewald natürlich nicht mehr sehen, aber er hatte es auch so im Gefühl, dass die Richtung stimmte. Aus dem Waldweg wurde eine kleine Straße, die durch eine karge flache Landschaft führte, vorbei an Wiesen und unbestellten Feldern.

Rita saß halbwegs bequem neben dem Fahrersitz, guckte sich die verlassenen Äcker und Wiesen an und sagte gar nichts. Was hätte sie auch reden sollen: Zurückfahren würde der sture Hund um nichts in der Welt. Rita tat der Kopf weh, vielleicht waren die drei rohen Äpfel in Verbindung mit dem Obstler doch nicht ganz das optimale Nachtmahl gewesen.

Der Porsche war Schrott, Zwerger würde jaulen. Einen Tag und eine Nacht war Rita jetzt unterwegs, und nichts war in trockenen Tüchern, wie Herr Lipka es wohl formulieren würde. Rita wollte nur weg von hier, aber zurück ins Zwergerland wollte sie auch nicht.

Der kleine Bahnhof aus roten Ziegeln musste einmal sehr schön gewesen sein. Nun hatte man das Portal mit weißen Ytong-Steinen dilettantisch zugemauert, die Fenster mit Pressspanplatten verrammelt. Um zu den Gleisen zu kommen, musste man um das Gebäude herumgehen, außer einem gelben Zettel mit Abfahrtszeiten deutete nichts darauf hin, dass der Bahnhof in Betrieb war. Wozu auch, die Freunde des Golfsports reisten in hochpreisigen Premium-Geländewagen an, und andere Menschen hatten hier nichts verloren. Ewald hielt direkt vor der verwunschenen Station und ließ die Maschine laufen.

»Ins Allgäu, da müssen's über Ulm fahren wegen der Donau. Weil da müssen's drüber. Aber das kriegen Sie schon raus. Als Disponentin muss man so was können, oder?«

»Ich kann Fahrpläne lesen, ja.«

Rita wusste, dass das die letzte Chance war, den Mann aufzuhalten auf dem Weg zu seinem großen Abenteuer. Und während sie nach abschiedsverzögernden Worten suchte, kam ihr plötzlich der ganz blöde Verdacht, ihr großes Abenteuer mit Karl Zwerger könnte, im Gegensatz zu Herrn Frickers Plänen, eine Art von ausgemachtem Hirngespinst sein.

»Sagen's dem Zwerger halt, der Porsche wär geklaut. Oder sagen Sie, ich hätt ihn kaputt gefahren aus Versehen.«

Rita verkniff sich ein Grinsen.

»Jetzt fahrn's halt einfach wieder nach Haus.«

»Wenn ich wüsste, wo das ist…«

Ewald lachte.

»Da muss man erst irgendwohin fahren, damit man merkt, dass man nirgendwo daheim ist.«

Rita stieg von der Raupe und hatte das Gefühl, im Moment zwischen lauter Lügen zuhause zu sein.

»Wie wollen Sie eigentlich da raufkommen, wenn Sie nicht lesen können?«

»Wenn ich lesen könnt, wär ich jetzt auch nicht weiter. Bin eh schon ziemlich weit droben.«

»Tja. Sie haben gewonnen, Herr Fricker.«

»Dass einer gewinnt, heißt ja nicht, dass der andere verloren hätt. Suchen Sie sich halt einen Platz am Fenster. Dann sehen S' wenigstens, wo Sie nicht daheim sind.«

»Das ist eine gute Idee, Herr Fricker.«

Ewald winkte kurz, als verabschiede er sich lediglich in den Feierabend, legte den Gang ein und fuhr davon.

Rita stand da, mutterseelenallein. Sie suchte nach ihrem Handy, aber dann fiel ihr ein, dass das noch im Fußraum des 911ers liegen musste. An der zugenagelten Seitenfront des Bahnhofs entdeckte sie eine Telefonzelle, die keine Zelle war, sondern nur eine Säule mit einem Telefon dran. Rita kramte ein paar Münzen hervor und sah hinüber zu der Raupe, die langsam zwischen den Feldern verschwand. Rita wählte, und nach dem ersten Freizeichen wurde abgenommen.

»Hallo? Rita? Bist du das, mein Schmetterling?«

Karl Zwergers Stimme dröhnte aus dem Hörer. Rita nahm ihn ans Ohr, ohne ihren Blick von der Raupe zu lösen.

»Karl, hör mal zu bitte …«

Karl Zwerger fiel ihr ins Wort.

»Herrgott, wo bist du denn? Warum gehst du denn nicht ans Handy, wozu hat man die Dinger denn? Alles okay bei dir? Hat der dir was getan?«

»Bitte?«

»Ob der dir was getan hat, dieser Depp! Der ist … «

»Was?«

»Ja, der hat einen Hieb mit Frauen, der ist gefährlich, sagt der Bene.«

»Sagt der Bene. Ja dann …«

»Und pass auf: Die haben den gar nicht angemeldet zu dieser Meisterschaft! Die haben ihn verarscht, der Bene und der Schorsch.«

Die Raupe war hinter einem Wäldchen verschwunden.

»Sag dem Kerl, dass er keinen Meter weiterfahren braucht, weil er nicht mitmachen darf bei der Meisterschaft! Dann kehrt der augenblicklich um. Und dann bringst die Raupe endlich wieder her, das wird ja nicht so schwer sein, wenn man sich nicht völlig dusslig anstellt, oder?«

Rita reckte den Kopf: Die Raupe war nicht mehr zu sehen, nur das Nageln der Dieselmaschine war ganz entfernt noch zu hören.

»Was hast du gesagt, Karl?«

»Dass der keine Nennung hat für diese Scheiß-Meisterschaft und dass du die Raupe jetzt endlich herbringen sollst. Hör halt auch einmal zu, verdammt nochmal! Hier ist die Kacke am Dampfen.«

»Nein, vorher.«

»Was vorher?«

»Du hast ›dusslig‹ zu mir gesagt.«

»Dusslig? Herrgottnochmal, was heißt denn dusslig? Ich hab doch nicht gesagt, dass du dusslig bist, ich hab nur ganz allgemein festgestellt, dass man sich nicht dusslig anstellen soll. Das ist mir nur so rausgerutscht, tut mir leid. Jetzt schau halt bitte, dass du die Raupe herbringst, sonst …«

Drüben bei einem kleinen Schuppen, der etwa fünfzig Meter entfernt war, sah Rita ein altes Fahrrad, das an der Holzwand des Schuppens lehnte. Kein Mensch war zu sehen.

»Rita!!! Herrgottnochmal, was soll denn das jetzt??? Jetzt sag doch was! Du stellst dich doch sonst auch nicht so dusslig an!«

Der Hörer baumelte wieder am Kabel, aber niemand hörte Karl Zwergers quäkende Stimme in der trostlosen Einsamkeit des Mecklenburger Bahnhofsplatzes.

Rita schwitzte, als die Raupe endlich vor ihr auf dem kleinen Feldweg auftauchte. Das Fahrrad war Schrott, das Tretlager ausgeleiert, die Pedale verbogen, kein Wunder, dass es jemand unabgeschlossen stehen gelassen hatte, obwohl allein mangelnde Diebstahlsicherung im einsamen protestantischen Mecklenburg noch lange kein Garant dafür war, dass es tatsächlich jemand mitnehmen würde.

»Halten Sie an!«

Entweder hörte Fricker sie nicht, oder er stellte sich wieder stur.

»Sie sollen anhalten, Herr Fricker! Es gibt ein Problem mit der Meisterschaft!«

Rita schrie, so laut sie konnte. Fricker nahm das Gas heraus und drehte den Kopf nach hinten.

»Mit dem Zug hätten's fahren sollen, nicht mit dem Rad. Außerdem ist das die falsche Richtung. Ins Allgäu geht's da nab! Also ›runter‹, meine ich.«

Rita stieg ab und ließ das Rad am Wegesrand fallen.

»Es gibt ein Problem mit der Meisterschaft, Herr Fricker. Der Bene hat Sie verarscht.«

Ewald schüttelte den Kopf.

»Das sagen's jetzt nur, weil's den Zug verpasst haben.«

»Sie sind der sturste Hund, der mir je begegnet ist!«

»Sie auch. Also halt ohne dem Hund.«

»Schön. Dann fahre ich jetzt bei Ihnen mit.«

Ewald sah Rita an, als hätte ihm jemand die Hauptsicherung herausgedreht. Das Einzige, was noch am Leben zu sein schien, war die Maschine der FL 10, die im Leerlauf vor sich hin tuckerte.

Für einen kurzen Moment ging Rita durch den Kopf, was Karl gesagt hatte: Vielleicht war der Mann doch gefährlich.

»Mitfahren, bei mir? Warum?«

»Sie schaffen das doch nicht alleine da rauf. Ich helfe Ihnen.«

Ewald schüttelte den Kopf.

»Glaub ich nicht. Warum täten Sie mir auf einmal helfen

wollen? Grad, wenn's angeblich Probleme mit der Meisterschaft geben tät.«

»Ebendeswegen.«

»Wegen was?«

»Ist doch jetzt auch egal, oder?«

»Egal ist nie was, Frau Zieschke. Das weiß man doch, wenn man im Büro schafft.«

»Also gut: Ich will was dafür.«

»Eben. Aber die Raupe kriegen's nicht.«

»Die will ich auch gar nicht.«

»Sonst hab ich nix.«

»Sie zeigen mir, wie man die fährt.«

»Wie man was fährt?«

»Die Raupe. Ihre Fiat-Allis.«

Fricker nickte, als sei es das Selbstverständlichste der Welt, dass Rita Raupe fahren wollte.

»Das ist nicht so einfach, wie's aussieht.«

»Ich weiß. Deswegen sollen Sie mir's beibringen. Und sagen Sie bloß nicht, das wär nichts für Frauen.«

»Da gibt's genug Männer, die zu blöd dazu sind.«

»Sehen Sie.«

Der Feldweg war eigentlich breit genug für zwei Raupen, aber offenbar nicht für eine Fiat-Allis, die überall hinfuhr, nur nicht dahin, wohin Rita es wollte. Sie hatte den Ehrgeiz gehabt, es auf Anhieb zu schaffen, hatte beim Losfahren schon viel Gas gegeben und war natürlich mit dem Steuern der Ketten nicht schnell genug nachgekommen. Man musste sowieso immer vorausahnen, wohin die Raupe wollte, kurz gegensteuern und die Hebel sofort wieder in Neutralstellung bringen. Zweimal hatte Ewald schon eingreifen müssen, um nicht neben dem Sträßchen im Acker zu landen. Ewald hatte ganz sanft korrigiert.

»Wo haben Sie das denn gelernt?«

»Ich hab mich einfach draufgesetzt damals beim alten Poschedsrieder.«

»Verstehe.«

Und wieder haute die Fiat nach links ab, Rita korrigierte nach rechts, und schon war sie fast wieder am äußersten rechten Rand des Feldwegs.

»Das Ding ist ja völlig unlenkbar!«

»Ganz vorsichtig sein … wie mit einem jungen Kätzle halt. Man darf's bloß nicht mit Gewalt machen. Das ist bei allem so.«

»Von schlauen Sprüchen fährt sie auch nicht geradeaus.«

»Man muss halt vorher ahnen, wenn sie auf die Seite will.«

»Wie soll man denn das ahnen?«

»Das merken Sie dann schon, wenn Sie's dann ahnen, nachher.«

»Aha.«

Nach ein paar Kilometern wurden die seitlichen Amplituden von Ritas Geradeausfahrt merklich geringer, ihre anfängliche Anspannung war einer bedingt begründeten Euphorie gewichen, Ewalds Geduld hätte jedem Sonder Pädagogen zur Ehre gereicht. Und das Mecklenburger Hinterland war sowieso eine höchst geeignete Gegend für Spurhaltungsübungen im Selbstversuch. Rita konnte sich nicht erinnern, wann sie das letzte Mal an irgendwas so viel Freude gehabt hatte.

»Jaaa! Das macht einen Höllenspaß!!!«

Ewald hatte auch Spaß, er schrie es nur nicht heraus. Und half immer dann mit einem schnellen Griff an den Hebeln, wenn die Fiat mal wieder nicht dahin lief, wohin Rita sie zu lenken versuchte.

Die Morgensonne schien zum Bürofenster herein. Karl Zwerger hatte nach dem Aufstehen drüben in der Maschinenhalle geduscht, sich dann im Büro einen Kaffee gemacht und ein paar Paprika-Chips gefrühstückt. Vor seiner Liege hatte er eine Landkarte ausgebreitet und mit Filzstift eine Linie vom Allgäu an die Ostsee gezogen, und zwar über Leipzig. Er hätte nur zu gerne gewusst, was der blöde Fricker und Rita da im Norden mit der Raupe und seinem 911er veranstalteten. Nach dem verunglückten Telefonat, das ihn aus dem Schlaf gerissen hatte, hatte er noch ein paarmal versucht, sie auf dem Handy zu erreichen, aber sie war nicht rangegangen. Den Gesamteindruck, den Zwerger an diesem Tag in seinem Büro-Lager machte, konnte man kaum als »glücklich« bezeichnen. An der Tür klopfte es, und Lipka kam herein, ohne eine Antwort abzuwarten.

»Guten Morgen, Herr Zwerger. Ich hoffe, Sie hatten eine angenehme Nacht.«

Karl murmelte etwas von wegen »Danke der Nachfrage«, Lipka ging schnurstracks zum Fenster und riss es auf. Dann setzte er sich an seinen zugewiesenen Schreibtisch, öffnete sein Laptop und fing wieder an, wie ein größenwahnsinniger Autist auf der Tastatur herumzutippen. Das Faxgerät, das neben der Kaffeemaschine stand, begann zu piepsen und spuckte ein paar DIN-A4-Seiten aus. Mit der ihm eigenen Ungezwungenheit ging Lipka zu dem Gerät und studierte die eingegangenen Fax-Papiere.

»Herr Zwerger, da scheint etwas schiefgegangen zu sein mit dem Ziegenleder.«

»Was?«

»Es geht um diesen Pkw Porsche, amtliches Kennzeichen OA-KZ 911 ...«

»Was ist mit dem?«

Zwerger stand von der Liege auf und ging hinüber zu Lipka, der ihm lächelnd das Fax zeigte.

»Nun, das fragliche Fahrzeug wurde heute Morgen vandalisiert aufgefunden. Vermutlich Totalschaden. Allerdings nicht in Valladolid, sondern in Mecklenburg.«

»Wie, vandalisiert?«

Karl nahm Lipka das Fax aus der Hand und las es durch. Unter den Angaben über den Fundort war auch ein Foto in sehr schlechter Qualität, das Zwergers zertrümmerten 911er zeigte.

Lipka hielt Karl ein weiteres Blatt hin.

»Hier haben wir ferner eine Anzeige wegen Sachbeschädigung und vorsätzlichen Herbeiführens von Flurschäden seitens eines mecklenburgischen Golf&Country-Clubs. Spielen Sie Golf, Herr Zwerger?«

»Einen Scheißdreck tue ich. Meine Frau spielt Golf, aber die wird's ja nicht gewesen sein.«

»Wie auch immer: Sie sollten dazu umgehend schriftlich Stellung nehmen, wenn ich Ihnen den anwaltlichen Rat geben dürfte. Das Fahrzeug können wir dann aus der Liste der vorhandenen Sachwerte streichen. Schade um die Polster aus Ziegenleder.«

Karl Zwerger war kurz davor, Lipka von der Liste lebender Personen zu streichen, doch der ging höchst lebendig wieder zu seinem Computer.

»Dann sollten wir uns nochmal mit dem Grundstück beschäftigen. Ich habe mich gestern Abend kurz mit Ihrer Frau

Gattin ausgetauscht: Mir sind da ein paar finanzielle Details bezüglich des Grundstücks-Transfers noch nicht ganz klar. Sie sagten ja, Sie hätten den Erlös als geldwerten Vorteil in Form von Baumaschinen erhalten.«

Karl versuchte, ruhig zu bleiben.

»Das war quasi ein Notverkauf. Die Hälfte habe ich ins Firmenkapital gesteckt, das haben die laufenden Kosten aufgefressen. Den Rest habe ich in Baumaschinen erhalten, und die sind größtenteils Schrott.«

»Herr Zwerger, wir müssen das nur schlüssig und nachvollziehbar dokumentieren.«

»Dann schaun S' halt die Kontobewegungen an. Da sehen Sie ja, dass nix mehr da ist. Ich habe alles versucht, aber die Kosten sind zu hoch. Seit die Polen auf dem Markt sind, ist am Kies nichts mehr verdient.«

»Dabei spricht ja der Volksmund sinnigerweise gern von ›Kies‹, wenn von Geld die Rede ist.«

»Sehr witzig. Hab ich ja noch nie gehört!«

»Jetzt seien Sie mal nicht so dünnhäutig, Herr Zwerger. Man sollte auch in einer prekären Lage den Humor nicht verlieren.«

Karl war auf der Hut: Er durfte sich nicht zu kontraproduktiven Emotionen hinreißen lassen, er musste nur den verzweifelten Kiesunternehmer spielen. Der größte Teil der Summe, die ihm sein Kumpel Antesberger für das Grundstück gegeben hatte, war relativ sicher auf einem Schweizer Nummernkonto geparkt. Seine besten Baumaschinen hatte er vor ein paar Wochen nach Italien verkauft, gegen bar, und die Italiener hatten ihm nachts noch ein paar alte Schrottgeräte auf den Hof gestellt. Karl war ja kein Anfänger auf diesem Gebiet, in kleinerem Rahmen hatte er solche

Transaktionen auch schon als Autohändler durchgezogen – erfolgreich. Er musste jetzt nur die Nerven behalten.

»Herr Zwerger, wie haben Sie eigentlich in den letzten Monaten den laufenden Betrieb aufrechterhalten mit dem minderwertigen Material?«

»Ich habe alles versucht, den Betrieb zu retten. Und meine Leute haben halt auch mit dem alten Glump ihre Arbeit gemacht.«

»Schade, dass die jetzt auf der Straße stehen.«

»Hätte ich schon früher Pleite machen sollen?«

»Unternehmer sein in Deutschland ist kein Osterspaziergang, da gebe ich Ihnen schon Recht. Ist Ihre reizende Disponentin eigentlich schon wieder aufgetaucht? An Frau Zieschke hätte ich auch noch ein paar Fragen.«

»Frau Zieschke hat sich krank gemeldet.«

»Ach. Was hat sie denn?«

»Das darf ich Ihnen aus Datenschutzgründen leider nicht sagen. Aber ich kann Ihnen gerne noch einen Kaffee machen.«

»Das wäre äußerst reizend, Herr Zwerger.«

Karl ging an die Kaffeemaschine und drückte auf die »Cappuccino«-Taste, ihm selbst stand der Sinn im Moment eher nach einem doppelten Whiskey ohne Eis. Eins war ihm klar: Für diesen Herrn Lipka musste er sich zeitnah eine neue Strategie ausdenken. Da würde ihm schon etwas einfallen, renitente Klienten waren schon damals bei Honda in Kempten seine Spezialität gewesen.

Mit geradezu respektabler Präzision lenkte Rita die Raupe über die kleine Landstraße in Mecklenburg, immer fast genau einen halben Meter vom rechten Fahrbahnrand entfernt.

Seit fünf Stunden saß sie an den Hebeln der FL 10 und hatte bis auf einen kurzen Halt an einer Tankstelle keine Pause gemacht. Ewald hatte immer seltener eingreifen müssen, jetzt hockte er neben Rita und spielte leise auf dem Akkordeon. Rechts neben der Straße tauchte hinter ein paar Büschen ein altes Kieswerk auf, und Rita musste kurz an Karl Zwerger denken. Das Gelände neben der Straße sah verlassen aus, und Rita stellte sich vor, dass vielleicht in Ratzisried auch bald die Büsche auf den Kieshügeln wuchern würden. Rita hatte durchaus ein Faible für Morbides, sie mochte verlassene Industrieanlagen und fand, dass stillgelegte Bergwerke, zusammenfallende Holzschuppen oder verrostete Förderanlagen einen ganz besonderen ästhetischen Reiz hatten. Zuhause hatte sie die Fotografie eines stillgelegten Bergwerks in Colorado an der Wand hängen, das so ziemlich das Einzige war, was sie aus ihrer Ehe mit einem Immobilienmakler aus Kassel gerettet hatte.

»Soll ich Sie vielleicht mal ablösen?«

Rita schüttelte den Kopf. Zu ihrer anfänglichen Euphorie mischte sich der Stolz, in so kurzer Zeit schon so etwas wie Routine an den Hebeln erlangt zu haben. Solange sie fuhr, konnte und musste sie nichts anderes tun. Und schon gar nicht darüber nachdenken, wie alles weitergehen sollte, mit ihr und Zwerger, überhaupt mit ihrem ganzen Leben. Vor zwei Tagen wäre es unvorstellbar für sie gewesen, glücklich und zufrieden damit zu sein, eine Raupe bei Ziehharmonikaklängen nach Norden zu steuern. Zumindest für diesen Moment war das aber so.

Zuerst dachte Rita, Ewald hätte sich mächtig verspielt, ein paar falsche Töne seien ihm ausgekommen. Doch im nächsten Moment nahm Ewald die Finger von den Tasten, und der unverwechselbare Klang eines Martinshorns lag in der Luft. Rita erschrak.

»Die Polizei. Scheiße.«

»Rutschen S' rüber, ich fahr weiter!«

Ewald ging blitzschnell an die Hebel, gab Vollgas und bog auf den Schotterweg ab, der zu der verfallenen Kiesgrube führte. Rita sah nach hinten, von wo sich das Martinshorn näherte.

»Dieser Heinz, vielleicht hat er uns die Polizei auf den Hals gehetzt wegen seinem Lkw ...«

»Oder der Zwerger wegen seinem Porsche ...«

Ewald fuhr auf das Gelände, zirkelte die Raupe an alten Förderanlagen und verrosteten Baumaschinen vorbei durch den Kies, hin zu zwei alten Holzschuppen. Schnell lenkte er die Fiat-Allis in einen halb verfallenen Holzschuppen und stellte die Maschine ab.

»Los, runter!«

Ewald und Rita sprangen von der Raupe und versteckten sich zwischen ein paar alten Ölfässern, die in dem Schuppen standen. Das Martinshorn kam immer näher, und Rita versuchte zwischen den Ritzen des Holzschuppens zu erspähen, ob die Polizei sie schon entdeckt hatte.

Dann fing Rita laut an zu lachen, das Martinshorn entfernte sich wieder.

»Das war ein Krankenwagen! Der ist einfach nur die Straße langgefahren!«

»Dann hätten wir gar nicht erschrecken müssen.«

Rita schüttelte den Kopf: Sie hatte immer Schwierigkeiten gehabt, die Sirenen von Polizei, Feuerwehr und Krankenwagen zu unterscheiden.

Beide stiegen lachend auf die Raupe, als wieder ein seltsames Geräusch zu hören war. Diesmal war es ein Tröten, das aber mehrstimmig zu sein schien und fast gespenstisch anmutete.

»Komische Polizei-Sirenen haben die hier oben …«

»Klingt eher wie eine Posaune.«

Die sphärischen Klänge wurden lauter, und Rita hätte schon gern gewusst, was das war.

»Gibt's hier Elefanten?«

Ewald und Rita stiegen von der Fiat und schlichen vorsichtig an den Rand des Schuppens.

»Da drüben.«

Auf einem verrosteten Metallgerüst, das zu einer alten Förderanlage gehörte, stand ein Mann mit einer Posaune. Er war klein, vielleicht Mitte fünfzig, in einem dunkelgrauen Anzug, der auch schon bessere Tage gesehen hatte. Er hatte eine dicke Hornbrille auf, sein schütteres Haar war sorgsam zu einem Scheitel gekämmt. Neben sich hatte er eine abgeschabte Aktentasche aus braunem Leder stehen. Er spielte auf einer silbernen Zugposaune, die Melodie erinnerte an einen alten Choral. Verblüffend war, dass sein Spiel mehrstimmig zu sein schien: Offenbar sang er gleichzeitig die zweite Stimme des Chorals in die Posaune hinein, was in der Einsamkeit der verlassenen Kiesgrube klang, als beklagten sich die Götter des Kiesabbaus über den Verlust ihres Tempels.

Rita und Ewald hörten gebannt zu, der Mann schien in den Sphären seiner eigenen Klänge versunken zu sein.

Als der Choral zu einem Ende kam, klatschte Ewald freudig in die Hände.

»Spielen's weiter, das war schön!«

Der Mann ließ seine Posaune sinken und sah drein, als sei er bei etwas Verbotenem ertappt worden.

»Ich arbeite hier.«

Der Mann hatte eine dünne Stimme, die ängstlich klang.

»Ich heiße Kottsiepe und bin in der Buchhaltung. Meine Frau hasst die Posaune. Drum habe ich sie hier versteckt. Und spiele immer bis Feierabend.«

Rita und Ewald sahen sich verwundert an.

»Wir haben nämlich Betriebsferien. Aber das habe ich meiner Frau nicht gesagt.«

»Meine Mutter mag's auch nicht, wenn ich spiele.«

Ewald ging hinüber zur Raupe. Der merkwürdige Mann oben auf dem Gerüst hielt seine Posaune umschlossen wie einen Schatz und senkte wieder den Blick. Rita wusste nicht, was sie sagen sollte, und versuchte, Herrn Kottsiepe zuzulächeln.

Ewald kam mit seinem Akkordeon zurück.

»Spielen S' mal einen Ton.«

Herr Kottsiepe setzte die Posaune an, dann blies er ein notiertes »C«, das auf der Posaune als »B« erklang. Ewald suchte auf der Tastatur und hatte das »B« schnell gefunden.

»Ich hab den Ton. Fangen's einfach an.«

Kottsiepe begann zu spielen, Ewald stieg nach dem ersten Takt vorsichtig ein. Einfühlsam legte er ein paar Akkorde und Bässe unter Herrn Kottsiepes Melodie und traf sowohl Rhythmus wie Tonalität. Kottsiepe merkte, dass Ewald ihn verstand, und begann wieder in die Posaune hineinzusingen. Ewald übernahm die gesungene Melodie eine Terz höher und sang die Basslinie mit, die er mit der rechten Hand spielte.

Rita konnte es kaum glauben, dass die beiden Männer miteinander musizierten, als hätten sie nie etwas anderes getan. Dann übernahm Ewald mit der linken Hand die Grundmelodie, variierte sie ein wenig, und Herr Kottsiepe spielte einen Basslauf dazu. Die Augen der beiden trafen sich, und sie legten an Intensität zu, ohne im Tempo davonzulaufen oder sich gegenseitig zu übertönen. Man hätte denken können, die beiden hätten wochenlang miteinander geprobt, als sie nach etwa einer Viertelstunde gemeinsam zu einem wunderschönen leisen und sanften Schluss kamen.

Rita klatschte begeistert in die Hände.

»Bravo!«

Herr Kottsiepe senkte bescheiden die Augen, aber um seinen Mund schien sich ein kleines Lächeln zu zeigen. Er verstaute die Posaune im Futteral und nahm seine Aktentasche in die Hand.

»Wenn die Arbeit wieder anfängt hier, muss ich eben in der Mittagspause spielen.«

Herr Kottsiepe kletterte vorsichtig vom Gerüst, Ewald half ihm, den Posaunenkoffer herunterzuheben.

»Jetzt muss ich nach Hause zum Abendbrot. Ich habe meiner Frau gar nicht gesagt, dass wir Betriebsferien haben.«

Rita lächelte und wusste wieder nicht, was sie darauf sagen sollte.

Herr Kottsiepe gab Rita und Ewald die Hand, bedankte sich nochmals und ging durch den staubigen Kies davon in Richtung eines kleinen Dorfes, das in etwa zwei Kilometern Entfernung zu liegen schien. Ewald und Rita sahen ihm hinterher, bis seine Silhouette samt Posaune und Aktentasche immer kleiner wurde.

»Das ist schon blöd, wenn einer daheim nicht spielen darf. Meine Mutter mag's auch nicht.«

»Trotzdem darf man sich nicht so hängen lassen. Auch wenn man keine Arbeit hat.«

»Haben Sie schon mal keine gehabt?«

»Was, Arbeit? Wieso?«

»Weil Sie ja jetzt bald auch keine mehr haben. Gehen Sie dann wieder heim?«

»Wie heim?«

»Irgendwo sind Sie doch daheim, oder? Wenn man nicht aus dem Allgäu ist, ist man woanders her.«

Rita schüttelte belustigt den Kopf.

»Gibt's vielleicht irgendwas zum Abendessen?«

Die Sonne stand bereits ziemlich tief, das kleine Feuer, das Ewald in einer schnell mit der Fiat zusammengeschobenen Kuhle aus Kies angezündet hatte, glühte nur noch. An der Tankstelle hatten sie am Nachmittag Würstchen in Folienverpackung gekauft, die Ewald an Holzstöckchen über dem Feuer gegrillt hatte. Dazu gab es eine Tüte Kartoffelchips »Paprika pikant«, wie Karl Zwerger sie liebte, wenn er nicht gerade bei Tino überdimensionierte Rindersteaks verdrückte. Die Würstchen waren wegen des hohen Wassergehalts auf die Hälfte ihrer ursprünglichen Größe zusammengeschrumpft und hatten geschmeckt, als seien sie in einem Chemiewerk hergestellt worden. Der Obstler war alle, Ewald entkorkte mit einer Kombizange und einer Spax-Schraube eine Flasche billigen Tankstellen-Weißwein.

»Warum sind Sie heut nicht zurückgefahren mit dem Zug?«

»Ich hatte meine Gründe.«

»Das sagen die Leute immer, wenn sie etwas nicht sagen wollen.«

»Die Wahrheit vertragen eben nicht alle.«

»Die Wahrheit nutzt einem sowieso nix, wenn man sie nicht kennt.«

Die Wahrheit im Moment war die, dass es Rita einfach nur Spaß machte, mit einer Planierraupe quer durchs Land zu fahren. Wobei ihr doch etwas unheimlich vor ihr selbst war, plötzlich an Dingen Freude zu finden, die sie noch vor zwei Tagen als hochgradig albern abgetan hatte. Rita trank noch einen Schluck von dem Wein, der abscheulich schmeckte: Man hätte ihn vielleicht zusammen mit den Würstchen vernichten sollen.

»Herr Fricker, wenn Sie da morgen ankommen, da oben an der Ostsee, oder übermorgen, dann …«

»Wollen Sie jetzt doch nicht mit?«

»Ja doch, schon, aber …«

»Wenn man immer weiß, was man will, dann macht's alles eh keinen Spaß, oder?«

Rita musste zugeben, dass da etwas dran war.

»Wissen Sie denn, was Sie wollen?«

»Erst mal an die Ostsee. Und irgendwann nach Afrika.«

»Wohin?«

»Durch die Wüste mit der Raupe. Vielleicht könnte man denen helfen, einen Staudamm zusammenzuschieben, damit sie Wasser haben. Oder Musik machen. Das mögen die auch.«

»Sie wissen doch nicht mal, wo Afrika liegt.«

Das war Rita nur so herausgerutscht.

»Ich weiß auch nicht, wo die Ostsee liegt. Trotzdem fahr ich hin.«

Rita rückte ein Stück näher an Ewald und das Feuer heran, die Glut wärmte schön, die Sonne war bereits untergegangen, und am westlichen Himmel zeigte sich ein Rot, das dem im Lagerfeuer nicht unähnlich war.

»Wie man Afrika schreibt, weiß ich. Ein A und meinen Namen dran. A-Fricker …«

Rita musste lachen. Für den Deppen, für den ihn alle hielten, hatte er einen erstaunlichen Humor.

»Wie schaffen Sie das alles, wenn Sie nicht lesen und schreiben können?«

»Bloß weil ich schreiben könnt, tät ich dem Zwerger jetzt auch keine Postkarte schicken.«

Rita spürte eine Sehnsucht, auch so ein kleines Ziel wie dieser Herr Fricker zu haben. Mit einem Mal wusste sie nicht mehr, ob sie wirklich mit Karl Zwerger die große Perspektive erleben wollte, die nach 36 Stunden bereits in Form von mündlichen Vorwürfen sich einzutrüben begann. Fricker wollte da rauf an die Ostsee, auch wenn es ein bissel naiv war, zu einer Meisterschaft zu fahren, bei der er gar nicht angemeldet war. Aber vielleicht ließ sich diese kleine Formalität ja in den Griff bekommen, da hatte Rita mit ihrem Händchen fürs Wichtige schon viel fundamentaleren Bockmist vom Tisch gepustet.

Ewald stand auf, nahm seine Ziehharmonika, stieg auf das Gerüst, auf dem Herr Kottsiepe mit seiner Posaune gestanden hatte, setzte sich hin und fing leise an zu spielen. Es klang wie Kirchenmusik, aber Rita kannte sich damit natürlich nicht genügend aus, um zu wissen, dass es das Orgelkonzert in e-Moll, Bach-Werke-Verzeichnis Nr. 555 war, das da erklang. Ewald wusste es auch nicht, er hatte sich auch dieses Stück von der Ratzisrieder Kirchenorgel abgehört und einfach auf dem Akkordeon nachgespielt, ohne dass er so etwas wie eine Transkription erstellt hätte, wie denn auch: Hören und spielen, das war alles, was er konnte.

Rita saß da und hörte einfach nur zu. Die Sterne am klaren Mecklenburger Himmel leuchteten über der verlassenen Kiesgrube, und die Musik klang, als sei sie genau für diesen Abend in dieser Umgebung komponiert worden. Rita hatte sich nie viel aus Kirchenmusik gemacht, aber jetzt war es, als ob die Klänge ihr ein wenig Asyl von der Realität verschafften. Die unschönen Wahrheiten, die es auch in ihrem Leben gab, waren hier und jetzt außen vor. Der Wein allein konnte es nicht gewesen sein, der ihr dieses Gefühl gab, fernab von allem Ärger der Welt zu sein.

Rita wusste nicht, wie lange sie dagesessen und zugehört hatte, als Fricker aufhörte zu spielen. Die Weinflasche, die sie in ihrer Hand hielt, war jedenfalls leer.

»Wunderschön.«

»Wenn man einen hat, der zuhört, spielt sich's eh besser … fast wie von alleinigs.«

Ewald stieg wieder herab vom Gerüst.

»Für so was muss man doch Noten können, oder?«

»Ich hab's in der Kirche gehört, und dann hab ich's einfach nachgespielt daheim. Aber ich hab schon ein bissel üben müssen, da sind ein paar saublöde Stellen drin. Ist noch was da von dem Wein?«

Rita schüttelte den Kopf.

»Tut mir leid, ich hab die Flasche ausgetrunken.«

»Auch egal, ich bin eh schon müde. Morgen früh geht's weiter.«

»Warum sind Sie nicht Musiker geworden?«

»Da muss man Noten können.«

Rita lachte.

»In einer Kiesgrube kann jeder Depp arbeiten, aber so Musik machen …«

»Ich bin zufrieden mit dem, wie's ist. Wenn man erst mal anfängt mit dem Unzufriedensein, dann sucht man immer weiter, bis man dann so unzufrieden ist, dass einem gar nix mehr gefällt. Und dann ist man bloß noch zufrieden, wenn man unzufrieden ist.«

»Meine Güte, ich bin auch zufrieden, aber …«

»Entweder man ist zufrieden, oder man sagt immer ›aber‹.«

»Ja aber …«

»Jetzt haben Sie schon wieder ›aber‹ gesagt.«

Rita schüttelte den Kopf. Herrn Frickers Logik wurde ihr allmählich ein wenig unheimlich. Außerdem war ihr kalt, und sie hatte immer noch Hunger.

»Haben Sie noch einen Apfel? Ich habe immer noch Hunger.«

»Nix mehr da. Pizza können wir auch keine bestellen, weil Ihr Handy im Porsche liegt.«

»Pizza, das wär's jetzt.«

»Das Wichtigste ist der Teig. Der muss weich sein innen, aber außen knusprig.«

»Hören Sie auf, da kriege ich ja noch mehr Hunger!«

»Ich wollt schon immer mal einen ganz großen Pizzateig machen, fünf Kubik Mehl, zusammenrühren mit dem Betonmischer, mit der Raupe ausplanieren und ganz vorsichtig mit der Schaufel von der Raupe den Belag draufschieben. Aber ohne dass man mit der Kette den Teig wieder kaputt macht. Das wär das Problem. Und wie man den Käse draufschiebt. Vielleicht dass man den mit einem Stahlseil rüberzieht über die Pizza …«

»Oder mit einem Gabelstapler. Den Käse mit einem Gabelstapler hochheben, drüberfahren und dann ganz langsam absenken.«

»Genau. Bloß backen muss sie dann noch …«

»Planierraupenpizza … Sie sind ja so ein Spinnkopp …«

»Sie haben doch angefangen mit der Pizza. Am besten wär Allgäuer Bergkäse.«

Ewald sah, dass Rita fror.

»Heut haben S' gar keinen Porsche mehr zum Drinschlafen.«

Der Gedanke an die Sportsitze des 911ers ließ bei Rita keine Sehnsüchte nach dieser Übernachtungsmöglichkeit aufkommen.

Ewald ging zu der Wiese, die an das Areal der Kiesgrube grenzte, raffte mit den Armen einen Haufen Heu zusammen, trug ihn zur Raupe und verteilte das Heu in der Schaufel.

»Was machen Sie da?«

»Hocken Sie sich rein.«

Rita zögerte.

»Müssen's keine Angst haben …«

»Ich hab keine Angst.«

»Ich mein, wegen der Hydraulik. Die ist nämlich total dicht. Die kann drei Kubik Kies ab, und mir zwei sind höchstens ein halber Kubik beide zusammen.«

Rita setzte sich in die Schaufel, Ewald ließ die Maschine der Raupe an, fuhr die Schaufel nach oben, arretierte sie und stellte die Maschine wieder ab. Er holte die alte Decke aus dem Werkzeugfach und warf sie zu Rita hinauf.

»Ist allemal so gut als wie im Porsche.«

In dem Schuppen fand Ewald eine zerknitterte Abdeck-Plane, kletterte hoch zur Schaufel, legte sich in die andere Ecke der Schaufel und zog sich die Plane bis zum Hals. Zwischen den beiden wäre immer noch Platz für mindestens einen Kubikmeter Kies gewesen.

»Gute Nacht.«

»Gute Nacht.«

»Wenn S' wieder den Schlüssel suchen wollen, den hab ich versteckt. Und wenn, dann passen's auf, dass Sie nicht runterfallen dabei.«

»Danke für den Tipp.«

Ewald lächelte Rita an wie ein kleiner Junge. »Es isch doch so im Leben: Im Grund kann'sch alles zamplanieren, bloß die Erdkrümmung, die bringst net raus.«

Der Mond war aufgegangen, und Rita mochte den Geruch des Heus, in dem sie lag. Langsam kamen ihre Gedanken zur Ruhe trotz des Hungers: Sie war einfach hundemüde nach diesem Tag. Sie wollte nur schlafen, auch wenn es absolut neu für sie war, dass sie das in der hochgefahrenen Schaufel einer Fiat-Allis FL 10 tat. Aber auch für Ewald war es das erste Mal, dass er in der Schaufel seiner Raupe schlief, neben einer Frau, die noch dazu dem Zwerger gehörte wie die Raupe auch.

6

Gnadenlos brannte die Morgensonne auf die schwarze Plane, unter der sich schnell eine subtropische Temperatur einstellte. Ewald blinzelte nach dem Stand der Sonne und schätzte, dass es mindestens schon neun Uhr sein musste.

»Frau Zieschke?«

»Guten Morgen.«

»Wir müssen los. Ich lass uns runter.«

Ewald kletterte am Gestänge der Hydraulik herunter, ließ den Motor an und fuhr die Schaufel nach unten. Rita stieg aus und machte drei Kniebeugen.

»Gut geschlafen?«

Rita sah Ewald lange an. Gestern hatte sie zeitweise einen leichten Groll oder zumindest ein Unbehagen gegen diesen Kerl verspürt, als sei er schuld daran, dass sie jetzt nicht unten im Allgäu mit Karl Zwerger die Hindernisse für ihre gemeinsame Zukunft aus dem Weg räumte, sondern in einer stillgelegten Kiesgrube in Mecklenburg saß, seinen Bach-Kantaten lauschte und die Nacht in der Schaufel einer Planierraupe verbrachte. Aber es ging um ganz andere Dinge als um Schuld. Wenn überhaupt, wäre es allenfalls Frickers Schuld gewesen, Rita zum Raupenfahren verführt und ihr mit seiner Sturheit, seiner Besessenheit und seinen absonderlichen Weisheiten das Gefühl gegeben zu haben, dass in

Ritas Leben einiges nicht stimmte, und zwar grundlegend: eine raupengestützte emotionale Wurzelbehandlung sozusagen. Dazu kam, was sich Rita auch am gestrigen Abend nicht hatte eingestehen wollen: dass sie die Gegend kannte, in der sie all die jahrelang weggeschobenen Gedanken eingeholt hatten. Und dass sie unangenehm nahe an einem Ort war, den sie für immer aus ihrer Landkarte gestrichen gehabt haben wollte. Sie schob die unnützen Gedanken beiseite und ging einen Schritt auf Ewald zu.

»Herr Fricker, wollen wir nicht ›du‹ sagen? Schließlich haben wir jetzt schon die zweite Nacht miteinander verbracht.«

Ewald überlegte: Die einzige Frau, mit der er bislang unter einem Dach übernachtet hatte, war seine Mutter, und nicht einmal dieser Vergleich stimmte, denn hier hatte es nicht einmal ein Dach gegeben. Freilich war Frau Zieschke eine richtig nette Frau, auch wenn sie ihm die ganze Zeit die Raupe abluchsen wollte. Und eigentlich sah sie auch viel zu gut aus für eine, die so nett zu ihm war. Aber das war auch schon egal.

»Von mir aus. Die Hydraulik hat jedenfalls dichtgehalten. Ich bin der Ewald.«

»Rita.«

»Weiß ich schon. Wir müssen los.«

»Meinst du, die verfolgen uns?«

»Wer? Die Leute vom Golfplatz, dass denen ein notgeschlachteter Porsche nicht reichen tät?«

Fricker lachte und startete den Motor. Rita stand vor der Schaufel und schüttelte den Kopf. Ewald verstand nicht, was sie wollte.

»Ich fahre, Ewald.«

Das hatte er nun von diesem »Duzen«, dachte er sich und rutschte zur Seite. Rita stieg auf und legte den Gang ein.

Sie ließen die Kiesgrube hinter sich und arbeiteten sich auf kleinen Sträßchen weiter vor in Richtung Norden. Rita fuhr bravourös, und Ewald ließ sie einfach machen. Er dudelte ein wenig auf dem Akkordeon herum, übte Tonleitern, aber selbst das machte er so gut, dass es einen gewissen Unterhaltungswert hatte, als akustische Begleitung für eine Fahrt durch das verwaiste mecklenburgische Hinterland allemal.

Vor ihnen tauchte ein kleines Straßendorf auf.

»Stimmt das überhaupt, hier lang?«

»Wenn in der Früh die Sonne rechts ist, dann geht's gradeaus zur Ostsee, wenn man vom Allgäu kommt.«

Rita musste zugeben, dass Ewalds navigatorischer Ansatz von bestechender Einfachheit war.

Das Dorf, das jetzt direkt vor ihnen lag, schien nur aus ein paar Häusern entlang der Straße zu bestehen, ein Kirchturm war nicht zu sehen. Der ramponierte Asphaltbelag der Straße ging in Kopfsteinpflaster über, und Ewald machte Rita ein Zeichen, etwas langsamer zu fahren. Das erste Haus am Eingang des Dorfs war ein Flachbau aus DDR-Zeiten, der Putz hatte immer noch den charmant-verwaschenen Braunton, der im ehemaligen Arbeiter- und Bauernstaat in dezenten Variationen vorgeherrscht hatte. Die Fenster waren vergittert, wahrscheinlich handelte es sich um ein ehemaliges Postgebäude oder einen Funktionsbau der glorreichen Volkspolizei. Auf der betonierten Vorfläche standen ein paar einsame Plastikstühle samt Tischchen, oben auf dem Flachdach war ein dunkelblau gestrichenes Schild aus Holz angeschraubt, auf dem in weißen Großbuchstaben geschrieben stand, welche Gewerke der neuzeitlichen Dienstleistung hier feilgeboten wurden:

FRISCHBACK-CENTER/POST-OFFICE/TATTOO/PIERCING/SONDERPOSTEN

Trotz des bunten Reigens an Angeboten machte das Anwesen einen etwas verlassenen und traurigen Eindruck. Allein neben der Tür stand ein Bär von einem Mann, der vielleicht um die vierzig sein mochte, einen Vollbart hatte und das lange Haar zu einem Zopf gebunden hatte. Er trug Jeans und Baumwollhemd, darüber eine kettenbehangene Lederweste mit ausgebeulten Taschen. Er hatte die kräftigen Arme vor der Brust verschränkt, die dunkle Sonnenbrille ließ ihn geradezu martialisch wirken.

Ewald wusste natürlich nicht, was auf dem Schild alles angepriesen wurde, aber Rita sah ihren ersehnten Morgenkaffee in greifbare Nähe gerückt und hielt mit der Raupe direkt vor dem Multi-Store. Ewald winkte dem Mann freundlich zu.

»Grüß Gott, tät's jetzt da vielleicht ein Frühstück geben?«

Der Mann schob die Sonnenbrille mit einer langsamen Bewegung nach oben, auf seinem Gesicht zeigte sich der Anflug eines mitleidigen Lächelns.

»Kanns' nich lesen, min Jung?«

Bevor Ewald diese Frage beantworten konnte oder wollte, war Rita schon abgestiegen und hatte sich an eines der Tischchen gesetzt.

»Zweimal Kaffee und Brötchen und bisschen Butter.«

Der Mann nickte wissend.

»Klar. Zweimal Frühstück ›Ohio‹.«

»Und wenn's geht, Marmelade, bitte. Vielleicht auch 'n

bisschen Wurst und Käse und ein Ei dazu. Oder Rührei. Mit Speck.«

»Okay. Also kein ›Ohio‹, sondern zweimal ›Los Angeles‹.«

Ewald hatte auch Appetit bekommen und setzte sich neben Rita.

»Und bitt'schön einen Saft dazu.«

»Mit Saft ist das dann aber ›San Francisco‹.«

»Und mit Milch?«

»Milch? Mit Milch wär das ›Oklahoma‹, aber mit Rührei ist das ›Wyoming‹. Mit 'ner Flasche Bier ›Detroit‹, mit Korn ›Chicago‹, mit …«

Rita lächelte den Mann mit all ihrem Charme an.

»Bringen Sie einfach zweimal alles, und nennen Sie's, wie Sie wollen.«

»Zweimal alles ist ›U.S. complete‹.«

»Na also.«

Nach knapp zehn Minuten kam der Mann, der Henning hieß, mit einem riesigen Tablett samt zweimal »U.S. complete« wieder aus seinem Multi-Store und setzte sich zu Rita und Ewald an den Tisch. Rita langte beherzt zu, und auch Ewald hatte einen Bärenhunger.

»Was macht'n ihr zwei da? Easy Rider durch Meck-Pomm auf'm Caterpillar?«

Rita lächelte ihn an, während sie sich ein Mehrkorn-Marathon-Brötchen dick mit Marmelade bestrich.

»Sagen wir mal so: Wir machen eine außerplanmäßige Dienstreise für ein Allgäuer Kiesunternehmen.«

Henning grinste breit.

»Aus'm Allgäu. Also wie von Louisiana nach Vermont.«

»Aber das Frühstück ist gut, auch wenn's so blöd heißt.«

Ewald fiel auf, dass der Mann auf den Armen und auch

den Händen Tattoos hatte. Selbst am Hals sah man ein brennendes buntes Motorrad, das sich hinauf in Richtung Kopf zu bewegen schien.

An einer silbernen Kette zog Henning einen ledernen Tabakbeutel aus seiner Weste und drehte sich mit geschickten Fingern eine Zigarette. Auf der Innenfläche seiner linken Hand war ein Flugzeug tätowiert, in der rechten eine leicht bekleidete Frau.

»Braucht ihr zwei vielleicht sonst noch was? Proviant für euren Trip! Kasten Bier, Chipse oder Dauerbrot von der NVA, hab ich alles. Post könnt ihr auch bei mir lassen. Oder'n Paket schicken oder 'ne Ansichtskarte? Hinten hätt ich noch zwei Paletten Dachziegel, Biberschwanz mit Sachsenschnitt, absolutes Schnäppchen.«

Rita und Ewald sahen sich an und waren sich einig, dass sie eigentlich im Moment keine Dachziegel benötigten.

»Oder wollt ihr'n Tattoo? Ich mach euch 'n geiles Tatt von eure Raupe op'n Mors!«

Ewald sah Henning fragend an.

»Auf'm Mars?«

Rita wusste natürlich, was Henning gemeint hatte.

»›Mors‹ heißt hier so viel wie ›Arsch‹.«

»Aber zu was ein Bildle auf'm Arsch? Das sieht doch keiner, wenn man draufhockt…«

Henning legte Ewald vertrauensvoll seine Pranke auf die Schulter.

»Alter, weil das obergeil kommt, wenn dir deine Braut die Hosen runnerzieht!«

Ewald lachte unsicher.

»Mach's halt bei dir selber 'nauf!«

»Ach, Jung, da is schon lang kein Platz mehr!«

Henning knöpfte Hemd und Weste auf und zeigte den beiden Gästen seinen Oberkörper. Sowohl der Bauch als auch die muskulösen Schultern waren flächendeckend mit Tattoos übersät, es schien keinen einzigen freien Fleck mehr zu geben, der nicht mit blauen oder bunten Bildern oder Symbolen bedeckt war. Ewald sah fasziniert auf dieses lebende Bilderbuch, und es gefiel ihm.

Als Kind hatte er ein Petzi-Buch gehabt, nur zum Angucken, und das Schiff, das quer über Hennings Brust fuhr, sah ganz ähnlich aus wie der Dampfer »Mary«, den sich Petzi und seine Freunde aus alten Holzbalken und einem Fass als Schornstein gebaut hatten. Wozu der Mann allerdings Ringe und Ösen in den Brustwarzen hatte, wusste Ewald nicht. Vielleicht wollte er das Dampfschiff daran festmachen, damit es bei Sturm nicht aufs offene Meer hinaustrieb. Auch Rita musste zugeben, dass sie so etwas noch nicht gesehen hatte.

»Wisst ihr, die Leute hau'n alle ab hier, das ist das Problem. Meine Braut ist auch schon weg, vor drei Jahren. Und die alten Säcke im Dorf lassen sich nicht tätowieren. Von Piercings will ich gar nicht reden …«

Ewald sah Henning fragend an.

»Warum haust du nicht ab von da? So gut wird ja dein G'schäft auch nicht laufen …«

Henning knöpfte sein Hemd wieder zu.

»Hör mal, Jung, ich bin hier zuhause. Und hintendrin im Laden liegt meine alte Mutter. Die kann nicht mehr aufstehn, und ins Altersheim will sie nicht. Hab ich auch keine Kohle für, das nächste ist in Ribnitz, und der Bus geht nur zweimal am Tag.«

Rita nickte.

»Heimat kann ganz schön grausam sein.«

Henning nahm einen tiefen Zug aus seiner Selbstgedrehten.

»Wenn Mami irgendwann über'n Jordan ist, mach ich rüber nach Hamburg und tätowier alles zu, was noch weiß ist.«

Ewald überlegte kurz.

»Ja, schon klar. Bei Negern lohnt sich das ja nicht mit solche Bilder, weil man's eh nicht sehen tät.«

Rita goss sich aus der Thermoskanne noch einen Schluck Kaffee nach.

»Was ist mit Ihrer Mutter?«

»Kannst ruhig ›du‹ sagen, min Deern. Tja, meine Mami macht's nicht mehr lang. Die guckt mich immer an mit ihren traurigen Augen: Spazieren gehn will sie, würd so gern ihr Dorf nochmal sehn. Aber das geht nicht mehr, die Knochen machen nicht mehr mit. Die kommt gar nicht mehr raus aus'm Bett, und ich hab nicht mal 'n Rollstuhl. Ich kann sie ja schlecht auf die Sackkarre packen und durch den Ort karren …«

Ewald überlegte.

»Kommt man da von hinten dran, an dieses Schlafzimmer, wo dei Mütterle liegt?«

Henning sah Ewald verständnislos an.

»Wieso?«

Rita kannte diesen Blick schon, den Ewald jetzt hatte und der meistens Vorbote eines besonders ausgefuchsten Einfalls war.

Eine halbe Stunde später fuhr Ewald mit der Fiat über das Kopfsteinpflaster durch das Dorf, schön langsam und vorsichtig. In den Gärten der Häuser standen alte Leute an ihren schmiedeeisernen Zäunen und winkten ihm zu. Die Schaufel der Fiat war nach oben gefahren, drinnen saß, auf Kissen gebettet und in Decken eingehüllt, die Mutter von Henning. Eigentlich lag die alte Frau mehr, als sie saß, aber das war auch egal: Sie strahlte über das ganze Gesicht.

»Das macht jetzt aber grad Spaß, oder?«

Hennings Mutter lächelte nur nickend, das Sprechen wollte nicht mehr so richtig klappen. Auch die Leute aus den Häusern riefen ihr etwas zu, manche kamen sogar aus ihren Vorgärtchen heraus und liefen ein Stück weit neben der Raupe her, sagten ein paar Worte zu ihr oder gaben ihr kurz die Hand.

Tränen zeigten sich im Gesicht der alten Frau, und es war fast ein bisschen so, als wäre der Ratzinger mit ihr im Papamobil durch das Dorf gefahren.

Als Ewald sich nach drei Runden durch das Dorf langsam wieder dem Flachbau näherte, saß Rita zusammen mit Henning noch bei den Resten des Frühstücks. Ewald konnte nicht sehen, was Henning in seiner schwarzen Ledertasche verstaute, und er hörte natürlich auch nicht, was die beiden miteinander redeten.

»Gibst mir'n Fuffi, das ist'n absoluter Sonderpreis.«

Der Meinung war Rita auch.

»Da hab ich ja mein Leben lang was davon.«

»Sag ich doch.«

»Kriegt man das eigentlich wieder weg?«

Henning machte den Verschluss seiner Ledertasche wieder zu und zog sich die Gummihandschuhe aus.

»Mädchen, manche Sachen im Leben kriegst du nicht mehr wech. Deine ganze Kindheit schleppst du auch mit dir rum. Und auch wo du herkommst, das bleibt dir. Und deine Alten. Das kriegst du auch nie mehr wech, für immer und ewig nich. Aber über'n Tattoo kannste auch mal was drüberziehn.«

Rita nickte stumm und schloss die beiden oberen Knöpfe ihrer Bluse.

Fricker hielt mit der Raupe vor den beiden und ließ die Maschine laufen.

»Schön war's, das hat genau gepasst. Jetzt müssen wir bloß noch abladen, und dann geht's weiter.«

Ewald stand auf, ging über die Motorhaube nach vorne zur Schaufel und flüsterte Hennings Mutter ins Ohr:

»Vielleicht komm ich auf'm Rückweg wieder vorbei, dann machen mir zwei nochmal einen Ritt durch die Gemeinde.«

Dann setzte er sich wieder ans Steuer und fuhr hinter den Flachbau zum Abladen.

Schweigend waren Ewald und Rita zwei Stunden lang mit der Fiat nordwärts gecruist, das »U.S. complete«-Frühstück hatte sie angenehm sediert. Rita bugsierte die Raupe mittlerweile so routiniert über die schlechten Straßen, als hätte sie nie etwas anderes getan. Im Moment wollte sie auch gar nichts anderes tun, als auf diesem Bock zu sitzen und einfach nur zu fahren, wohin auch immer. Nie hätte sie gedacht, dass ihr das genügen könnte, wenn auch nur für den Augenblick.

Dabei hatte Rita schon einiges gewollt in ihrem Leben, und ihr war, als rüttelten ihr die Ketten auf dem schlechten Asphalt diese Erinnerungen jetzt wieder mitten ins Kleinhirn. Sie musste an ihre große Liebe denken, den schönen Guido, demzuliebe sie ihre Heimat verlassen und die Tür zu ihrem Elternhaus zugeschlagen hatte, von außen, für immer. Guido war Immobilienmakler gewesen, hatte verdammt gut ausgesehen und war mit seinen knapp vierzig Jahren ein höllisch guter Liebhaber gewesen. Als es dann zum Streit mit ihrem Vater gekommen war, hatte Rita sich von Guido an der Hand nehmen und sich mitten in die größte anzunehmende Glückseligkeit entführen lassen. Damals war sie gerade mal 23 Jahre alt, und alles war so furchtbar spannend gewesen mit dem reifen Mann, der wusste, wie das Leben lief. Zusammen wollten sie durch die Lande ziehen und sich auf der aufkommenden Öko-Welle einen goldenen Arsch verdienen. Guido hatte eine Generalvertretung für original dänische Öko-Holzhäuser aufgetan, die er den Leuten komplett mit Baugrundstücken und Öko-Zertifikaten anbot.

Viel zu spät hatte Rita gemerkt, dass die Zertifikate gefälscht waren, die minderwertigen Bausätze aus Rumänien stammten und Guido Anzahlungen kassiert hatte, bevor die Kunden gemerkt hatten, dass sie so etwas gar nicht aufstellen durften.

Guidos »No risk, no fun«-Maxime hätte sie beinahe um das bisschen gebracht, was sie besaß: Verstand und Lebenslust. Und mit seinem »Don't panic too early« hatte er sie beide zumindest finanziell an den Rand des Ruins bugsiert. Sie hatte nicht früh genug gemerkt, dass sich Lebensglück für Guido im Wesentlichen auf Häuser, Autos und Sex reduzieren ließ und dass genau dieser Reichtum bei ihm oftmals nur aus Projektionen und Sprüchen bestanden hatte. Guido war, bis auf ein paar lichte Momente, ein Blender und Betrüger gewesen. Wenn Rita ihm sein »Never change a winning team« beizeiten um die Ohren gehauen hätte, wäre ihr viel erspart geblieben. Ausgerechnet jetzt musste sie wieder an diesen Fertighaus-Idioten denken. Aber eins wurde ihr immer klarer: Karl Zwerger war auch nicht der Märchenprinz, der sie aus ihrem unbewältigten Sumpf herausziehen würde. Das musste sie schon selber machen, zur Not mithilfe einer Planierraupe. Sie schob die trüben Gedanken beiseite und sah hinüber zu Ewald, der zufrieden neben ihr saß und den Ausblick genoss.

»Der Mutter von diesem Tätowierer heute Morgen hast du eine große Freude gemacht…«

»Ja mei, die war halt auch ein armer Hund.«

»Hast du eigentlich keine Freundin, Ewald?«

»Tu du einfach nur schön gradaus fahren!«

Rita beschloss, diese Frage auf die »No-Go«-Liste zu setzen. Schließlich musste man sich menschlich nicht benehmen wie eine Planierraupe, wenn man schon leidenschaftlich gern damit fuhr.

»Wenn du willst, kann ich dir das Lesen beibringen.«

Ewald grinste Rita an.

»Bloß weil ich wüsste, wie man ›Freundin‹ schreibt, hätt ich auch noch keine.«

»Willst du denn eine?«

»Man kriegt halt nicht immer alles, was man will. Und schon gar nicht dann, wenn man's am meisten will.«

Darüber wollte Rita jetzt gar nicht genauer nachdenken.

»Es geht doch alles viel einfacher, wenn man lesen und schreiben kann.«

»Bis jetzt hat's auch so ganz gut funktioniert.«

»Aber bis jetzt warst du auch noch nie weg aus Ratzisried. Und wenn du irgendwann nach Afrika willst, dann wär's schon ganz gut, wenigstens die Schilder lesen zu können.«

»Die werden da auch nicht alles auf Deutsch hinschreiben.«

Ewald wusste selbst, dass das kein Argument war. Rita hatte schon Recht: Er war zum ersten Mal abgehauen von zuhause, und er ahnte, dass danach vielleicht nicht alles mehr so sein würde wie vorher. Aber das würde er sich nachher überlegen, nach der Meisterschaft, ob es sie nun gab oder nicht. Jetzt musste er erst mal da oben sein.

Hinter einem Wäldchen mündete von rechts ein kleines Sträßchen ein, ein verwittertes Schild zeigte an, dass es dort nach Zarnewanz ging. Rita hielt an.

»Nicht abbiegen, das ist ein Umweg, da fahren wir in Richtung Sonne.«

»Nur kurz, mir zuliebe …«

»Aber da kommen wir nie an die Ostsee.«

»Doch, doch, das stimmt schon.«

»Woher willst du denn des wissen? Steht das da drauf?«

»Ich kenn die Gegend …«

»So eine Gegend kennt man doch nicht.«

Rita gab Gas und fuhr in den Weg, der nach Zarnewanz führte.

Der Dorfplatz, in dessen Mitte die Kirche stand, sah aus wie ein verwunschenes Arrangement für das Titelblatt eines Fremdenverkehrsprospekts. Die Kirche war aus rotem Backstein, ein Mäuerchen umgab sie, aber alles wirkte, als wäre es in einen unfreiwilligen Dornröschenschlaf gefallen, der seinen einzigen Grund in kommunaler Finanznot hatte. Einzelne Ziegel waren herausgefallen, Gräser und kleine Bäumchen hatten sich im maroden Mauerwerk angesiedelt. Rita brachte die Raupe vor der Kirchentür zum Stehen. Sie hatte genug in Ruinen herumgewerkelt, um mit einem Blick zu sehen, dass es höchste Zeit war, die Kirche vor dem endgültigen Verfall zu retten.

Das hatte man offenbar bereits erkannt, auf dem Dach der Kirche arbeiteten zwei junge Wandergesellen, fahrende Zimmerleute. Sie trugen schwarze Cordhosen mit weitem Schlag, die Ärmel ihrer weißen Hemden hatten sie hochgekrempelt. Der eine von ihnen war spindeldürr und hatte kurze rotblonde Haare, der andere war klein und kräftig gebaut, Ewald sah seine kräftigen Muskeln unter dem weit offenen Hemd. Trotz der Hitze trugen die beiden ihre schwarzen Schlapphüte, während sie da oben über die Biberschwanzziegel liefen, als gäbe es für sie weder Höhe noch Dachneigung. Auf einer Fläche von etwa drei mal fünf Metern waren die Ziegel abgedeckt, und dass die Balken darunter morsch und verfault waren, konnte Rita sogar von unten aus erkennen. Selbst einem Laien wäre klar gewesen: Dieses Kirchendach hätte den nächsten Schneefall nicht überstanden.

Die beiden Zimmerleute hatten Rita natürlich längst bemerkt, hier in Zarnewanz wäre jede Frau aufgefallen und eine schöne Frau auf einer Planierraupe schon dreimal.

»Seid aufs Beste begrüßt! Lars und Mirko, zwei ehrbare Zimmerleut bei ehrbarer Arbeit!«

Mirko, der Kräftige der beiden, der gesprochen hatte, kam näher und tätschelte die Motorhaube der Fiat.

»Schönes Werkzeug habt ihr da. Wusste gar nicht, dass es so was auch als Damenmodell gibt!«

Der lange Lars auf seinem Vordach gab ein hüstelndes Lachen von sich, Mirko dagegen war von seinem eigenen

Witzchen äußerst amüsiert. Er schien, seiner Sprache nach, aus Sachsen zu kommen.

»Ihr könntet bisschen mit hinlangen beim Schinagln mit eurem Monstrum!«

Ewald wusste, dass die fahrenden Zimmerleute »schinagln« sagten, wenn sie »schaffen« meinten, aber er war nicht sonderlich begeistert von der Idee, es war noch nicht einmal Mittagszeit, und er wollte weiter. Der Pastor, der einen schwarzen Anzug mit dem Beffchen der Evangelen trug, kam aus der Kirchentür. Der Mann war etwa vierzig Jahre alt, von mittlerer Größe und sah gut aus: Er erinnerte Ewald an einen amerikanischen Schauspieler, den er mal im Fernsehen gesehen hatte. Sein dunkles Haar war etwas lang für einen Pastor, und er hatte strahlend blaue Augen.

»Euch schickt mir der Himmel!«

Ewald winkte ab.

»Nein, nicht der Himmel, der Zwerger. Weil ich den Tieflader nicht gekriegt hab.«

Mit einem Seitenblick bemerkte Ewald, dass Rita dem Blick des Pastors auswich. Sie sah einmal kurz zu Boden, dann hob sie den Kopf aber wieder und sah dem Pastor direkt in die Augen. Jetzt schien die Zeit für einen Moment lang stehen zu bleiben, beide wirkten, als würden sie in einer Art Tagtraum schwimmen, in einer Zeitschleife, die überall sein konnte, nur nicht hier und jetzt in Mecklenburg, auf diesem Dorfplatz von Zarnewanz. Ewald drehte sich zu Rita um.

»Ist irgendwas, Rita?«

»Nein, nein, schon gut.«

Lars und Mirko kraxelten beängstigend behende auf einer zusammengenagelten Holzleiter vom Dach herunter, Mirko sprang, kaum am Boden, auf die Raupe zu, um Rita mit seinen starken Armen beim Absteigen behilflich zu sein, ganz wie ein Kavalier aus alten Tagen. Rita lehnte dankend ab.

Der Pastor lächelte aufmunternd.

»Wir könnten wirklich ein wenig Hilfe gebrauchen.«

Ewald hob verlegen die Schultern, was allerdings sofort als Zustimmung zu unbezahlten Hilfeleistungen aufgefasst wurde.

»Der Dank des Herrn ist euch sicher.«

Ohne Rita noch einmal in die Augen zu sehen, verschwand der Pastor in seiner maroden Kirche.

Nach einer kurzen Brotzeit stieg Lars wieder aufs Dach, Ewald fuhr zusammen mit Mirko hinüber zur Ruine einer ehemaligen LPG. Sie klopften alte Ziegel aus den Mauerresten heraus, befreiten sie von Mörtelklumpen, packten sie in die Schaufel der Fiat. Mirko warf Ewald päckchenweise alte Dachziegel vom ehemaligen Stall herunter, Ewald fing sie auf und legte sie zu den anderen Ziegeln. Drei solcher Fuhren brachten sie zur Kirche und luden sie dort ab.

Oben auf dem Dach sägte Lars die morschen Sparren heraus, Mirko mischte in einem Eimer Mörtel an, um die baufällige Friedhofsmauer mit den LPG-Ziegeln wieder aufzufüllen.

Ewald ging Mirko zur Hand, reichte ihm Ziegel und Mörtel an.

»Woher kannst du das? Du bist doch Zimmermann und kein Maurer.«

Mirko lachte.

»Junge, wenn man auf Wanderschaft ist, tut man eben, was zu tun ist.«

»Wie lang bist du schon unterwegs?«

»Letzten Monat waren es zwei Jahre, seit ich weg bin von zuhause.«

»Ich bin auch schon drei Tage unterwegs. Aber ich bin zum ersten Mal weg.«

»Da gewöhnt man sich dran. Wirst sehen, bald willst du gar nicht mehr nach Hause.«

»Ich fahr dann schon wieder zurück, nach der Meisterschaft.«

Ewald bemerkte, dass Rita im Friedhof stand und sich die Gräber ansah. Der Pastor kam aus der Kirche und ging auf Rita zu. Mirko grinste Ewald breit an.

»Pass bloß auf: Der feine Herr Pfarrer spannt dir gleich deine Freundin aus!«

»Ich hab keine Freundin.«

»Wenn das nicht dein Mädel ist, warum fährt die dann mit dir auf der Raupe durch die Gegend?«

»Die hat den Zug verpasst, und der Porsche ist Schrott.«

Mirko fing laut an zu lachen.

»Willst du mich verarschen?«

»Außerdem fährt sie saumäßig gern mit der Raupe. Und jetzt mach weiter, sonst wird der Mörtel hart.«

Ewald sah hinüber zum Friedhof. Der Pastor stand ganz dicht hinter Rita, fast berührte er sie. Ewald hörte natürlich nicht, was die beiden sprachen.

»Mecklenburg hat viel Platz für seine Toten. Ich beerdige hier mehr Menschen, als ich verheirate. Die Frauen laufen weg von hier, vor allem die klugen und die schönen. So wie du.«

Rita schüttelte den Kopf, ohne den Blick von dem Grab zu lösen, vor dem sie stand.

»Warum bist du damals abgehauen, Rita?«

»Für mich war hier kein Platz mehr.«

»Ich war ganz schön verknallt in dich, Rita, damals in der Schule.«

»Wir waren Kinder, Niels.«

Rita fand es schon etwas absurd: Ausgerechnet der schöne Niels Priplow war Priester geworden. Und hatte sich nach Zarnewanz versetzen lassen, dorthin, wo sie nicht tot über dem Zaun hätte hängen wollen. Dabei hätte Niels einen smarten Bischof abgegeben oder zumindest einen Fernsehpfarrer.

»Warum bist du weggelaufen, Rita?«

»Warum wohl? Die große Liebe. Das große Geld.«

»Und?«

»Wurde der große Reinfall draus.«

»Für eine Liebe muss man kämpfen.«

»Bist immer noch ein Sülzkopp wie damals. Dieser Guido aus Kassel war definitiv ein Arschloch. Hat nur Geld und andere Weiber im Kopf gehabt. Latent depressiv und unfähig für jegliche Form von Gemeinsamkeit. Ich dumme Pute hab nur viel zu lange gebraucht, um das zu kapieren. Etwa fünf Jahre zu lang. Dann war das Geld weg, er hatte eine Affäre nach der anderen, und ich hab in Kassel gehockt und nur noch geheult.«

»Warum habt ihr keine Kinder gehabt?«

»Das hätte grade noch gefehlt!«

Niels Priplow nickte stumm.

»Alles im Leben hat seine Zeit.«

Rita verkniff sich eine Bemerkung: Schon vor zwanzig Jahren war Niels ein betulicher Weisheitenverbreiter gewesen, aber sein Sülz-Faktor hatte sich offenbar noch verstärkt: Vielleicht war das aber auch nur ein Kollateralschaden des

Priesterdaseins in der mecklenburgischen Diaspora zwischen Überalterung und Landflucht.

»Und was machst du jetzt, Rita?«

»Jetzt lebe ich in Süddeutschland und bin eigentlich ganz zufrieden.«

»Eigentlich.«

»Eigentlich.«

»Und doch kommst du hierher, um Frieden zu schließen.«

Rita schloss erst einmal die Augen und atmete tief durch. Sie mochte die Richtung, die das Gespräch nahm, ganz und gar nicht.

»Es gibt keine Zufälle im Leben, Rita. Es hat einen Grund, dass du hier bist.«

»Du meinst, der liebe Gott hat mich auf eine Planierraupe gesetzt und hierhergeschickt, damit ich vor meinem Alten auf die Knie falle oder wie?«

Niels Priplow legte seine Hand vorsichtig auf Ritas Arm.

»Dein Vater hat sich immer nur gewünscht, dass du ihm hilfst mit dem Gutshaus.«

Rita schob die Hand des Pastors weg.

»Mein Vater hat immer nur an sich selber gedacht. Und dabei den großen Gutmenschen gespielt. Wenn's eine Hölle gibt, dann ist die ein Gutshaus in Mecklenburg!«

»Sei nicht ungerecht, Rita. Es wäre doch wirklich eine schöne Gelegenheit, die Sache ins Reine zu bringen und um Vergebung zu bitten.«

»Den Teufel werd ich. Soll er doch verschimmeln in seinem Gutshaus. Und wenn, dann müsste er mich um Vergebung bitten für das, was er mir und meiner Mutter angetan hat.«

»Es schmerzt ihn sehr, seine Tochter verloren zu haben.«

Rita lachte kurz auf.

»Woher willst du das eigentlich wissen? Hat er auf einmal angefangen zu beten?«

»Dein Vater ist ein alter Mann.«

»Das war er schon vor dreißig Jahren. Und kümmer dich bitte um deinen eigenen Mist, Niels. Wo sind denn deine Kinder, hm? Eigentlich?«

Niels Priplow seufzte, senkte den Blick und ging wieder zur Kirche.

Ewald hatte das Gespräch beobachtet, mit heimlichen Seitenblicken, aber natürlich kein Wort verstanden. Der Mörtel im Eimer war aufgebraucht, Mirko steckte sich eine Zigarette an und setzte sich für eine kleine Pause auf die Ziegel. Ewald stieg über die Friedhofsmauer und ging zu Rita, die immer noch vor dem Grab stand. Den Namen konnte Ewald natürlich nicht lesen, aber der Stein sah bereits sehr verwittert aus.

»Sind das deine Eltern?«

Rita schüttelte den Kopf.

»Meine Großmutter. Mütterlicherseits.«

»Aber dei Mutter lebt noch, oder?«

»Wenn man das ›leben‹ nennen kann an der Seite von meinem Vater…«

Ewald wusste nicht, was Rita damit meinte. Er merkte aber, dass sie es mit ihrem Elternhaus vielleicht auch nicht viel besser getroffen hatte als er selbst.

»Aber dei' Oma hasch'd mögen, oder?«

»Jaa… War eine tolle Frau.«

Ewald sah sie mit leuchtenden Augen an.

»Mei' Opa hat mir 'zeigt, wie mr an Traktor fahrt. Bei uns im Hof. Mein Vater ist gestorben, da bin i no ned amol zwei g'wesen. Des hat mir au dr Opa erzählt, weil meine Mutter schwätzt gar ned über solchene Sachen.«

Schweigend standen die beiden nebeneinander vor dem Grab von Ritas Großmutter.

»Also bisch du do daheim in dem Dorf?«

»Ich bin hier nicht daheim, Ewald. Nicht mehr.«

»Aber im Allgäu bisch au ned daheim. Des isch scho blöd, wenn man nirgendwo daheim isch.«

»Das kannst du laut sagen.«

Ein grauer VW-Transporter kam auf den Platz vor der Kirche gefahren und hielt an, direkt neben Ewalds Raupe. Auf den Seitentüren stand »ZOLL« geschrieben, zwei Männer in grauen Uniformen stiegen aus. Der Fahrer war um die fünfzig, klein und dick, sein Kollege war jünger, hatte kurz geschnittene Haare und sah aus wie ein Kampfschwimmer auf Landgang. Rita wusste sofort, dass es Ärger geben würde.

Pastor Priplow kam aus der Kirche und ging freundlich auf die Beamten zu.

»Gott zum Gruße, die Herren.«

Der dicke Zollbeamte legte die Hand lässig an die Stirn.

»Moin, Herr Pastor, Zollfahndung, Baustellenkontrolle. Wer ist hier der Bauherr?«

Bevor der Pastor antworten konnte, hatte der jüngere Kollege, der offenbar der Chef war, die Seitentür des Transporters geöffnet, in dem es aussah wie in einem Büro.

»Wir haben Hinweise bekommen, denen zufolge hier schwarz gearbeitet wird.«

Pastor Priplow sah kurz zu Rita.

»Meine Herren, wenn Sie es Schwarzarbeit nennen wollen, dass eine Gemeinde Hand an ihr marodes Gotteshaus legt, nur weil die Kirche kein Geld hat…«

Der Dicke hob beschwichtigend die Hände.

»Gibt nun mal Vorschriften und Gesetze, und die gelten auch für Ihre Kirche.«

Er winkte Lars und Mirko zu sich heran.

»Ihr zeigt mir jetzt mal eure Sozialversicherungshefte.«

Mirko verbeugte sich mit gespielter Förmlichkeit vor dem Beamten.

»Fix bedankt, die Herren, wir sind fahrende Gesellen vom Fremden Freiheitsschacht.«

»Keine Show, Jungs. Raus mit den Wanderbüchern.«

Mirko ging auf den dicken Beamten zu.

»Kümmert euch lieber mal um die Nobelbaustellen oben an der Küste… die packen sich da ganze Wolkenkratzer hin mit illegalen Polen und Ukrainern! Aufschwung Ost, solang's nix kost! Heiligendamm sieht schon aus wie zugekackt! Geldscheißer-Ghetto!«

»Werd mal nicht frech, Junge. Her mit den Büchern!«

Murrend fing Mirko an, sein Wanderbündel aufzuknöpfen, so umständlich wie möglich.

Der kleine Zollbeamte schlich neugierig schnüffelnd um die Raupe herum. Als er dann die Motorhaube aufmachen wollte, wurde es Ewald zu bunt.

»Nix anfassen, da isch alles genau eing'stellt!«

»Zeigen Sie mal die Papiere!«

»Was wollen's denn wissen? Wie viel PS die hat oder was?«

»Kommen Sie mir hier bloß nicht auf die blöde Tour!«

»Ja mei … I hab's ned so mit Papiere … Des isch eine Fiat, aber des steht ja sowieso drauf.«

»Da steht ›Ewald Fricker‹ drauf. Und Startnummern sind sowieso unzulässig im Straßenverkehr. Das Fahrzeug ist beschlagnahmt. Wie kommt diese Schrottkiste überhaupt hierher?«

Rita hatte alles aus der Distanz beobachtet. Sie überlegte kurz, ging auf die beiden Beamten zu und drückte ihnen eine Visitenkarte in die Hand.

»Das Fahrzeug gehört der Firma Zwerger. Hier ist unsere Geschäftskarte.«

Die Zollbeamten sahen ungläubig auf die Karte.

»Aus dem Allgäu … wird ja immer doller! Wollen Sie uns für blöd verkaufen?«

Pastor Priplow berührte den kleinen Zöllner sanft an der Schulter.

»Meine Herren, vielleicht ist die Raupe ein Wink des Herrn für die Arbeit an seinem Gotteshaus.«

»Eine angemalte Raupe aus dem erzkatholischen Allgäu als ökumenischer Wink Gottes für 'n maroden Protestanten-Tempel in Mecklenburg … für wie blöd halten Sie uns eigentlich, Herr Pastor?«

Sein Kollege pflichtete ihm bei.

»Ich ruf bei der Dienststelle an, die sollen den Tieflader schicken. Beweismaterial, Schwarzarbeit. Außerdem fehlen die Schutzhelme.«

Rita atmete einmal tief durch und nahm den Hünen zur Seite.

»Ich stamme von hier, meine Großmutter liegt hier begraben. Ich habe Herrn Zwerger gebeten, sich um die Erhaltung der Kirche und des Friedhofs zu kümmern.«

Dabei sah sie den Zöllner mit einer solchen Ernsthaftigkeit an, dass der für einen Moment wirklich nicht mehr wusste, was er sagen sollte.

»Ja gut. Dann sind die Kollegen im Allgäu zuständig. Dann müssen wir nur schnell ein Protokoll aufnehmen.«

Niels Priplow strahlte über das ganze Gesicht.

»Gott wird es Ihnen danken.«

Der Hüne lachte kurz auf.

»Na, den können wir schlecht wegen Steuerhinterziehung belangen, weder hier noch im Allgäu «

Ewald machte die Motorhaube der Fiat wieder zu.

Durch die Bürofenster schien die Abenddämmerung, die Sonne ging leuchtend rot hinter den Bergen unter. Aber Karl Zwerger hatte keinen Blick dafür, er war einfach zu betrunken. Im Unterhemd wütete er durch das Büro und fütterte den Intimus 600 geradezu stumpfsinnig mit Belastungsmaterial. Der kleine Aktenvernichter war längst an die Grenzen seiner Kapazität gekommen, sein Reißwerk gab gequälte Laute von sich, als wolle es sich im nächsten Moment übergeben.

Karl Zwerger merkte in seinem Sturm und Drang gar nicht, dass die Tür aufgegangen war und seine Frau Karin mit Lipka im Büro stand. Karin trug ein elegantes schwarzes Kleid und hatte ihre Stola umgelegt, Lipka hatte sich in einen weißen Anzug geworfen. Beide beobachteten Karls Rumpelstilzereien mit stummem Amüsement. Die beiden wirkten ohnehin, als hätten sie noch etwas vor.

»Karl, willst du dir nicht wenigstens was Ordentliches anziehen?«

Karl Zwerger drehte sich erschrocken zu den beiden um.

»Lasst mich in Ruhe, ich hab zu tun!«

»Das ist uns nicht entgangen, Herr Zwerger.«

Karin und Lipka tauschten ein kurzes Lächeln aus. Karl konnte gar nicht hinsehen.

»Karl, ich bin mit Herrn Lipka die Grundstücksfrage noch einmal durchgegangen.«

»Was bist du?!«

»Hast du das Gelände an deinen Baumaschinenspezl Antesberger verschoben?«

»Das ist doch lachhaft. Misch dich nicht in Sachen ein, von denen du nichts verstehst.«

Lipka schüttelte mit gespieltem Unverständnis den Kopf.

»Herr Zwerger, ich fürchte fast, Sie unterschätzen Ihre Gattin.«

Karl grummelte ein paar unverständliche Worte.

»Also, Karl, raus damit. Noch ist es nicht zu spät.«

»Ihr könnt's mich mal! Alle beide!«

Karin machte eine entschuldigende Geste zu Herrn Lipka.

»Mein Mann hat manchmal ein etwas derbes Geschäftsgebaren.«

»Ich bin nicht mehr dein Mann! Jedenfalls nicht mehr lange.«

Lipka hob sardonisch die Hände.

»Wenn wir schon bei diesem Thema sind: Ihre Gattin hat mich gebeten, sie in der Scheidungsangelegenheit gegen Sie zu vertreten. Ich mache ja auch Familienrecht. Sozusagen Zwerger gegen Zwerger.«

Karl wusste darauf erst einmal nichts zu sagen und glotzte Lipka mit offenem Mund an. Karin setzte ihre gütigste Miene auf.

»Karl, es gibt noch Chancen, die Firma zu retten!«

Lipka nickte.

»Überlegen Sie sich das noch einmal, Herr Zwerger. Und vielleicht könnten Sie noch schnell bei diesem reizenden Herrn Tino anrufen und uns einen Tisch reservieren auf den Namen Lipka.«

Karl kämpfte gegen die unbändige Lust, Lipka kopfüber in den Intimus 600 zu stecken, auch wenn der sich an diesem Brocken endgültig verschlucken würde.

Lipka geleitete Karin wie ein Galan zur Tür und berührte sie mit der Hand dabei ganz leicht an der Hüfte. In der Tür blieb Lipka noch einmal stehen.

»Ach ja, die Zollfahndung Kempten hat mir eben eine Mail geschickt wegen einer Baustelle in Zarnewanz in Mecklenburg-Vorpommern, Verdacht auf Schwarzarbeit bei der Sanierung der Dorfkirche, fehlende Schutzhelme. Was ist denn das für eine Baustelle? Haben Sie da Kies geliefert?«

»Wo??? Zarnewanz? Was soll ich denn da droben für eine Baustelle haben? Weiß ja nicht mal, wo das ist!«

»Wie auch immer. Sie sollten jedoch zeitnah bei der Zoll-Dienststelle in Kempten vorsprechen und vor Ort eine Aussage zu dieser Angelegenheit machen. Es liegt da angeblich auch ein Protokoll Ihrer Disponentin vor, den Einsatz einer Planierraupe betreffend. Vielleicht ist das ja unsere fehlende FL 10 C.«

»Vielleicht ist's auch der Heilige Geist.«

»Meine Rede: Nur den Humor nicht verlieren. Übrigens: Hatte sich Frau Zieschke nicht krank gemeldet?«

»Leckt's mich doch am Arsch! Alle beide!«

Als Lipka und Karin draußen waren, wurde Karl Zwerger trotz seines Suffs augenblicklich klar, dass die Kacke definitiv am Dampfen war. Rita war also mit diesem Deppen von Fricker in Mecklenburg und richtete dort Unheil an. Morgen würde er diesem Spuk ein Ende bereiten. Im Moment wusste er nicht, was stärker war: seine Angst um Rita oder seine Wut auf Fricker. Er nahm sich noch einen doppelten Whiskey und haute sich auf seine Liege. Der Intimus 600 surrte kläglich vor sich hin.

Das kleine Feuer auf dem Dorfplatz war heruntergebrannt, der Mond stand leuchtend am Himmel. Sie hatten wieder mal Würstchen gegrillt, Pastor Priplow hatte selbst gebackenes Brot gebrochen. Der halbe Kasten Bier des Pastors war schnell ausgetrunken gewesen, aber Lars und Mirko hatten tatsächlich zwei Mädchen aus dem Dorf gefunden und waren mit ihnen in Richtung des kleinen Wäldchens verschwunden. Ewald saß auf der Friedhofsmauer und spielte einen traurigen Tango auf dem Akkordeon, den er einmal im Radio gehört hatte. Rita hockte vor dem Feuer und wärmte sich. Ihr kamen fast die Tränen, so schauerlich schön klang das Akkordeon unter dem Mecklenburger Sternenhimmel. Pastor Priplow kam mit zwei Gläsern Rotkäppchen-Sekt aus dem Pfarrhaus und setzte sich neben Rita.

»Auf unser schönes Gotteshaus. Danke, dass du mir heute den Kopf gerettet hast bei den Zöllnern. Der Zöllner ist ja an sich schon quasi ein biblisches Menetekel.«

Rita lächelte, aber in Gedanken war sie ganz bei Ewald und seiner Musik.

»Wir sind jetzt in einem Alter, in dem man sich überlegen muss, ob man nicht doch Kinder haben möchte. Hast du darüber schon mal nachgedacht, Rita?«

Rita schüttelte den Kopf.

»Irgendwann ist es zu spät dafür. Ein paar Kinder würden sich auch hier im Pfarrhaus gut machen, wir Evangelen dürfen ja. Und hier fehlen Frauen wie du.«

Niels Priplow fing an, ihr auf die Nerven zu gehen.

»Schön spielt er, dein Raupenfahrer. Der Tango ist Sehnsucht, vielleicht auch nach Geborgenheit. Aber für die wahre Geborgenheit braucht man jemanden, der einem intellektuell gewachsen ist.«

»Einen wie dich?«

»Ja, vielleicht. Bleib doch hier, Rita. Bring die Sache mit deinem Vater wieder in Ordnung. Schon deiner Mutter zuliebe.«

»Niels, tu mir einen Gefallen: Kümmer dich um deine Kirche, bring dein eigenes Leben in Ordnung, und gib mir bitte keine Ratschläge, wie ich mein Leben verbringen soll.«

Niels Priplow nickte und goss Rita noch einen Schluck nach.

»Gut, dass du wieder da bist. Stur warst du ja schon immer. Aber das Haupthaus und der westliche Seitenflügel sind sehr schön geworden. Es finden Konzerte statt und Ausstellungen. Wollen wir nicht mal hingehen morgen früh? Wenn du möchtest, begleite ich dich.«

»Hör auf zu predigen, Niels! Ich will meinen Vater nicht sehen und schon gar nicht um Vergebung betteln! Meine ganze Kindheit ist in diesem Gutshaus draufgegangen, uns alle hat er tyrannisiert mit dieser Ruine! Meine Mutter hat ihr ganzes Leben verkackt in diesem Gefängnis! Die hätte meinem Vater schon vor zwanzig Jahren den Krempel hinschmeißen und sich die Welt ansehen sollen, anstatt sich für dieses bescheuerte Gutshaus den Buckel krumm zu schuften! Ist doch krankhaft, eine ganze Familie zu Sklaven von einem Haufen alter Steine zu machen! Also lass mich bitte in Ruhe mit diesem Gutshaus! Das ist kein Gutshaus, das ist ein Dreckshaus!«

»Wie gesagt, Rita: Mein Haus steht dir offen. Und nicht nur mein Haus …«

»Lass mich in Ruhe! Ich hab die Schnauze gestrichen voll von Männern, die mir das Paradies auf Erden versprechen!«

Niels Priplow merkte, dass es auch für einen Geistlichen Momente gab, in denen es besser war, einfach nur den Mund zu halten. Den Rest des Rotkäppchens trank er alleine und schweigend, bevor er sich kurz nach Mitternacht ins Pfarrhaus verzog. Rita hatte sein Weggehen kaum wahrgenommen, sie war ganz und gar im Sog von Ewalds Tango versunken.

»Du hast toll gespielt. Saumäßig schön.«

Ewald lachte, das »saumäßig« aus Ritas Mund klang lustig. Das Feuer war längst ausgegangen, es roch nach Rauch und Kiefern, ein paar Grillen zirpten, und ab und zu hörte man aus dem Wäldchen entfernte Lustschreie von Lars, Mirko und ihren beiden kichernden Mecklenburgerinnen. Ewald hatte immer noch das Akkordeon auf seinen Knien.

»Da wird der Zwerger aber schön dumm schaun, wenn er dein Proto…dingsda sieht von den Zöllnern.«

»Ja, das wird er. Aber der Herr Zwerger ist ja kein armer Mann.«

»Arm schon, bloß jetzt eben ohne Porsche.«

Ewald und Rita sahen sich einen Moment lang an, dann lachten sie laut los. Drüben im Pfarrhaus wurde das Fenster geschlossen.

»Du kennst den Pastor, gell?«

»Bin hier in der Gegend groß geworden…«

»Und was ist das mit diesem Gutshaus?«

»Ach, hör auf…«

»Jetzt sag halt…«

Rita seufzte einmal tief.

»Das Lebenswerk meines Vaters, ein altes Gutshaus, ein Riesenschuppen, zehn Kilometer von hier. Er wollte immer ein Hotel und ein Kulturzentrum draus machen, und wir mussten alle mithelfen. Immer nur schuften, jede Mark und jeder Cent wurde in die Ruine gesteckt. Es war die Hölle, vor allem für meine Mutter. Wir haben uns nur noch angeschrien, mein alter Herr und ich. Und dann bin ich abgehauen, im Zorn, und hab den Traumprinzen geheiratet.«

»Und wo hast den jetzt, den Prinzen?«

»War kein Traumprinz, das war ein Alptraum-Arsch. Hab's nur zu spät gemerkt. Dann hab ich noch ein paar Nieten gezogen, und irgendwann bin ich ins Allgäu gekommen.«

»Und seitdem warst nimmer hier droben…«

»Und ich gehe da auch nicht mehr hin. Schluss jetzt damit.«

»Ist ja auch saumäßig weit droben.«

Ihre Blicke trafen sich, Rita nahm sanft das Akkordeon von Ewalds Schoß.

»Halt mich fest.«

Zögernd legte Ewald seinen Arm um Rita und zog sie vorsichtig zu sich heran. Er getraute sich gar nicht anzusehen, was er da tat, und guckte einfach auf den Boden. Eine viertelstündige Ewigkeit mochten sie so gesessen haben, als Rita ihm sanft über den Kopf streichelte.

»Gib mir einen Kuss.«

»Ich weiß gar nicht, wie das geht. Ich versteh da nicht so viel davon …«

»Da muss man gar nichts verstehen, das spürt man einfach. Wie Musik machen, oder?«

Da drehte sich Ewald zu ihr hin und küsste sie. Erst war es fast nur ein Hauch von Berührung, aber nach und nach wurde sein Mund forscher. Auch seine Hände packten zu, und es war ein bisschen für ihn, als wäre es genau das, wonach er sich immer gesehnt hatte.

»Was bist du eigentlich? Ein verwunschener Prinz oder was? Du küsst ja wie der Teufel!«

»Der Teufel küsst wahrscheinds auch besser wie ein Pfarrer.«

»Spinnkopf.«

Rita zog ihn wieder zu sich heran, und das Spiel der Lippen begann von Neuem. Diesmal wurde es noch wilder, Rita ließ ihre Hand unter Ewalds Hemd gleiten, und was sie dort ertastete, gefiel ihr.

»Jetzt musst aber aufhörn, Rita, sonst …«

»Sonst was?«

»Sonst passiert noch was. Ich kenn das …«

»Und wenn schon, dann passiert's eben. Ich kenn das auch. Aber nicht hier.«

Rita löste sich von Ewalds Schoß und zog ihn mit der Hand hinter sich her.

»Komm.«

Hinter der Kirche stand, vermutlich übrig geblieben von diversen Sanierungsmaßnahmen, ein alter Bauwagen. Rita spähte hinein, ob sich nicht etwa die beiden Wandergesellen mit ihren Mädchen hier schlafen gelegt hatten, aber der Wagen war leer und sogar leidlich sauber.

»Komm schon, da ist keiner.«

Ewald ging genau bis zur kleinen Treppe des Bauwagens, dann blieb er stehen wie angewurzelt.

»Was ist denn?«

»Ich weiß schon, was jetzt kommt, aber ich kann das nicht.«

»Hast du's schon mal versucht?«

»Eben drum. Da bin ich dann auf'm Marktplatz g'landet und hab mir eine Ohrfeige eing'fangen …«

Rita hatte keine Ahnung, was Fricker damit meinte, es war ihr auch scheißegal. Sie wollte jetzt diesen Mann nur spüren, näher, dichter, bei ihr, auf ihr und wenn sie ehrlich war, auch tief in ihr drinnen.

»Mach einfach die Augen zu!«

Ewald schloss die Augen und versuchte, sich gehen zu lassen.

»Ich kann das nicht.«

»Dazu muss man nichts können. Lass dich einfach fallen.«

Mit einem Ruck machte Ewald sich los und lief einfach davon. Er rannte, als wäre der Leibhaftige hinter ihm her, quer über den Dorfplatz, an der Kirche vorbei, immer weiter in die Nacht hinein.

»Ewald!«

Rita begriff nicht, was los war und ob sie vielleicht ein falsches Wort gesagt hatte. Dann rannte sie ihm hinterher, aber in der Dunkelheit sah sie nur schemenhaft, wohin Fricker verschwunden war. Plötzlich hörte sie ein Geräusch, wie wenn ein Moped angetreten wurde, zweimal. Dann heulte ein Zweitaktmotor auf, und ein paar Sekunden später raste Ewald auf einem alten Schwalbe-Moped an ihr vorbei, die Dorfstraße entlang, quer über den Kirchplatz und dann genau in Richtung Norden. Rita versuchte noch, dem Moped nachzulaufen, nach ein paar Schritten erkannte sie aber die Sinnlosigkeit ihres Tuns.

»Rita?«

Sie drehte sich um, Niels Priplow stand halbnackt am obersten Fenster des Pfarrhauses.

»Alles in Ordnung mit dir? Hat er dir was getan?«

Rita sah wieder in die Richtung, in der Ewald verschwunden war, immer noch hörte sie den Zweitaktmotor in der sternenklaren Mondnacht.

»Rita, komm rein, wir trinken noch etwas und reden.«

»Lass mich in Frieden, Niels!«

Traurig senkte sie den Kopf und ging zur Raupe, die immer noch vor der Kirche stand. Beinahe wäre sie über Ewalds Akkordeon gestolpert, das neben dem Feuer auf dem Boden lag. Sie hob es auf und wusste, dass er es brauchte. Und sie wollte auch nicht einsehen, dass das jetzt das Ende dieser komischen Reise gewesen sein sollte. Ein klein bisschen hatte sie auch Angst, Ewald könnte sich etwas antun. Sie legte das Akkordeon vorsichtig in den Koffer, hob ihn auf die Raupe, stieg auf, ließ die Maschine an und fuhr los, genau in die Richtung, in der Ewald verschwunden war. Und es klang schon fast wie ein Hohn, als sie aus dem Wäldchen hinter dem Friedhof ein Stöhnen hörte, das nur von Mirko stammen konnte, der röhrte wie ein brünstiger Hirsch.

7

Die Sonne stand noch sehr tief, als Karl Zwerger die Tür des alten Schuppens aufwuchtete, am Rand der Wiese, die sich nach Westen hin an das Kiesgrubengelände anschloss. Karl war früh aufgestanden, hatte sich einen starken Kaffee gegen seinen schweren Kopf gemacht und war in seine alte graue Fliegerkombi geschlüpft. In dem Schuppen stand sein Cosmos-UL-Trike, ein schwerkraftgesteuertes Ultraleichtflugzeug mit einem Rotax-Zweitaktmotor. Karl war schon geraume Zeit nicht mehr damit geflogen, aber wenn der Rotax anspringen würde, dann brächte er die Cosmos auch in die Luft. Schwitzend zerrte er das Fahrgestell und die Tragfläche nach draußen auf die Wiese und machte sich daran, das Gerät aufzurüsten.

Eine halbe Stunde später war er so weit. Aus einem Kanister füllte er den Tank bis zum Kragen auf. Damit konnte er gut dreieinhalb Stunden in der Luft bleiben und kam etwa 450 Kilometer weit, wenn er keinen wesentlichen Gegenwind hatte. Er würde also einmal landen und nachtanken müssen.

Gerade wollte er probeweise das Starterseil ziehen, als plötzlich Lipka neben ihm auf der Wiese stand. Lipka hatte immer noch den weißen Anzug an und sah aus, als habe er die Nacht ohne wesentlichen Schlaf verbracht.

»Herr Zwerger, ich glaube, es wird Zeit, dass wir mal Klartext reden.«

Karl flutete den Vergaser und zog das Starterseil einmal durch, ohne die Zündung eingeschaltet zu haben, um den Motor erst mal mit Sprit zu versorgen. Lipka fummelte ein Stück Papier aus der Innentasche seines Sakkos.

»Ich habe hier einen Überweisungsträger gefunden: Da haben Sie die Sozialversicherung für Ihre Mitarbeiter überwiesen. Von einem Konto, das ich bislang gar nicht kannte. Und da habe ich Geld gefunden, Herr Zwerger. Eine Menge Geld.«

Karl flutete den Vergaser nochmals, ohne Lipka anzusehen.

»Ich würde mir wünschen, Sie hätten auch etwas vom entgegenkommenden Wesen Ihrer Gattin.«

»Verschwinden Sie, Lipka.«

Der Konkursverwalter dachte gar nicht daran zu verschwinden.

»Wie Sie wollen, Zwerger, dann eben hier. Ihr Konkurs ist Murks. Sie haben sämtliche Vermögenswerte beiseitegeschafft, ziemlich dilettantisch übrigens.«

Karl ließ vom Vergaser ab. Lipka dozierte weiter.

»Ich stehe jetzt vor folgender Sachlage: Entweder ziehe ich das mit Ihrer Frau durch, lasse alles auffliegen, und Sie bluten. Aber richtig.«

Karl überlegte kurz.

»Oder?«

»Oder wir beide machen das gemeinsam, ohne Ihre Frau, fifty-fifty. Ich fasse noch einmal zusammen: entweder fifty-fifty, oder ich übergebe die Sache morgen früh dem Staatsanwalt: ›Betrügerischer Konkurs‹. Da freut der sich. Sie haben sozusagen freie Auswahl, Herr Zwerger.«

»Haben Sie mit meiner Frau geschlafen, Lipka?«

»Mit Ihrer Exfrau? Ach, Zwerger, das ist für die Sachlage völlig unerheblich. Aber wenn Sie schon fragen: Ein wenig ausgehungert kam sie mir vor.«

Da war wieder dieses Lächeln, das Karl so auf die Nerven ging.

»Herr Zwerger, meine Präferenz wäre: Wir machen das gemeinsam und sehen zu, was optimal herausspringt. Für jeden von uns. Ohne dass uns da strafrechtlich etwas um die Ohren fliegt. Diesen Part übernehme ich, und um die Befriedigung Ihrer Gattin kümmere ich mich auch. Sie können sich ja dann Ihrer reizenden Frau Disponentin widmen. Ich mag es übrigens nicht, wenn man mich für blöd verkauft. Den Porsche können Sie behalten.«

Karl Zwerger zeigte auf den Schuppen.

»Kommen Sie, dann reden wir wie Geschäftsleute.«

»Na also, Herr Zwerger. So mag ich's.«

Karl machte die Tür des Schuppens auf und ließ Herrn Lipka den Vortritt.

»Haben Sie da drin auch noch ein Büro? Das mit den ›richtigen‹ Akten?«

»Sozusagen. Nach Ihnen ...«

Lipka ging in den Schuppen, Karl folgte ihm und schloss die Tür. Dann ging alles sehr schnell. Mit zwei Hieben hatte Karl den Konkursverwalter am Boden und fesselte ihm mit zwei alten Stricken Beine und Arme auf den Rücken. Über den Mund bekam er ein Stück Heavy-duty-Klebestreifen, wie Ultraleichtflieger es immer im Gepäck haben.

»Jetzt kannst du die Sachlage analysieren, du Hennen-Scheißer, du blöder! Zeitnah und vor Ort, bis du schwarz wirst! Vielleicht ist ja meine Ex so ausgehungert, dass sie dich suchen kommt!«

Karl Zwerger lachte, verließ den Schuppen, schlug die Türen zu, verrammelte sie und warf den Schlüssel so weit er konnte in die Wiese hinein.

Er schnallte einen Plastikkanister voll Sprit mit zwei Transportriemen unter den Motorträger der Cosmos, flutete nochmals den Vergaser und zog die Starterleine. Schon beim zweiten Versuch schnurrte der Rotax-Zweitakter wie ein Eichhörnchen auf Viagra, das nur nach oben wollte.

Rita war fast die ganze Nacht durchgefahren, aber kurz vor Sonnenaufgang waren ihr die Augen zugefallen. Sie hatte die Raupe an den Straßenrand gelenkt, sich die Decke genommen und geschlafen. Als sie aufgewacht war, mochte es kurz vor Mittag gewesen sein, und Rita hatte noch geschätzte zwanzig Kilometer vor sich. Ein Katzensprung, selbst mit einer Planierraupe, vor allem wenn sie bedachte, wie weit das Allgäu weg war, samt Karl und seinem Konkurs. Trotz allem hatte sie den Spaß am Steuern der Raupe nicht verloren. Nur war sie mittlerweile bereits so routiniert an den Hebeln, dass die trüben Gedanken wieder frech wurden und versuchten, ihr von hinten ins Hirn zu kriechen. Wieder wollten sie ihr einflüstern, dass ihr Leben bis jetzt nichts als eine Summe des Scheiterns gewesen war. Aber Rita dachte gar nicht daran, sich wieder klebrige Finger zu holen an der Zuckerwatte der Schwermut. Rechts der Straße sah sie ein Maisfeld, zog den rechten Hebel und brach in Zickzacklinien durch die Stauden wie eine Sau durchs Unterholz. Danach fühlte sie sich leicht und beschwingt. Schon gut, wenn man eine Raupe samt Maisfeld hatte statt eines nölenden Kassentherapeuten wie die meisten Menschen in diesem Lande.

Gegen Nachmittag kam Rita auf dem Flugplatz Peenemünde an. Das Areal war beeindruckend, sowohl von seiner Größe als auch seiner Lage. Nach dem Mauerfall war sie mit ihren Eltern ein paarmal dort gewesen, auf der alten löchrigen Beton-Landebahn hatten ein paar vereinzelte Segelflugzeuge und drei einmotorige Cessnas mit verwitterter Lackierung herumgestanden. Ein kleines handgemaltes Holzschild verwies auf ein Museum zur Geschichte des Flugplatzes, auf dem Hitler seine Wunderwaffe gegen den Rest der Welt dann doch nicht termingerecht hatte fertigschustern können. Die Russen, die das Gelände während der DDR-Zeit als Flugplatz für ihre MIG-Jagdbomber genutzt hatten, waren längst in die Tiefen der russischen Taiga und Tundra verschwunden. Dafür herrschte jetzt ein Massenauftrieb von schwerem Erdbewegungs-Gerät aus dem Baumaschinensektor.

Schon aus der Entfernung hatte Rita das große Transparent gesehen, das über dem verlassenen Wachhäuschen gespannt war:

1. DEUTSCHE MEISTERSCHAFT
PRÄZISIONSPLANIEREN

Rita konnte sich ein Grinsen nicht verkneifen: Das war also wirklich die erste deutsche Meisterschaft in dieser Disziplin, und sie lief nun mit einer Raupe hier auf. Ausgerechnet sie, die sie vor gerade mal 17 Stunden zum ersten Mal im Leben überhaupt auf so einem Gerät gesessen hatte.

Viel lieber hätte Rita allerdings im Moment gewusst, wo Ewald steckte. Sie ging eigentlich davon aus, dass er auf dem Gelände sein musste, wo sonst sollte er mit dem Moped hingefahren sein. Und wo sonst sollte sie den Mann suchen, wegen dem sie quer durchs ganze Land gefahren ist und der dann nachts im schönsten Moment mit einem klapprigen Moped durchgebrannt war.

Rita bemerkte natürlich die Blicke der anderen Raupenfahrer, als sie über das Gelände fuhr. Sie hatte nicht geahnt, dass es so viele Planierraupen und zu sportlichen Zwecken hergerichtete Baumaschinen gab. Es mochten bestimmt an die fünfzig Fahrzeuge sein, für Zahlen hatte sie schon immer einen Blick gehabt. Die meisten der Geräte sahen modern aus und fabrikneu wie frisch aus einem Spielzeugladen für Männer. Auf einem Komatsu-Radlader war gar ein Pin-up-Girl aufgemalt, und zwar so kunstvoll, dass es Rita schauderte beim Gedanken daran, was es gekostet habe musste. Der Kerl, der auf dieser Komatsu saß, sah allerdings so aus, als sei er noch nie einer leibhaften Frau so nahe gekommen wie der Airbrush-Amazone auf seiner Motorhaube.

Manche der Maschinen standen noch auf Tiefladern, andere wurden schon heftigst bewegt. Es sah aus, als machten die Fahrer Aufwärmübungen mit ihren Geräten: Sie gaben Vollgas, bremsten ab, hoben und senkten die Schaufeln, ließen die Fahrzeuge auf der Stelle drehen, dass der Kies nur so spritzte, oder machten regelrechte Kunststückchen. Ein Mann mit langen Haaren, der eine enge silbergraue Kombi trug, samt seinen Initialen am Revers, ließ seine Liebherr-Raupe, eine nagelneue PR 754 Litronic mit 340 PS, quasi herumhüpfen, als wolle er die Gesetze der Schwerkraft aufheben. Er drehte mit dem Fahrzeug auf der Stelle, gab Gas, bremste dann urplötzlich ab, gab wieder Gas, bis die Litronic sich bei jedem Lastwechsel immer weiter aufschaukelte und schließlich herumhüpfte wie ein eiserner Geißbock auf Koks. Vielleicht gab es ja hier eine Disziplin »Raupentanz«, dachte Rita, und als eine, die jetzt selbst mit einem Kettenfahrzeug fuhr, wusste sie, wie viel Übung hinter solchen Figuren stecken musste.

Die meisten der Fahrer trugen Rennanzüge aus synthetischem Material und kamen Rita vor wie Eisschnellläufer, die in einen Farbtopf gefallen waren. Beim zweiten Blick bemerkte Rita, dass am Steuer eines besonders wild herumhopsenden Radladers eine junge Frau saß, deren langes blondes Haar unter einem Sturzhelm hervorquoll.

Sofort war Rita klar, dass die Fiat-Allis, auf der sie saß, der älteste Schrott der ganzen Veranstaltung war. Sie spürte die mitleidigen Blicke, merkte, wie sie belächelt wurde. Auch wenn Rita nur ein paar Kilometer von hier entfernt aufgewachsen war und den Menschenschlag zu kennen glaubte, kam ihr das Volk auf dem Areal fremd vor. Sie war vor Jahren hier weggelaufen, weil sie es zuhause nicht mehr ausgehalten hatte, aber die Menschen hier schienen sich verändert zu haben. Viel hatte sich getan seit der Wende, Rita sah den Leuten an, dass sie krampfhaft nach einer Identität suchten, und so mancher hatte sie wohl irgendwo zwischen den bunten Baumaschinen gefunden. Auch viele von denen, die nicht selbst auf Raupen, Radladern oder Schaufelbaggern saßen, wirkten wie verkleidet: Überall sah Rita Anlehnungen an Western-Kostüme, wie sie auch auf den letzten Katalogseiten der Ausrüster für Arbeitsbekleidung angeboten wurden. Rita kannte diese Kataloge aus dem Büro und hatte sich immer schon gewundert, was Cowboy-Hüte, Cowboy-Stiefel und Cowboy-Krawatten mit Arbeitskleidung zu tun haben sollten. Aus einem Factory Outlet für Arbeitsbekleidung schien es Cowboy-Stiefel, Stetson-Hüte und Texas-Dirndl auf die Mecklenburger Caterpillar-Community niedergehagelt zu haben.

Überall waren Imbissbuden aufgebaut, die Currywürste, Pizza, Pommes frites, Bouletten und auch Räucherfisch anboten. Ein paar Männer in amerikanischen Tarnanzügen hatten eine alte Gulaschkanone der Nationalen Volksarmee angeheizt, ein paar Harley-Davidson-Fahrer um ihre Motorräder herum ein Lager mit Bierbänken errichtet und eine eigene Bierzapfanlage mitgebracht. Das Ganze hatte eine ausgemachte Volksfest-Atmosphäre, für Kinder gab es die obligatorischen Hüpfburgen, Wurfbuden und sogar ein paar alte Feuerwehrspritzen, um sich gegenseitig nass zu machen.

Über allem lag der Geruch von Geräuchertem und altem Fritteusen-Fett, drei bärtige Männer in Cowboy-Klamotten machten Musik mit Elektrogitarren und einem elektronischen Schlagzeug und sangen über scheppernde Lautsprecher das unvermeidliche »Country-Road, take me home, West-Virginia, Mountain-Mama …«, auch wenn es im Umkreis keinen einzigen Berg gab und hier definitiv nicht West-Virginia war, sondern Ostvorpommern.

Nur einer war in all dem Trubel nicht zu entdecken: Ewald Fricker. Rita hielt die Raupe an und stieg auf die Motorhaube, um nach Fricker Ausschau zu halten. Zwei alte Männer blieben grinsend vor der Fiat stehen, sie hatten noch die alten Hornbrillen auf und die blauen Schiffermützen, die damals vom VEB-Textilwarenwerk Wöbbelin hergestellt worden waren.

»Ein' Wettbewerb für Schrottfahrzeuge gibt's hier aber nicht, min Deern!«

Rita ließ die zwei alten Deppen reden, und Ewald Fricker kam ihr plötzlich in diesem Ambiente vor wie der normalste Mensch auf der Welt.

Sie entdeckte einen Verkaufswagen, auf dessen Dach ein Schild mit der Aufschrift »Rennleitung« angebracht war. Rita fuhr zu dem Wagen, stellte die Raupe ab und gab dem mausgesichtigen Mann hinter dem Tresen das Anmeldeformular, das sie dem Schorsch hinter der Kiesgrube abgenommen hatte.

Der kleine Kerl in seinem grauen Fischgrätjackett sah sie kopfschüttelnd an mit unverhohlener Missbilligung.

»Nee, nee, nee. Was soll'n das? Fehlt ja der Eingangsstempel! Ohne Eingangsstempel keine Startnummer. Wär ja noch schöner, könnte ja jeder kommen!«

Ein Schwall von Heimatgefühl stieß Rita auf, diese Sorte Wichtigtuer kannte sie, die alten Stasi-Molche, die sich jetzt als die Erfinder der Freiheit ausgaben, aber die Unfreundlichkeit auf Lebenszeit gepachtet hatten.

Doch so schnell ließ Rita sich nicht abwimmeln.

»Entschuldigen Sie bitte, aber das ist ein Notfall. Der Mann ist bis vom Allgäu hier raufgekommen mit der Fiat, per Kette. Der muss unbedingt mitmachen beim Präzisionsplanieren! Drücken Sie doch ausnahmsweise mal ein Auge zu, bitte.«

Statt eines Auges presste der Mann die dünnen Lippen eng aufeinander und schüttelte den Kopf mit kleinen hektischen Bewegungen wie eine Echse. Auch die Hautfalten, die ihm am Kinn herunterhingen und beim Schütteln des Kopfes mitschwangen, erinnerten an ein bulimisches Reptil.

Rita musste sich zusammenreißen, um freundlich zu bleiben. Hinter ihr standen schon einige andere Raupenfahrer und verfolgten den Dialog neugierig. Einer von ihnen war ein Hüne mit Bart, dessen blaue Arbeitskombi übersät war mit aufgenähten Badges. Die Kombi trug er bis zur Hüfte geöffnet, die Ärmel hatte er um seinen Bauch gebunden. Seinen Oberkörper verdeckte nur ein dünnes muscle-shirt, das diesen Namen wirklich verdiente. Natürlich fehlten auf den Muskeln auch die Tätowierungen nicht, es waren ausschließlich Planierraupen verschiedener Bauart, und Rita hoffte nur inständig, dass der Mann nicht ihr kleines Tattoo auf der Schulter entdecken und sie anquatschen würde. Dann sah sie ihm in die Augen, und die waren blau und ganz im Gegensatz zu seinem monströsen Körper freundlich und sanft. Er nickte ihr fast unmerklich zu. Rita wusste nicht, was sie davon halten sollte, und wandte sich wieder der kleinen Rennleitungsechse im Wagen zu.

»Bitte, lassen Sie den Mann doch mitfahren.«

Jetzt zitterten die dünnen Lippen fast vor Wut.

»Ich hab Ihnen doch schon dreimal gesagt, das geht nicht. Was glauben Sie eigentlich, wer Sie sind, Frollein? Verschwinden Sie, und halten Sie hier nicht den ganzen Betrieb auf.«

Rita überlegte krampfhaft, wie sie die Echse doch noch umstimmen könnte, als sich der Hüne nach vorne beugte und das Anmeldeformular in die Hand nahm.

Er sah Rita fragend an und zeigte auf die Raupe.

»Mit dieser ollen Fiat-Allis?«

Rita nickte.

»Und der ist von Süddeutschland damit hier raufgefahren?«

»Ja.«

Der Tätowierte lachte aus vollem Hals, aus seinen blauen Augen blitzte der Schalk. Er beugte sich neben Rita zum Rennleiter und legte ihm den Zettel hin.

»Gib ihm 'ne Startnummer.«

»Ja aber …«

»Mach's einfach. Der fährt mit. Klar?«

Aus dem Mund des Rennleiters kam nur ein kleinlautes »Ja«, dann nahm er seinen Stempel und drückte ihn widerwillig auf das Anmeldeformular.

Der Hüne reichte Rita den Zettel wieder, mitsamt den Unterlagen für die Teilnehmer und der Startnummer.

»Um drei geht's los. Wo ist'n dein Kerl?«

»Der kommt dann schon. Der ist noch …«

»Schon klar. Viel Erfolg.«

»Danke.«

Rita nahm die abgestempelte Anmeldung und die Klebefolie mit den Startnummern, stieg auf die Raupe und fuhr los, ganz langsam durch das Gewühl. Sie merkte, wie die Blicke sie verfolgten, und ein paar Kerle konnten es nicht lassen, ihr hinterherzupfeifen, als wollten sie sich für eine Frauenquote im Planierraupensport stark machen. Ewald jedoch war nirgends zu sehen.

Nachdem sie dreimal kreuz und quer durch das Gewühl gefahren war, lenkte Rita die Fiat zu der alten Betonlandebahn des Flugplatzes. Einer Eingebung folgend fuhr sie die Betonpiste entlang, in Richtung Norden, dorthin, wo die Bahn ein paar Meter vor der Ostsee endete. Hier war kein Mensch zu sehen, aus dem Beton wuchsen kleine grüne Sträucher, die Hangare und Shelter entlang der Bahn waren verlassen, manche schienen bereits zusammenzufallen. Und dennoch war dies ein Ort ganz nach Ritas Geschmack fürs Morbide, die Einsamkeit tat ihr wohl, die Ruhe gefiel ihr tausendmal besser als das Gelärme und Gewusele drüben beim Fahrerlager, von wo noch immer die mit sächsischem Idiom geschwängerten Westernklänge herüberwaberten. Die Fiat schnurrte ohne einen Hauch von Stottern an der Piste entlang, und Rita musste für einen Moment kichern, als ihr die Textzeile wieder in den Sinn kam: »Country Road, take me home«. Eine Landstraße war die Startbahn nun wirklich nicht, und ihre alte Heimat wäre der letzte Ort gewesen, an den sie jetzt gewollt hätte. Der Wind blies ihr von der Ostsee her entgegen, von hier sah es aus, als verschwinde der Beton der Bahn direkt im Meer.

Als sie fast am Ende der Bahn angelangt war, entdeckte sie etwa hundert Meter entfernt am Nordost-Rand des Areals einen vergammelten Bauwagen, an dem ein altes Moped lehnte.

Rita stellte die Raupe neben dem Bauwagen ab, nahm den Koffer mit dem Akkordeon und stieg herunter.

Ewald saß am Strand, hatte die Füße im Wasser und sah stumm aufs Meer hinaus, als hätte er die Raupe nicht kommen gehört.

»Hier, das hast du vergessen.«

Rita legte den Koffer hinter Ewald ins Gras und setzte sich neben ihn.

Das kleine Schweigen des Wiedersehens dauerte ein paar Minuten.

Dann hielt es Rita nicht mehr aus. Sie nahm die abgestempelte Anmeldung aus ihrer Tasche.

»Um drei geht's los. Du kannst mitfahren.«

»Hab kei' Lust. Bringt doch eh nix.«

Rita glaubte, sich verhört zu haben.

»Um drei geht's los.«

Ewald schüttelte nur den Kopf wie ein bockiges Kind.

»Spinnst du?«

Ewald drehte zum ersten Mal, seit sie da am Wasser saßen, den Kopf zu Rita und sah sie konsterniert an. Und das war genau das, was Rita jetzt nicht brauchte.

»Pass mal auf: Du setzt auf der Stelle deinen Arsch auf

diese verdammte Raupe und fährst dieses beschissene Rennen! Ich fahr doch nicht quer durch Deutschland, ruiniere mir meine Klamotten, den Porsche und meine Karriere, nur dass du jetzt sagst, du hast keine Lust! Schau, dass du augenblicklich raufkommst auf das Ding!«

Ewald sah Rita lange an, dann nickte er fast unmerklich.

Der Wettbewerbs-Parcours war mit einem rotweißen Band abgesperrt. Davor standen acht Planierraupen peinlich genau ausgerichtet auf der Startlinie. Rita sah, wie eine große fabrikneue Liebherr-Maschine direkt auf den Platz neben Ewald auf seiner Fiat rollte. Auf deren Fahrersitz hockte der Hüne, der Ewalds Anmeldung zur Abstemplung verholfen hatte. Der Mann winkte ihr zu, und fast im selben Moment fiel der Startschuss.

Ewald hatte einen guten Start erwischt, aber die anderen hielten mit. Rita, die direkt an der Start-und-Ziel-Linie stand, bemerkte sofort, dass hier ein anderes fahrerisches Niveau herrschte als beim Betriebswettbewerb in Zwergers Kiesgrube. Und es war offensichtlich, dass die anderen Fahrer über Material verfügten, das um Klassen besser war als die alte Fiat-Allis, die Ewald Fricker unter dem Hintern hatte. Aber Ewald ließ sich davon nicht beirren. Er schien seine Konkurrenten gar nicht wahrzunehmen, er tanzte mit seiner Fiat durch den Kies, als schwebe er in seiner ganz eigenen Wolke, als schöbe nur er ganz allein hier seinen Kieshaufen mit der Schaufel flach, als spielte keine Country-Band aus übersteuernden Lautsprechern und als gäbe es keine knapp zweitausend Zuschauer auf dem Gelände, die laut skandierend in die Hände klatschten und mit Vuvuzuelas tröteten. Nicht einmal Rita schien er wahrzunehmen. Ewalds starke

Arme führten die beiden Hebel kraftvoll und sanft zugleich, seine Füße tänzelten auf den Pedalen, und es sah aus, als singe er seiner Fiat-Allis direkt ins Getriebe und in die Hydraulik, wie sie sich zu bewegen hatte. Der ganze Kerl und seine Maschine waren eine rollende und stampfende Einheit, die nur eins zum Ziel hatte: den vorgegebenen und genau abgemessenen Haufen Kies so schnell wie möglich glattzuschieben.

Nach ein paar Minuten sahen Rita, die zweitausend anderen Zuschauer und der bleiche echsengesichtige Rennleiter, dass Ewald bereits einen Vorsprung hatte, den die anderen nie wieder aufholen konnten. Nur der Hüne auf der Liebherr lag nahezu gleichauf mit Ewald, sein scheinbar spielerischer Umgang mit dem kleinen Joystick, mit dem die Liebherr gesteuert wurde, stand in einem absurden Kontrast zu seinem großen Körper und seinem martialischen Aussehen. Sowohl der Hüne als auch Ewald Fricker hatten ihre Haufen fast zur Gänze niedergemacht, als der Hüne kurz über seine Schulter nach hinten zu Rita blickte und ihr zuzwinkerte.

Und genau während dieser kleinen Verzögerung hatte Ewald seinen Hügel final glattplaniert und jagte aus einer letzten Drehung heraus direkt zur Ziellinie. Der Hüne auf der Liebherr setzte ihm nach, durch die stärkere Motorleistung holte er auf, aber Ewalds Vorsprung war gerade noch so groß, dass er sich als Erster über die Ziellinie retten konnte und die schwarzweiß karierte Zielflagge direkt hinter ihm niederging. Rita wischte sich verschämt zweieinhalb Freudestränen aus den Augen.

Zwanzig Minuten später stand Ewald zusammen mit dem Hünen und einem durchtrainierten jungen Mann, der Dritter geworden war, auf dem aus Holz zusammengezimmerten Siegerpodest. Ewald war ganz oben in der Mitte, wo mit roter Farbe die »1« aufgemalt war. Dennoch überragte ihn der Hüne auf der Nummer »2« um mindestens eine Kopfeslänge. Die Country-Band spielte einen Tusch. Mit missmutigem Gesicht überreichte der Rennleiter Ewald den Pokal und murmelte dabei etwas, das nur mit großzügigster Auslegung als Glückwunsch verstanden werden konnte. Ewald hob den Pokal nach oben, tosender Applaus brach los. Der Hüne ließ einen Champagnerkorken knallen, spritzte Ewald von oben bis unten nass und haute ihm kameradschaftlich auf die Schulter. Dann drehte er sich zu Rita um und machte das Victory-Zeichen. Neben Rita stand ein kleiner Junge, der vielleicht acht Jahre alt war, und klatschte so fest in seine Hände, dass sie ihm fast weh tun mussten. Ewald winkte den Jungen zu sich heran.

»Willst auch mal Raupe fahren, später, wenn du groß bist?«

Der Junge nickte eifrig.

»Pass auf, dann schenk i' dir den Pokal, und wenn du groß bist, dann gewinnst auch einen. Versprochen?«

»Versprochen.«

Ewald drückte dem Jungen den Pokal in die Hand. Jetzt grölte die Menge, die Country-Band spielte »Glory Glory Hallelujah«, und das Volk sang mit. Rita wischte sich noch eine Träne aus den Augen. Dann stieg sie auf das Podest und nahm Ewald in den Arm.

Stumm saßen Ewald und Rita nebeneinander hinter dem alten Bauwagen und sahen auf das Meer hinaus, während der Ostwind in ihren Haaren spielte. Vom Festplatz trug der Wind sporadisch Fetzen von Musik und Geschrei herüber, die Party war in vollem Gange, Brot und Spiele, diesmal eben mit Baumaschinen, Currywurst und Räucherfisch. Hin und wieder hörte man ein Raupentriebwerk röhren, vereinzelt stiegen auch schon mal Feuerwerkskörper, die es nicht erwarten konnten, in den Sommerhimmel.

»Glückwunsch, Ewald. Du hast gewonnen.«

»Grad schon egal. Ich hab sowieso mal wegmüssen von daheim.«

Rita nickte. Das Gefühl, ausbrechen zu müssen, war auch ihr nicht fremd.

»Und heute Nacht? Warum bist du da weggerannt?«

Ewald sah wortlos aufs Meer hinaus, als sei er der einzige Mensch auf der Welt.

»Was war das heute Nacht? Habe ich irgendwas falsch gemacht? Habe ich dir irgendwas getan?«

Rita mochte es nicht, dass Ewald wieder neben ihr saß wie ein taubstummes Stück Trockeneis. Ein halbes Leben lang hatten ihr die Männer ungefragt den Kopf vollgequatscht, und nun gab es wirklich etwas zu reden, und ausgerechnet der Kerl neben ihr brachte das Maul nicht auf.

»Du, ich hab wegen dir mein halbes Leben samt Prinzipien über den Haufen geschmissen, und du sagst mir jetzt bitte gefälligst, was gestern Abend los war!«

Ewald schwieg, bockig wie ein kleiner Allgäuer.

»Ich mag dich, merkst du das nicht?«

»Mich hat noch nie eine mögen!«

»Kein Wunder, wenn du das Maul nicht aufbringst!«

»Was soll einer schon reden, der eh bloß der Depp ist für alle?«

»Und du meinst, ich mag Deppen?«

Rita lachte laut auf, legte ihre Hand vorsichtig auf Ewalds Arm und hielt ihn fest.

Leise fing Ewald an zu erzählen.

»Ich weiß schon, dass ich kein Depp bin. Und jetzt, nach der Fahrt da rauf, erst recht. Aber es war halt immer das Einfachste, so zu tun, als wäre man der Depp, seitdem das passiert ist, damals …«

»Seit was passiert ist?«

Ewald sprach sehr leise, der Wind blies, aber Rita saugte jedes Wort in sich auf.

»Einmal, beim Dorffest, ich hab Musik gemacht. Maria hat sie geheißen, die war aus 'm Nachbardorf. Und ich hab ihr was vorg'spielt, und dann haben wir geredet, und dann hat sie mich in den Arm genommen. Und dann sind wir halt in so einen Bauwagen nei, beim Zwerger in der Kiesgrub, weil bei mir daheim war ja mei' Mutter, und ihr Vater, das war so ein zug'reistes Arschloch. Und dann hat sie mir in dem Wagen drin was vorg'lesen, und ich hab g'spielt dazu. Und dann hamm wir uns … weißt schon … mit küssen und so …«

Rita nickte.

»Ja, ich weiß. Und dann?«

»Aber dann war halt der Marktplatz-Fez.«

»Der was?«

»Mei, der Bene und die anderen, die hamm uns entdeckt, hamm den Bauwagen zug'nagelt und mit 'm Radlader auf'n Marktplatz von Ratzisried gezogen … und so ein blödes Schild dran g'nagelt, von draußen, dass man nicht stören sollt … dann hamm natürlich alle g'wusst, was wir zwei da drin machen … oder halt machen wollten …«

Rita waren dörfliches Brauchtum und ländlicher Humor in ihrer Gnadenlosigkeit nicht unbekannt.

»Und dann?«

»Mir zwei sind da dring'hockt und haben nix machen können. Und dass wir uns küssen, da ist uns ein bissle die Lust vergangen. Ein Werkzeug zum Ausbrechen hamm wir ja koins dabeig'habt. Dann ist es ganz saudumm fad worden da drin … «

Rita nickte.

»Durch die Ritzen vom Fenster hat man g'sehn, dass es schon hell g'worden ist, aber die Fenster haben's ja auch zugenagelt. Und von draußen hat man die Leut' lachen hören, immer mehr sind's worden, die haben ja alle zum Schaffen müssen, an dem blöden Wagen vorbei. Und ich wollt die Maria trösten, aber die hat nicht einmal mehr dazu eine Lust g'habt …«

»Hätte ich auch nicht gehabt, Ewald.«

»Ebendrum. Und dann ist der Vater von der Maria gekommen und hat die Tür aufbrochen mit'm Kuhfuß. Stinksauer war der, hat die Maria raus'zogen und mir sauber eine g'scheuert, vor all die Leut'. Und hat g'sagt, ich sollt mich nie wieder blicken lassen in der Nähe von der Maria, und ich wär das dümmste Rindvieh von ganz Ratzisried und wenn er mich noch einmal mit der Maria erwischen tät, dann haut er mi tot. Da haben's dann alle recht g'lacht auf'm Marktplatz. Und wie ich dann heim bin, wie's dunkel worden ist, da hat mei' Mutter auch recht g'schimpft, weil man sich so schämen müsst vor die Leut'. Und den kennt halt seitdem ein jeder in Ratzisried, den Marktplatz-Fez.«

Dem hatte Rita nichts hinzuzufügen oder zu entgegnen.

»Die Maria hat mich gar nicht mehr angeschaut seitdem und hat dann einen vom Gym … von der Oberschul' aus Lindenberg g'heiratet. Dann wird man jed's Jahr älter, und die Mädle auch, und irgendwann sind die dann fort oder sie haben einen Mann und Kinder. Man kann's halt nicht zwingen und ist der Depp und hat seine Ruh.«

Rita nahm Ewalds Hand, beide saßen stumm da, den Wind im Gesicht, wie die letzten zwei Versprengten aller Dorffeste dieser Welt. Nach einer kleinen Ewigkeit holte Ewald das Akkordeon aus dem Koffer und begann zu spielen, das c-Moll-Präludium von Johann Sebastian Bach, Bach-Werke-Verzeichnis Nr. 567. Rita hörte zu und legte den Arm sanft auf seine Schulter.

»Und gestern Abend hab ich dann halt Schiss gekriegt, weil ich eben noch nie … und noch dazu bist du die Freundin vom Zwerger …«

»Das hast du mitgekriegt?«

»Ich bin doch kein Depp.«

»Und ich bin nicht mehr die Freundin vom Zwerger.«

Rita nahm Ewald sanft das Akkordeon ab.

»Komm.«

Arm in Arm gingen die beiden zu dem Bauwagen, der unverschlossen war.

»Ausg'rechnet ein Bauwagen.«

»Das passt dann ja, oder?«

Rita verriegelte die Tür von innen und nahm Ewald in den Arm. Die zärtlichen Küsse dauerten eine Ewigkeit, bis nach und nach die Leidenschaft das Kommando im Bauwagen übernahm. Sie rissen sich die Kleider vom Leib, und all das, wovor Ewald immer Angst gehabt hatte, war plötzlich ganz einfach und selbstverständlich. Und so schön, dass es Rita fast auch vorkam wie das erste Mal. Sie taumelten durch alle Berge und Täler der Leidenschaft, bis sie jegliches Gefühl für Zeit verloren hatten und irgendwann vor Erschöpfung liegen blieben.

»Kann man bei so was auch mal eine Pause machen, Rita?«

»Ja, kann man. Vor allem, wenn man's so macht wie du!«

Rita gab ihm ein Küsschen und stand auf, um sich eine Zigarette aus ihrer Tasche zu nehmen. Erst jetzt bemerkte Ewald das kleine Tattoo mit der Fiat FL 10, die in sanftem Blau von Ritas Schulter mit erhobener Schaufel in Richtung ihres Rückens fuhr.

»Hat er schön g'macht, der Frühstücks-Tätowierer. Allerweil besser wie eine Palette mit Dachziegeln.«

Rita zündete sich ihre »Zigarette danach« an und schmiegte sich an Ewald, der schweißüberströmt war und so gut roch wie noch keiner je zuvor. Ihre Augen trafen sich, Ewald lächelte sie an und streichelte sanft über das kleine Raupen-Tattoo.

»Aber eigentlich möcht ich gar keine Pause machen.«

»Ich auch nicht, Ewald.«

Rita drückte ihre Zigarette »zwischendurch« aus, und der Sturm begann von neuem. Ewalds Hände waren zärtlich und stark zugleich, und er brachte alle Saiten der Leidenschaft in ihr zum Schwingen, als wären unter Ritas Haut unsichtbare Tasten und Knöpfe eines menschlichen Akkordeons verborgen, auf dem er alles spielen konnte, von den Präludien Johann Sebastian Bachs über »La Paloma« bis zum tönenden Finale eines leidenschaftlichen Tangos. Es war, als strömte die ganze Libido aus Ewald, die in all den Jahren verschüttet gewesen war wie unter einem Hügel von Kies. Und Rita war, als verginge ihr Hören und Sehen, wenn sie von einer Woge der Lust in die nächste taumelte und das Gefühl hatte, in einer blauen Wolke zu versinken. Es wurde lauter und lauter in dem kleinen Bauwagen, und keiner von beiden bemerkte den Schatten, der über den Wagen huschte, begleitet vom Geräusch eines Zweitaktmotors.

Karl Zwerger setzte seine Cosmos am Ende der Landebahn auf, direkt bei dem Bauwagen, neben dem die Raupe stand. Er riss sich den Helm vom Leib und rannte auf den Bauwagen zu.

»Rita, bist du da drin?!«

Karl rüttelte an der Tür des Wagens, aber sie war von innen abgeschlossen.

»Rita?! Ist alles in Ordnung? Bist du noch am Leben?!«

Der Fensterladen wurde von innen aufgestoßen, Rita steckte den Kopf heraus. Sie hatte sich notdürftig ihren Pullover umgelegt. Zwerger rannte auf das Fenster zu.

»Mein Schmetterling!!! Gott sei Dank, du lebst!«

»Red keinen Mist, Karl.«

»Hat er dir was getan? Soll ich dich ins Krankenhaus bringen?«

»Karl, sei nicht kindisch.«

Karl Zwerger bebte und hüpfte vor dem Fenster wie ein Springteufel beim Absprung, was mit seiner Fliegerkombi besonders albern aussah.

»Wo ist der Kerl? Ich bring ihn um! Komm raus, mein kleiner Schmetterling!«

»Ich bin nicht mehr dein kleiner Schmetterling, Karl. Vielleicht bin ich's nie gewesen.«

»Was soll das heißen? Wir wollen doch …«

Karl Zwerger rang sichtlich um Luft.

»Ich kann's dir erklären. Aber ich glaube, du würdest es nicht verstehen.«

»Okay. Okay. Weibliche Logik. Ich verstehe. Sehr schön. Da reißt man sich den Arsch auf, um der feinen Dame eine Perspektive zu schaffen, und dann heißt's ›nein danke‹ und man würde es eh nicht verstehen. Hat er mit dir geschlafen?«

»Karl, bitte. Verschwinde einfach. Es bringt nichts mit uns.«

Karl schlug mit den Fäusten gegen den Bauwagen.

»Hat der mit dir geschlafen? Mach deinen Mund auf, du dusslige Kuh! Ob dieses Dreckschwein mit dir geschlafen hat? Hat der dich angefasst mit seinen Dreckspfoten?! Diese perverse Sau, dieser Kinderschänder! Den netten Raupendepp spielen! Dieser Sexualneurotiker mit seiner verschissenen Ziehharmonika! Ins Gefängnis gehört der, und zwar für immer! Aber vorher schlag ich ihm die Fresse ein!!!«

»Karl, du weißt nicht, was du da redest.«

Rita schüttelte den Kopf, machte den Fensterladen von innen wieder zu, ging zu Ewald und nahm ihn in den Arm.

»Soll ich rausgehen?«

»Lass es. Das bringt nichts. Komm her.«

Ewald nickte.

»Die Raupe gehört halt ihm.«

»Der hat ganz andere Sorgen. Komm her zu mir, der geht schon wieder. Männer merken, wenn's vorbei ist.«

Wie zwei verlorene Königskinder saßen Ewald und Rita nebeneinander auf der Holzbank des Bauwagens, schwiegen einfach und froren ein bisschen.

Durch das Fenster sahen sie, wie Zwerger mit gesenktem Haupt die Landebahn entlangging, als wolle er nur weg sein, möglichst weit weg sein vom Ort seiner endgültigen Niederlage.

Ewald sah Rita an.

»Du hast Recht g'habt: Er ist gegangen.«

»Komm her.«

Ewald nahm Rita in den Arm, und ganz langsam fanden sich ihre Lippen wieder. Der Kuss wurde bald stürmischer, Ritas Pullover fiel zu Boden, und kurz darauf tobte im Bauwagen wieder ein gewaltiger Sturm der Leiber.

Karl Zwerger blieb irgendwann mitten auf der Landebahn stehen. Er fühlte sich, als müsste er entweder auf der Stelle vor Wut platzen oder im nächsten Moment an einem Herzinfarkt eingehen. Er wollte einfach nicht wahrhaben, dass er Rita für immer verloren hatte und seine Kiesgrube noch dazu. Er hatte seine dicke Karin gewaltig unterschätzt.

Das Einzige, was ihn noch halbwegs bei Contenance hielt, war die Plastiktüte mit 780 000 Euro in bar, die in der Innentasche seiner Fliegerkombi steckte. Das Geld hatte er schon vor drei Wochen als Notreserve vom Nummernkonto abgehoben und im Schuppen versteckt, unter dem Sitz seines Cosmos-Trikes. Aber die Vorstellung, dass ein Halbtrottel wie Fricker in diesem Bauwagen leibhaftig seinen kleinen Schmetterling Rita vögelte, brachte ihn fast um den Verstand. Da halfen auch die 780 000 in bar nicht.

Karl Zwerger drehte sich um und ging zurück in Richtung des Bauwagens. Nach ein paar Schritten fing er an zu laufen, immer schneller, bis ihm fast die Lunge zu bersten drohte. Als er am Ufer ankam, sah er seine Raupe dort stehen.

Außer Atem kletterte er auf den Fahrersitz der Fiat und schrie:

»Verreckt's doch, alle beide!!! Sauft's ab wie meine Kiesgrube!!!«

Er ließ die Maschine an, prügelte wie von Sinnen den Gang ins Getriebe, hob die Schaufel an und fuhr los, auf den Bauwagen zu, als wollte er Anlauf nehmen. Mit vollem Karacho rammte Zwerger die Schaufel der Raupe in die Seitenwand des Bauwagens und schob ihn kurzerhand über die kleine Betonkante des Ufers in die Ostsee.

Als Ewald mitten im Liebesspiel merkte, wie der Bauwagen abkippte, stützte er Rita mit dem rechten Arm und hielt sich selbst am Dach des Bauwagens fest. Der Wagen kippte weiter und kam auf der Seitenfläche zu liegen.

Rita war vor Schreck wie gelähmt. Dann sah sie von unten das Wasser in den Wagen laufen und fing an zu schreien.

»Wir saufen ab! Verdammte Scheiße, wir saufen ab!«

»Kannsch' vergessen, Rita. Das ist ganz flach hier. Ich wollt mich heut Nacht selber ersäufen und bin mit dem Moped in die Ostsee reingefahren. Das Wasser ist mir bloß knapp bis übers Knie gegangen, dann bin i glei' wieder raus.«

»Zum Glück.«

Ewald machte das Fenster des Wagens auf, das jetzt nach oben zeigte, direkt zum blauen Himmel. Ewald zog sich hoch und sah nach draußen. Karl Zwerger hockte auf der Raupe, in sich zusammengesunken.

»Lassen's die Fiat einfach stehen, Herr Zwerger. Die bring ich Ihnen dann wieder zurück.«

Ewald ließ das Fenster wieder zufallen und nahm Rita in den Arm. Ein paar Minuten später hörten sie den Rotax-Motor aufheulen und in der Ferne verschwinden.

Ewald lächelte.

»Jetzt ist er wirklich weg, glaub ich.«

Rita seufzte.

»Das war's dann wohl.«

»Der hat sich halt austoben müsse, der Zwerger. Jetzt, wo alles weg ist und der Porsche auch.«

»Komm her. Ich will mich auch nochmal austoben!«

Das Wasser bedeckte gerade mal dreißig Zentimeter der Seitenwand des Wagens, der jetzt zum Boden geworden war. Ewald lachte.

»Ausg'rechnet ein Bauwagen … fast wie damals. Ein sse-lawie-Erlebnis …«

»Deh schaa wüh.«

»Eben. Aber grad schon egal.«

Die Sonne ging unter. Einen Moment lang schien sie über dem Greifswalder Bodden noch abzuwarten, ob es sich überhaupt lohnte, wieder abzutauchen, nachts Afrika und den Mond anzustrahlen, um am nächsten Morgen im Osten wieder aufzutauchen und das gleiche Spiel abzuziehen wie jeden Tag. Doch eine Sonne kennt keinen Zweifel: Sie rauschte ab, ins Wasser hinein, und plötzlich ging alles ruck, zuck schnell.

»Wenn die Sonne einmal g'merkt hat, dass sie über den Punkt drüber isch, dann haut sie ab wie eine g'sengte Sau.«

Rita lächelte.

»Das gibt's bei Menschen auch.«

»Meinst, der Zwerger taucht wieder auf in Ratzisried?«

»Der verzieht sich irgendwohin in den Süden. So wie ich ihn kenne, hat der genug Geld dabei für den Rest des Lebens.«

»Der Zwerger war schon immer ein Hund.«

»Solche wie der fallen immer auf die Füße.«

»Des nützt einem aber dann nix, wenn man zu hoch droben ist. Weil da sind dann die Füß' und das kleine Flugzeug kaputt.«

Rita und Ewald saßen am Ufer, hatten beschlossen, noch einen Abend an der Ostsee dranzuhängen, wenn sie schon mal da waren. Als Zwerger verschwunden war, hatten sie den Bauwagen aus dem Wasser gezogen mit einem alten Stahlseil. Beim Versuch, ihn an Land wieder aufzurichten, war der Wagen dann noch zweimal auf die Seite gefallen, aber manche Produkte aus der ehemaligen DDR waren eben äußerst robust gebaut. Als er endlich stand, waren Rita und Ewald ins Meer gesprungen und hatten nochmal gebadet, aber diesmal freiwillig. Rita hatte nichts gesagt, aber Ewald wusste, dass er sich demnächst in Kempten einmal ein paar neue Unterhosen kaufen würde. Einen Fünfer-Pack, und zwar alleine.

Drüben bei den Buden auf dem Fest im Fahrerlager hatte Rita mit dem Moped vier Pizzas und zwei große Stücke Räucherfisch geholt und dazu zwei Flaschen Mecklenburger Landwein. Derweil schaffte Ewald mit der Raupe einen alten Holztisch und wacklige Stühle heran, die er in einem verlassenen Schuppen gefunden hatte. Ein bisschen Luxus durfte schon sein bei einem Kurzurlaub an der See. Die Pizzas hatten etwa so geschmeckt, wie die Kartons rochen, aber der Räucherfisch war gut gewesen. Schlauerweise hatte Rita auch ein paar Pappbecher mitgebracht, und es war ein wundervolles seashore-dinner der Mecklenburger Art geworden. Vom Fahrerlager wehten immer wieder Fetzen von Lärm herüber, die Country-Band intonierte mittlerweile auch Hits der deutschen Volksmusik.

»Und jetzt, Ewald?«

»Ich bring die Raupe zurück, das hab ich versprochen. Und ich muss den Stall machen. Meine Mutter ist eh sauer, dass ich einfach abgehauen bin. Die hat's jetzt dann eine Woche lang allein gemacht.«

»Deine Mutter....«

»Ich weiß. Die ist manchmal schon eine rechte alte Hex'...«

Ewald nahm sich eine Zigarette aus Ritas Packung, das war ihm jetzt auch schon egal. Er hatte erst einmal geraucht, heimlich, mit dem Schorsch und dem Bene, hinter der Maschinenhalle.

»Wenn ich zurück bin, kauf ich mir in Kempten ein Buch, wo man schreiben lernen kann.«

»Ach, auf einmal? Ich dachte, das sei ganz bequem so...«

»Schon. Aber es wär halt schon besser, wenn ich dann ein Mädle hab.«

»Aha.«

»Da könnt ich der auch mal einen Brief schreiben, wenn sie im Nachbardorf wohnen tät, beispielsweise.«

Rita sah ihn fragend an.

»Ich find dann schon eine. Jetzt weiß ich, wie das ist. Da hätt ich gar keine Angst haben müssen. Irgendwann geht's auch ohne Bauwagen. Außerdem bin ich so was wie deutscher Meister, und das ist ja auch kein Scheißdreck, oder?«

»Eben. Musik machen kannst du auch. Eigentlich kannst du alles, was man braucht als Mann.«

Sie stießen miteinander an auf ihren Trip ans Meer, ausgerechnet hier, im Windschatten der Deutschen Meisterschaft der Planierer, die schon wieder heftigst sangen, grölten und lärmten, als läge Usedom irgendwo im tiefsten Tennessee. Die Sonne war längst im Meer verschwunden, doch an der Küste war es länger hell als unten in den Bergen.

»Rita, da unten in Ratzisried, da wär sauber nix geworden mit uns beiden.«

Rita war neugierig, woher Ewald diese tiefe Erkenntnis der Inkompatibilität nahm, die sie sich bei vielen ihrer Männer gewünscht hätte.

»Wie kommst du drauf, Ewald?«

»Weil's gar nicht passiert wär. Und gepasst hätt's auch nicht. Die Leut in Ratzisried hätten sich's Maul zerrissen über uns. Am Ende hätt's noch g'heißen, wir hätten dem Zwerger die Kiesgrube klauen wolln.«

»Und jetzt?«

»Jetzt sind wir halt Freunde, das reicht doch, oder?«

Rita lachte laut los.

»Aber wenn'd mal was wissen willst, wegen Raupe fahren oder so, da kannst mich jederzeit fragen.«

»Danke, das ist nett.«

»Du tätst einen brauchen wie den Zwerger, bloß eben ohne Frau und ohne Konkurs, und insgesamt halt viel netter. Und ein bissle jünger. Auf den Porsche wär's grad geschissen.«

»Guter Tipp. Ich hab genug von Kerlen, die mir ein Paradies andrehen wollen.«

»Die Leut wollen allerweil und überall ein Paradies … Reiseparadies … Möbelparadies … Saunaparadies … Teppichparadies … Wenn man jetzt schon allerweil jedes Paradies haben tät, wär's später saumäßig langweilig im richtigen Paradies, oder?«

»Eben.«

Rita wunderte sich schon lange nicht mehr über Herrn Frickers doch etwas eigenwillige geistige Erdbewegungen in Sachen Logik.

»Ich frage mich nur, wie das mit der Kiesgrube weitergehen soll.«

»Das wird schon wieder.«

»Bitte?«

»Die Frau Zwerger, das ist die Tochter vom alten Poschedsrieder, die lässt sich da nicht verscheuchen. Die macht das alleinigs weiter, wenn der Zwerger weg ist. Das glaubst auch bloß du, dass die sich die Kiesgrube wegnehmen lassen tät. Die hat selber auch noch ein paar Grundstücke, da weiß der Zwerger gar nichts davon.«

»Aber du weißt es.«

»Von meiner Mutter. Die hat's ganz dick g'habt mit dem alten Poschedsrieder.«

Rita nickte.

»Wie die Menschen eben sind auf dem Dorf. Das kenne ich. Scheußlich.«

Ewald sah stumm aufs Meer hinaus, ein paar Minuten lang, als habe man einen Schalter umgelegt. Rita überlegte, ob sie irgendetwas Falsches gesagt haben könnte.

Ewald sprach ganz leise, ohne den Blick vom Meer zu lösen.

»Irgendwann muss jeder einmal heim. Weil sonst wird man blöd wie der Lastwagenfahrer.«

Rita wusste nicht, was sie darauf sagen sollte.

»Schon komisch mit dir: Da tauchst du da im Allgäu auf, alle mögen's dich, der Bene ist total verrückt nach dir, dann die halbseidene Sache mit dem Zwerger, aber keiner im Dorf weiß, wo du herkommst und wo du hingehörst.«

»Das weiß ich selber nicht.«

»Irgendwo ist jeder Mensch daheim. Jeder hat irgendeinen Marktplatz-Fleck auf der Seele. Kenn keinen, der's nicht hätt.«

Jetzt schwieg auch Rita eine Weile lang.

Doch dann fasste sie sich ein Herz und erzählte Ewald die ganze Geschichte vom Gutshaus in Pervenitz. Ritas Vater hatte es sich zum Lebensziel gemacht, die 600 qm große Ruine ohne finanzielle Rücklagen in eine kulturelle Begegnungsstätte verwandeln zu wollen, ohne Rücksicht darauf, dabei sich und seine Familie gesundheitlich und emotional aufzuarbeiten. Die Mutter war schwermütig geworden im Laufe von zwanzig Jahren Schufterei am Rande des Existenzminimums, der Bruder hatte sich aufgehängt.

»So was isch doch saumäßig blöd.«

»Ja, ist es.«

Der Seewind war eingeschlafen, das letzte Licht schimmerte noch am Horizont, da, wo man im Norden den Leuchtturm der kleinen Insel Ruden blinken sah. Ewald hielt Ritas Hand fest.

»Und dann?«

»Dann hab ich meinem Vater den Kram hingeschmissen und hab Guido geheiratet, einen Immobilienmakler aus Kassel.«

»Mit weiße Kleider?«

»Ja, mit weißen Kleidern, in Dänemark. Das Geld für die Reise hatte Guido sich heimlich von meiner Mutter geliehen. Und am Anfang war es wunderschön. Aber nach und nach waren Guidos Geschäfte immer halbseidener geworden, und er hatte den Beschiss mit den original dänischen Öko-Holzhäusern angefangen, die aus Rumänien kamen, wenn sie überhaupt geliefert wurden. Die Fotos hatte er sich aus dem Internet geklaut, die Zertifikate waren gefälscht. Mit seinem Siegerlächeln nahm er den Leuten immense Vorauszahlungen ab, ließ drei wertlose Holzbalken auf Grundstücken abliefern, die ihm gar nicht gehörten, und meldete sich nicht mehr. Ich durfte dann die wütenden Öko-Häuschenkäufer beruhigen, in Dänemark seien die Kiefern ausgegangen.«

»Das tut man doch nicht. Das kommt doch irgendwann alles raus!«

Rita lachte kurz auf.

»Dann habe ich mitgekriegt, dass mein schöner Guido mich betrogen hat. Beim ersten Mal hat's noch weh getan. Irgendwann hab ich dann in stickigen Neubauwohnungen in Ebersberg oder Bietigheim-Bissingen gesessen, wütende ›Danske Öko-Huset‹-Kunden beruhigt, während Guido sich quer durch Deutschland mit frustrierten Damen aus Erotik-Chats ausgetobt hat, bis ihm der Schwanz geglüht hat.«

Ewald hielt Ritas Hand, goss beiden noch einen Schluck Wein in die Pappbecher und hörte einfach zu.

»Dann hab ich ihn rausgeschmissen, bin ins Allgäu abgehauen und hab dem Zwerger erst mal seinen Laden auf Vordermann gebracht. Den Rest kennst du ja.«

»Trotzdem.«

»Trotzdem was?«

»Das macht man nicht, dass man da einfach nimmer hingeht zu seine Eltern.«

»Das ist meine Sache. Ich bin ein für alle Mal fertig mit diesem verfluchten Gutshaus.«

»Trotzdem.«

»Das verstehst du nicht, Ewald.«

»Meine Mutter isch auch ein Drachen. Trotzdem geh ich hin.«

Rita sah ihn kopfschüttelnd an und spielte mit dem Gedanken, Ewald zu sagen, was sie von seiner Mutter hielt. Oder zumindest andeutungsweise anklingen zu lassen, dass der Fricker'sche Bauernhof ihr vorkam wie der Vorhof zur Hölle, samt dem Mutter-Drachen.

»Du musst da raus, Ewald.«

»Aber hingehen muss ich. Und dann sag ich ihr, dass ich geh, jetzt, wo ich g'wonnen hab.«

Ewald holte die Decken, Rita setzte sich in die Schaufel, und Ewald fuhr sie nach oben. Dann nahm er die letzte Weinflasche und kletterte auch in die Schaufel. Nebeneinander sitzend sahen sie aufs Meer und tranken stumm die letzten Schlucke aus der Flasche, ohne Pappbecher. Genau in diesem Moment ging drüben im Fahrerlager das Feuerwerk los, über dem Meer, über dem es immer noch am Horizont hell schimmerte. Es war ein gewaltiges Feuerwerk, einer Deutschen Meisterschaft im Präzisionsplanieren würdig. Die Raupen-Cowboys ließen es richtig rumpeln, am Himmel genauso wie im Kies, und es war beileibe nicht das einzige Feuerwerk, das in dieser Nacht an und über der nächtlichen Ostsee tobte. Raupenglück.

Am Morgen luden sie das Moped hinten auf die Raupe, Rita setzte sich ans Steuer und fuhr los. Sie sprachen nicht viel, gegen Mittag kamen sie in Zarnewanz an. Ewald stellte das Moped wieder an die Wand, von der er es weggenommen hatte. Offenbar war es niemandem aufgefallen, dass es überhaupt verschwunden war. Lars und Mirko schufteten auf dem Dach der Kirche und tauschten die schadhaften Ziegel aus. Niels Priplow stand am Fenster seines Pfarrhauses, hinter dem Vorhang, und Rita winkte ihm zu. Niels hob kurz die Hand, aber er blieb im Haus.

»Los, packen wir's.«

Rita verstand, was Ewald meinte, und nickte nur stumm.

Ewald brachte die Raupe vor dem großen Tor des Gutshauses in Pervenitz zum Stehen, die Maschine ließ er laufen. Das Anwesen hatte wirklich eine beeindruckende Größe, und es war wunderschön renoviert. Über dem Portal hing ein Transparent, das auf ein Konzert des Bach-Kollegiums aus Leipzig hinwies. Rita starrte auf das Tor und rührte sich nicht.

»Soll i' di' reinfahren?«

Mit einem Schlag schien Rita zu erwachen.

»Danke. Das schaff ich jetzt schon alleine.«

»Eben. Und nächstes Jahr fahrn wir zwei sowieso nach Afrika.«

»Das ist aber ganz schön weit, Ewald.«

»Saumäßig weit drunten halt. Aber das schafft man schon.«

»Man muss einfach nur losfahren.«

Kein Mensch konnte sagen, wie lange der Blick zwischen den beiden gedauert hatte, die Zeit schien für diesen Moment jede Macht über Rita und Ewald verloren zu haben.

Dann stieg Rita ab, und Ewald fuhr los. Sie sah ihm hinterher, bis er mit der Fiat hinter einem Wäldchen verschwunden war.

Rita drehte sich um und ging durch das Tor.

Epilog

Am Abend hatten Rita und Ewald die Raupe am Bahnhof von Ribnitz-Damgarten auf einen Waggon verladen lassen und sich in einen Nachtzug gesetzt, der sie über Ulm bis nach Ratzisried brachte. Heinz war nach einer unbequemen Nacht von zwei Polizisten entdeckt worden, denen er die Geschichte von zwei Russen aufgetischt hatte, die ihm die Brieftasche mit 5400 Euro geraubt hatten.

Die folgenden Wochen waren turbulent gewesen. Karin Zwerger hatte Lipka beim Staatsanwalt verpfiffen und gerettet, was zu retten war. Sie hatte Rita als Geschäftsführerin eingestellt, Schorsch wurde zum Vorarbeiter befördert, und Ewald kümmerte sich um den Maschinenpark. Bene verschwand aus dem Dorf mit unbekanntem Ziel.

Ewald nahm sich eine kleine Wohnung und half seiner Mutter so oft wie möglich im Stall. In einem Abendkurs lernte er lesen und schreiben. Rita hatte im Internet einen Spediteur gefunden, der die Fiat FL 10 zu einem sagenhaft günstigen Preis in Ratzisried abholen und zum Hafen von Abidjan an der Elfenbeinküste verschiffen würde. Von dort aus wollten Rita und Ewald im nächsten Sommer dann mit der Fiat aufbrechen, durch Wüste und Steppe bis N'Zodghi fahren, um dort beim Bau eines Staudamms zu helfen.

Karl Zwerger ist nie wieder in Ratzisried aufgetaucht, und der Marktplatz-Fez geriet allmählich in Vergessenheit.

Danksagung

Mein Dank geht zuallererst an meine Agentin Lianne Kolf, ohne die ich den Roman gar nicht geschrieben hätte, samt ihren Mitstreiterinnen Anoukh Foerg und Isabel Schickinger, die immer an den Stoff geglaubt haben.

Dank auch an meinen Fluglehrer, Graphiker, Troubleshooter, Baustellen-Bierbringer, IT-Crack und Freund Matthias Fischer, ohne den der ganze Roman ins elektronische Daten-Nirwana abgestürzt wäre.

Und vor allem geht Dank an meine wunderbare Lektorin Claudia Negele, mit der zu arbeiten es eine wahre Freude ist und die mir gezeigt hat, wie viel Spaß Lektorate machen können.

Und an Iris für all die klugen Worte und die carepakete mit emotionaler Kraftnahrung.

J. T.